鲁迅文学奖获奖作家

时间的形态

任林举／著

時代文藝出版社

图书在版编目（CIP）数据

时间的形态 / 任林举著. —长春：时代文艺出版社，2017.7

ISBN 978-7-5387-5424-7

Ⅰ. ①时… Ⅱ. ①任… Ⅲ. ①散文集－中国－当代 Ⅳ. ①I267

中国版本图书馆CIP数据核字（2017）第091724号

出 品 人　陈　琛
产品总监　郭力家
责任编辑　刘瑀婷
装帧设计　孙　利
排版制作　隋淑凤

时间的形态

任林举 著

出版发行 / 时代文艺出版社
地址 / 长春市泰来街1825号　时代文艺出版社　邮编 / 130011
总编办 / 0431-86012927　发行部 / 0431-86012957　北京开发部 / 010-63108163
官方微博 / weibo.com / tlapress　天猫旗舰店 / sdwycbsgf.tmall.com
印刷 / 三河市万龙印装有限公司
开本 / 640mm × 910mm　1 / 16　字数 / 193千字　印张 / 18
版次 / 2017年7月第1版　印次 / 2017年7月第1次印刷　定价 / 38.00元

图书如有印装错误　请寄回印厂调换

【作者简介】

任林举，中国作家协会会员、中国电力作家协会副主席、中国报告文学学会理事、中国散文学会会员、第五届鲁迅文学院高级评论家班学员、第二十八届鲁迅文学院作家深造班学员。近年来主要从事散文、文学评论及纪实文学的创作，著有《玉米大地》《粮道》《松漠往事》《上帝的蓖麻》等。曾获第六届鲁迅文学奖、第七届老舍散文奖、第六届冰心散文奖、首届三毛散文奖、2014年最佳华文散文奖、长白山文艺奖、吉林文学奖等。

目　录

秋　声

天起了凉风，耶和华上帝在园中行走。

那人和他妻子听见了上帝的声音……

——《圣经·创世纪》

秋天已如期而至，天又起了凉风，我们却再也听不到上帝的声音。也许是因为我们走得太远了，如今，传到我们耳边的，只有此起彼伏的“秋声”。

风仍然很经典，从西南而来，千年以前那个著名文士在一首大赋里将与其有关的声音命名为秋声。那么就叫作秋声吧。也不知道它从隔山隔水的远方带来了什么消息，凡经它耳语过的事物，都立时变了表情。

草木失色之后仍然是有颜色的，只是那种生机勃勃的绿色，一下子就从很多植物的叶子上消失了；江河湖泊里的水，像是突然遭到了呵斥的宠物狗，马上收束了一向的欢蹦乱跳，垂头、垂耳、垂低了目光，一派安稳平静的样子。水的澄澈，正是此时它们清冷失意的表情，而滞重的浪涛拍打在岸，发出的声音已经不似暖春和盛夏时节的大呼小叫，细听，总如一声接一声绵延不断的叹息，继续以浪的形态向远方传送。最不禁推敲的就是那些出自人类之手的大小建筑，如此强硬的外表竟然支撑不起其内心的虚弱，风过处，竟忍不住发出刺耳的哀号。而所有这一切，躲在那些建筑物玻璃窗后边的人们都知道得一清二楚。

风只是在人的额头上轻轻一拂，人的心就摇动了。人知道风是无形无迹的，所以也不刻意去寻找和猜测它们的行踪，只是站在大地上静静聆听自己，看身体内部是不是有什么被吹得响了起来，但并没有任何东西可以像树或窗子那么响，只是有一种什么东西被吹走了的感觉，根本没什么可响，只是空空荡荡。

先前，我们脚下的大地也和我们此刻的心一样，空空荡荡。后来，人们来到了土地之上，以冰冷的犁铧剖开湿润而温暖的泥土，撒一把金色的种子进去，再将泥土合上，就有庄稼从泥土里生根、发芽、脱颖而出，在阳光下把“手臂”伸向天空。庄稼长在地上也长在人们心上。当来自高处的恩泽一天天积累，人们就穿过季节看到了未来的许诺。金灿灿的粮食、红艳艳的果实，总如富有鼓动性的语言，让人们沉浸在丰收的满足与喜悦之中，暂时忘记了当初大地上的空和人们心里的空，于是心便和地一起丰盈、沉实起来。没想到，秋风一吹，人的心又倏地一下就空了，似乎心里有一个永远无法弥补的深洞，现实的一切，不管有多么丰硕或宏大，都只能支撑起短暂的充实。

一群鸿雁，排成了一个意味深长的“人”字，飞过村庄，飞过原野，离开它们的出生地，飞向遥远的南方。一声声冰冷、透明的鸣叫，自天空而来，将声波所及的一切染上无限秋意。于是，苍天就变得更加苍茫，远方就变得更加遥远。

雁过也，却把叫声遗落于地，挂在庄稼和野草的叶片上，凝成了霜。人在地上，巴望着渐行渐远的雁阵，心里便一点点泛起了忧伤，仿佛那些凄凉的声音并非来自于鸿雁，而是发于自己的胸膛。一种猝不及防的冷意，就这样从大地深处和内心深处同时升起，形成夹击之势，把人的血液、肌肉和骨骼从里至外地浸透了。

对于鸿雁的哀怨，我们很容易推导出缘由。一春一夏的好日子过后，它们不得不带着羽翼稍丰的子女举家远徙，身后有寒冷与饥饿的驱逐，前面有凶险与不测的伏击，凭着一双单薄脆弱的翅膀与喜怒无常的命运拼搏，自然会从灵魂深处发出这悲戚的哀鸣和叹息。可是人类呢，安居于大地之上，似乎哪里都不需要再去，哪里都不用“回归”了。只要把心安顿下来，以信念、以意志掏起地上的泥土，像燕子筑巢一样，将自己的情感、渴望以及对未来的种种希冀和期盼细细密密地编织起来，我们的房子、家园就会拔地而起，为我们遮挡风雨，呵护梦境。时光的尘埃一层层落在脚边，越积越厚，而我们的生命却以繁衍和基因传递的形式，越传越远，枝繁叶茂，日新月异。可是，为什么我们的心还是不能恒久地安妥，我们的心意仍会在秋风中随草木飘摇不定?

神说：“园中树上的果子你们都可以吃，唯有当中那棵树上的果子，你们不可以吃，也不可摸，免得你们死。”时光的深渊，广阔而又幽暗。透过烟波浩渺的岁月，我们的记忆终于又一次抵达了最初的那个秋天。

秋天是一个多么美好的季节！饱满圆润的果实挂在枝头，像一张张妩媚的脸庞，尽管有脂粉般淡淡的薄霜覆盖和暗绿色叶片的婆娑掩映，仍然藏匿不住果体内充盈的浆汁与可口的甘甜，隐约闪烁的情态，时时诱惑、挑拨着采摘的欲望。经过整整一个夏天阳光的灼烤，庄稼的子房已经充分发育，呈现出结实饱满、膨大鼓胀的状态，越是美得动人心魄，越让它们状如成熟的少女，羞涩地垂下头去，躲闪并期盼一次隆重的收获。

秋天，注定是一个神圣的季节、感恩的季节，也注定是一个欲望膨胀的季节、背叛和惩罚的季节。就在这复杂而混乱的秋天，蒙昧无知的童年人类，留下了第一道“罪”的齿痕。我们的始祖在瑟瑟的秋风里，浑身发抖，供认了自己犯下的永罪：“与我同居的女人，她把那树上的果子给我，我就吃了。”

一切都源自那个秋天。一切都只在那扬手的一瞬发生了逆转性的变化，快乐变成了忧虑；呵护变成了驱逐；祝福变成了诅咒；宠爱变成了惩罚……人类在秋天里被放逐，在秋天里永远失去了家园。从此，秋天成了人类心中难以抚平的愧恨和疼痛。

“天起了凉风。”不知道天堂里有没有那么多的残垣断壁和裸露着的树梢，风会不会边走边打着呼哨。人类开始“流离飘荡在地上”。伊甸园以东是个什么地方？离人们的心，离人们最初起点该有多远？伊甸园已经在身后，在脑后，在目光背后。仅仅是那几声诅咒，仅仅是那 “转动着发火焰的剑”，又怎能平息上帝心头的震怒？人必须要把双眼和双脚朝着伊甸相反的方向径直前行，并将怀念和依恋的力量加给双脚，以回归的迫切和匆忙，走在告别的路上。有时，我们就像丢失了洞穴的黄鼠一样，怀着悲戚的心情在每一寸土地上寻找、挖掘着自己的家，而真正的家却永远被遗忘在别处。

路，终于远得失去了方向。脊背上和灵魂里的鞭痕无数次脱落之后，不断重复的疼痛消失了，最初的细节消失了，目的与意义、初衷与希望都消失了。后来，我们彻底忘记了很久以前的那个秋天，忘记了我们在秋天里永远丢失了自己的家园。剩下的，唯有莫名的哀伤如定期复发的顽疾，牢牢地镶嵌于我们的灵魂深处和本能之中。

中秋一过，北方的原野上到处涌起虫鸣。就连小区的草坪、树丛或墙角都有很多叫不出名字的小虫，从早到晚唧唧复唧唧地叫个不停。这种不间断的吵闹，让人想起没有缝隙的时间，误以为它们就是附着在时间上的一个发音器官。它们均匀的节奏和没有衰减的振幅，又让人想起永动的播种机，窸窸窣窣，不知疲倦地振动着，将一些细小得难以观察的种子向着空旷的秋，向着人心，密密地播下。尔后，就会有绵密的哀愁如透明的发丝，交缠着疯长起来。

最是那“七月在野，八月在宇，九月在户，十月蟋蟀入我床下”的蟋蟀，寻隙入户之后便做起了夜的内应，一声声翅羽的摩擦和抖动，如一把把锐利的飞刀，掷向窗口的玻璃，冷冷的月光就如冰冷的水，从无形的孔洞中涌进来，潮水般从地板涨至床头，再从床头涨至心头。于是，整个夜晚以及夜晚中轻盈如絮的梦境，俱被秋的情绪浸染、濡湿了。

这最后的欢呼、最后的声讨、最后的热烈和最后的凄凉，如一个不可更改的结局，占据了世界的每一寸空间、填满了世界上的每一道缝隙。

人类终于被逼得无路可逃，在无边无际的秋声里，如无家可归的宇宙孤儿，徒然伤感。因为伫立、犹疑过久，人竟在岁月里站成了一棵盘根错节的老树，自己成为自己的重负，自己挡住了自己的眼睛。我们怀念，却不知道自己从何而来，有什么遗失于往昔；我们期待，却不知道自己应该走向哪里，是什么绊住了前行的脚步。

有一种流浪，并不需要迁徙。

一个月或两个月之后，一场弥漫了整个季节的盛大合奏将在第一场来自西伯利亚的寒潮里谢幕，所有的口器或翅羽都将停止运动，停止发声，一切都将归于沉寂。螽斯们最后一次将产卵器官插入泥土，为自己留下了一线将生命拷贝至来生的希望，然后静静地安息于干燥的草丛之中；脱了壳的“金蝉”早早地隐去了身形，它们的躯体和魂魄都以另一种方式深深地藏入泥土，这一夏一秋的鸣唱让它们深感疲惫，这一次它们要好好地歇息了，也许下一个春天或数个春天之后，它们的身影与歌声才能重新加入到那场自然的合唱；蟋蟀们完成了自己的使命，悄然将夜色一样小小的身体融入那些隐蔽的缝隙，墙角、地裂以及不见天日的洞穴，也许它们永远都不想进入那个白亮而寒冷的第四季节……濒死的高潮来临，懒洋洋的秋风、溶解于秋风里的阳光，便如甜稠、浓酽的酒浆四处流泻，将一种对于温暖、黑暗、沉寂的渴望传遍大地。

生命的聚会已经散场。空空的舞台上，只有人类满怀悲戚，孤独地守候在边缘。突然，一个古老的声音隐约传来："你必依恋你的丈夫。"在那暗示了苦与罪的诅咒中，女人满怀快慰的期待一点点靠近并抱紧了她所爱的男人。因为她是他的"骨中骨，肉中肉"，是她灵肉所出之处，她必须与他"联合"再一次回归泥土，才能够抵达他们共同的故乡，那可以接纳、包容、融化、勾销一切的终点或起点。

于是，他们不再顾及另一程的相思、分离之苦和纷争、嫉恨之痛，共同进入了命定的渊薮。无限的温情、无限的慰藉，无限的近于死的安详，再一次覆盖和笼罩了他们。在羽绒般柔软、温馨的环抱之中，两颗饱受驱逐和流徙之苦的灵魂便如归巢的鸟儿，收拢了徒劳扑打的翅膀，进入暗昧而混沌的梦境。

迷了路的人，定然要到处痴痴寻找，但走遍了世上所有的路，却仍然无法再一次走上曾经丢失的那一条。

秋天已越发幽深了，竟连那些用以悦人眼目的树木也不想在冷风中苦撑。起初，树们只是换了表情，由青葱转为明黄或艳红。秋日的阳光照在上面，宛若一片燃烧的火，通透、明亮、热烈。后来，那些树就成为一些受了重伤的大鸟，失去水分的叶子宛若片片羽毛，从空中轻盈地飘落。先是倏然一片或两片，突兀地穿过树冠与大地之间的阴影，很像黑暗里划亮一根火柴或夜空里有一颗星星打着旋儿从高处滑落下来。随后，就开始一片接着一片地不停坠落，有如一个满心悲伤的人眼中难以抑制的泪水；有如一群饥饿的鸟儿，一只跟着一只争先恐后地扑落到地上觅食。就这样，空中的火一点点熄了，地上却铺满了轻而细碎的金箔。不知道风在这个时候悄悄地穿过杳无一物的树林去干什么，或许它们行走在一条走出这无边凄凉的秘径上吧？它们以为自己的脚步很轻，却在不经意间被地上窸窸窣窣的黄叶透露了行踪。

人们明知跟不上风的脚步，却还是循着风的足迹从落叶上走过，想去体会一下那温暖中的凄凉或凄凉里的温暖。就这样，一个男人独自走过，一个男人和一个女人手牵手走过，一群人沉默着一起走过，脚下便传出微弱的却惊心动魄的响声——嚓嚓，嚓嚓——那是心碎裂的声音。

人们走了一程又一程，落叶也在脚下嚓嚓地响了一程又一程，本以为已经走了很远，可是一抬头，却发现自己仍在原地没动，只是秋，已悠然远去。

秋远得看不见背影的时候，时空深处就隐约传来了另一种砰然震颤的声音。有人感觉，那是另一个季节的脚步；也有人感觉，那是自己心的律动。

斐波那契数列

一

前夜的梦，生动而古怪，让我无法保持梦醒后的无动于衷。

梦的场景模糊不清，平生经历之中找不到一处实地、实景能与之对应，像是一片宽广的草原，像是长满了庄稼的田野。仿佛黄昏，又仿佛黎明，有光，从半透明的衬景背后隐隐透出，暧昧中蕴涵着几分诡异。据此，很难推测出薄幕的另一端正在闪烁的，是天堂之光，还是地狱之火。

一幅无声的、平静的、甚至洋溢着些许祥瑞之气的画面，让我沉浸于一种有如怀念有如憧憬的情绪之中。

猝不及防的变故，恰恰在这时发生。画面的一角，那些浅色的明亮之处突然涌起了波纹，一个黑色的物体，破茧而出，迅猛地倾轧过来，那是一条不断胀大、呼啸前行的大蛇，繁复的花纹，黑亮的眼睛，挟裹着湿冷的风，由远及近，又由近而远。一方方规则的网纹，从眼前快速掠过，如一列均匀分布的窗口。很快我就发现，那并不是蛇，原本就是一列一眼望不到尽头的列车，我能够清晰地感觉到来自脚下微微的颤动和那种只有钢铁机械才能发出的“喘息”。于是，我闭目聆听着它有些骇人的节奏，希望它尽快从我身边消失……

我孤独地走在一条没有出口的隧道里，脚印却印在了长满青苔的墙壁上。细看，每一个脚窝里都开着一朵娇艳的花儿——马蹄莲、牵牛子、秋海棠、延龄草、金凤花、波斯菊——每一朵花儿又都以自己的花瓣暗示着一个数字：1，1，2，3，5，8，13，21……

一个似曾相识的数字组合，看似简单，又似意味深长。后来，我终于还是辨认出来，它就是那个叫作“斐波那契”的数列。

自学生时代起，有关数列的问题就一直让我感到头疼。一个个分立的数字，就如一个个被黑夜隔开的日子，虽然一天与一天之间紧紧相连，却很难确定，这个日子和下一个日子究竟有什么内在的、必然的联系，它们将永无休止地延续还是会在哪一天突然停住。最艰难的是，当那些数列真的要没头没脑地一直延伸下去，延伸至我们无法列举，无法预见的远处，再让我们凭眼前几个数字确定坐落在第N项的那个数到底是什么，或给出一个预设的结果让我们指出，那种结果一旦出现，应该发生在第几项。这是一个多么要命的问题！我哪有能力知道一万天之后在我自己身上或在我的周围会发生什么，我又哪有能力知道我的“时来运转”或不幸之事会发生在哪年哪月的哪一天？

那时，我除了每天要忧愁自己的课程，同时还沉浸在对未来的恐惧之中，担心这一生会像父辈们那样一辈子服着“面朝黄土背朝天”的苦役，永无出头之日。那个叫作斐波那契的数列，据说在近于游戏的推理运算之外，还隐藏着许多生命与命运的秘密，它是真正的“数”或“数的学问”。所以，这个数列带给我的困惑、困难与恐惧往往是双重的。面对这样的难题，我经常目光滞涩、大脑空白。难以凝聚的思绪如被风吹散的流云，没有方向、没有目标地在现实与未来之间无序翻卷。那时，老师经常向我提的问题就是为什么不动手做题，而我经常性的回答却是，我不知道应该从何处入手。

多年以前的旧精灵。一直以来，自以为彻底摆脱了它的纠缠，没想到，穿过了漫长的岁月，穿过幽暗的梦境，它会再一次找上门来。这个数列，不论从形态上还是内容上都更像一条变化多端、神秘莫测的毒蛇，一坨无法凝固的稀牛粪似的，盘成一个圆环，只将骄傲、阴森的头竖成一个无解的问号，挡在我少年求学的路上。我曾经拿它毫无办法，动了它的“头”，它的“尾”就成了另一个“头”；动了它的“尾”，真正的头马上露出可怕的毒牙。

在那天的梦里，我好像最终领悟了它所蕴含的奥义，醒来时却失望地发现，我又一次不可救药地陷落于它表象的迷宫，坠入云里雾里的错乱和迷茫。

二

记得老师第一次在黑板上写下那组长长的数列时，我正在一个春日午后温暖的阳光里打盹儿，困顿中只感觉有一束白色的条状物体，在老师的手下，沿着漆黑的黑板慢慢向前爬行、蠕动。蛇！我本能地打了一个激灵，清醒过来。清醒后，那条“蛇”却在瞬间化为许多碎片，伪装成一个个彼此独立的数字，规规矩矩地保持着煞有介事的间隔。稍后，当我的知觉再一次被它的难解与枯燥逼得垂意蒙眬，它们再一次聚为一体。是的，它们本来就是一体的，在暗处，有一些看不见的东西已经将它们紧紧串联在一起。这有一点儿像传说中的“千脚蛇”，平时显现在人们眼中的就是一条暗红色无懈可击的“蛇”，当受到惊扰或打击时，“它”就会即刻分解成无数个细小的虫子，四散而去，待一切恢复正常，虫子重新聚拢、组合，又是一条完整的蛇。上个世纪70年代，一位胡姓科考队员在神农架原始森林里发现并记录了这种奇特的动物。

我对蛇的恐惧由来已久，但并不是来自于它们一咬致命的“毒”，而是来自它们老谋深算且不动声色的“阴”——那份不知藏有多少玄机和变化的叵测。就那么一段视力极低而又发不出声音的“烂绳头儿”，无足、无翅，怎么就有了上天入地的本事？怎么能一会儿盘绕于大树的枝头，一会儿又潜入深深的地下，一会儿盘踞于某户人家的檐前，一会儿又涉过了两山之间的河流？想当初，它们在伊甸园里出没、行走的时候，应该不会是这个丑陋而邪恶的样子吧？一种能够道破善恶与生死秘密的精灵，要么是天使，要么是先知，却何以沦落到这个境地呢？令人惊诧的是，尽管它们已经被神诅咒得万劫不复，却始终没有舍弃那给自己种下祸根的智慧，宁愿永不直立行走，也要把那些“预知”和“窥破”的神秘力量分藏于每一节腹环之中，紧紧地掩压在身下。

少年时，只要看见蛇，哪怕它们像个死物一样，正静卧于某处向阳的草滩或石板上晒太阳，我也会感觉到毛骨悚然。我一直担心这善于伪装的伏击者，说不准哪一刻就会冷不防地从地上蹿起，箭一样向我扑来。于是，我便暗暗地攥紧了拳头，反复思量着如何在关键时刻对其进行猛烈的还击。因为害怕，心底里便迅速升起了抵抗和反击的冲动，久久不能平息，以至于一两天后，脑子里仍然充满了与蛇搏斗的种种假想。所幸，那样的交战终究还是没有发生。我对蛇的恐惧加兴奋，不久就被另一种恐惧加兴奋取代。我们不得不面对老师的逼迫，辗转反侧、颠来倒去地向那个比蛇更难以捉摸、难以把握的斐波那契数列寻求某一个答案。

斐波那契，一个奇特的数列。它的定义告诉我们，从第三项开始，每一个数都是前两项之和，就那么叠罗汉一样一直累加、铺陈下去，以致无穷。不可思议的是，这个数列中的每一个数都与自然、社会事物的状态以及运行规律有着对应、暗示、影射、牵引等神秘莫测的关系。比如，“3”这个数自然中就有百合花和蝴蝶花的花瓣儿与之对应；“5”则有蓝花耧斗菜、金凤花、飞燕草、毛茛花与之对应；“8”有翠雀花，“13”有金盏，“21”有紫宛与之相对应，而雏菊则把花瓣分生成几种，一种34瓣、一种55瓣、一种89瓣，总之，鬼使神差地就要与那个数列里的数应和上。再比如，兔子的繁殖、树枝的生长，都会在遵循自身生长周期的同时按照1、2、3、5、8、13、21……这样的节奏往下演变。

一棵树，第一年是一个枝条，第二年就变成了两个枝丫，第三年就拥有了三个枝杈儿，第四年就演化为五个枝杈……不仅是树，其他如松果、凤梨、树叶的排列，蜂巢、蜻蜓翅膀花纹的排列等等都与这个数列有着严密的对应关系。老师为了证明这个数列的神奇，曾经给我们出过一道题。说有一段楼梯有十级台阶，规定每一步只能跨一级或两级，要登上第十级台阶有几种不同的走法?全班同学花了整整两节自习课，没有一个人能够准确给出答案。临放学前，老师终于出现在讲台上，用教鞭指着我们的头说："你们不用费劲巴拉地抠了，我还是告诉你们吧，正确的答案，就藏在斐波那契数列之中：登上第一级台阶有1种登法；登上两级台阶，有2种登法；登上三级台阶，有3种登法；登上四级台阶，有5种登法……结果是按照1，2，3，5，8，13，21，34，55，89……的规律排列，因此推出，登上十级台阶，有89种登法。"

关于数列的命题，因为难解，让我饱尝了折磨与烦恼，却也因为它的神秘莫测，让我生出了足够的激情与敬畏。曾有一个时期，我几乎天天把自己的生命及生活放在数列里去对位、推演，以期从中找出某种规律，在事情还没有发生之前，就窥知它的状况和结局。很难说，这样的努力有没有什么益处，但近于痴迷的好奇推着我忐忑前行，欲罢不能。每当我盯着数列发呆时，就会想，自己是不是一个赌徒，面对反扣在桌上的扑克牌，在决不允许翻牌的规约下，却试图将牌微微欠开一条缝隙，偷偷看一眼牌面；或许也像一个十分愚笨的学生，总是在无法解完一道题或解完后落笔写下结果之前，因为毫无把握，忍不住先去翻看一下书后的参考答案。我也在想，我们的始祖亚当和夏娃，听上帝说

“唯有园当中那棵树上的果子你们不可以吃，也不可摸，免得你们死”之后，心里是不是就再也没有放下过那个果子？因为那果子的滋味和死，对于他们来说都是没有体验过的，不知道死是什么感觉，怎么能知道“不吃”到底是对是错，是应该还是不应该呢？

如果能够通过那个数列窥测到未来，我也就会知道对于摆在眼前的这一堆难解的数列，还有没有必要去苦思、苦寻其正确的答案。有一天，爷爷历数了我的成长经历：1岁时会牙牙学语，2岁时直立行走，3岁能学着大人的样子跑动，5岁开始背诗习字，8岁涉足学堂，13岁学会和父辈们一样侍弄庄稼……说到13岁时，我突然感到内心的战栗，又是一串儿咒语般的数字。那么，接下来的21岁和34岁两个特殊的年龄，又将会发生些什么特殊的事情呢？祖先们重复走了几百上千年的路，我可没有勇气继续走下去，我已经是一个赌怯了手的赌徒，只想把即将揭开的牌重新扣紧。在结局没有最后确定之前，我只相信自己内心期待的点数。

三

从我有记忆以来，父亲就通过直接教诲或以书本上的文字不断向我灌输，古时男人14岁就已是“丈夫”，不但可以娶妻生子，更应该立事、齐家。于是从13岁起，我就按照父亲的言传身教，在每一个农忙季节跟在他身后，帮他完成“自留田”间的劳动。尽管我有时还表现得力不从心，但那是我愿意做的。如果以后有一天我必然要离开土地，我就得抓紧为父亲分担一切我能够分担的劳役，否则怕是没有更多的机会了。我不愿意或深深担忧的，却是从此一直把农活干下去，从而渐渐远离能够支撑着我一步步走向梦想的课本。果然，这种担忧在不长的时间内有了应验。仲秋时节，我因为赤着脚帮母亲收拾碗筷，不慎被一把从灶台上滑落的菜刀砍中，右脚的五个脚趾被砍伤了四个，其中最严重的大脚趾被砍得露出了白森森的骨头，纵使血流汹涌也没能挡遮住那寒光闪闪的白。更可怕的是，我努力挣扎了几次，想忍痛走到内屋，却怎么也凝聚不起站立、行走的力量。

“13”，就这样即将成为我人生的重要转折。如果不能顺水顺风地过了这个“坎儿”，直达下一个“定数”，原有的轨迹恐怕就会发生改变，进入另一个成长或生存维度。这个意外的变故很像一个不祥之兆，隐隐约约，让我感到了某种强烈的牵引，仿佛要将我走得好好的路硬是扭向歧途。

全家人立即围绕着我下一步上学的问题进行了隆重的商讨。是继续上学，是休学，还是停学？继续上学，几乎没有可能，那么重的伤，右腿连动都不敢动，怎么能够行走几里地去上学？就算是大人用手推车把我“运送”到学校，我也无法忍痛坚持把一天的课上完。休学？一休就是一年的时间，那样的家境，哪有时间和财力支持一个学生没完没了地读书？辍学呢？父亲第一个做出了激烈的反应，马上表示，就是把这个破家卖掉一半也不能让孩子辍学。很快，刺心的疼痛就从我的肉体转向了精神，里应外合、无处不在地将我围剿，让我连续几天无法安眠。最后还是我自己做出了决定，不休也不停，只是先跟学校请个假，伤稍好，我就算是爬，也要爬到学校去。

接下来，我把所有睁着眼睛的时间都用来自学刚刚接触到的初中课程。一页页陌生的知识，如夜晚堆积到一处的黑暗，揭开一层，下面还有一层，似乎深远得无极无底，揭也揭不完。别的孩子坐在教室里慢条斯理地听课，那是在求学求知，而我独自忍住或忘却伤痛，激奋地啃着那些坚硬的知识，却相当于求生。最后，当光明渐渐透出时，我感觉自己拥有的已经不只是光明和生路，而是渗入到血液里的一种特殊物质——具体的钙或不具体的信念和力量——这些特殊的物质终于支撑着我坚持到可以和别的孩子一样，重新走在去学校的路上。

两个月之后，虽然我走在路上仍然是一瘸一拐的样子，但感觉自己像是一个打了胜仗的伤兵，脸上洋溢着大难不“死”的庆幸之情。至少，我成功地把“13”这个倒霉的岁数向上添加了八年。

风驰过，持续地拂过我的面庞，但我觉得风和风之间是有间隔的，它们是以“列”的方式排成一行，挨着个儿向我表示亲善和抚慰的。这情形和以往大不相同。以往，虽然我也从来没有看见过风是什么样子，更不知道风是单独的一种事物还是很多事物排成了行，接续在一起，只要它或它们一来，我就会感知到有一些东西从身边流逝而去，有时竟然是猛烈的流逝。

这样，我就不知道风在我的身外还是体内了。但无论如何，风的路也不都是很顺利，风的思想或方向也经常无法统一。有一些时候，大约是两股朝向不同的风，不期而遇地撞到了一起，你挡了我的路，我挡了你的路，互不相让，便扭打在一起，且行且厮杀，就一路搅起了地上的尘土和草屑，让它们的身形暴露出来。于是，人们就看见了它们扭打时的姿态，村里人把这种状况描述成旋风，而它的学名是叫龙卷风。其实，龙卷风和龙扯不上什么关系，那并不是两条龙，而是两股风在厮杀。如果它们的火气不那么大的话，就相当于小打小闹一场，厮打一气，气焰高至十丈八丈也就算了，扭打一段距离，便在人们的视野里隐去，各走各的路。如果杀红了眼，便一直杀到了天上去，杀上了云端，连天上的云都被它们搅出旋涡。至于地上被它们触碰或被它们的"脚""踩"到的事物，便立时粉身碎骨或先丢向天空然后又重重摔到地上，结局同样是粉身碎骨。

然而，再残酷的厮杀，只要过去，就会烟消云散而不留下任何残酷的痕迹。所以一直以来，并没有人知道世界上到底发生过多少事情，也没有人知道某一个人在他成长过程中发生过什么。

短暂而漫长的两个月之后，我的课程不但没有被同学们落下，反而比他们的进度还要快出至少半月有余。关键的是，从此我学会了如何把自己的全部心智凝聚于一个或一些必须解决的问题，依靠自己，走出自己的泥潭。

四

多年后，我与一个当年的同学坐在茶馆里聊天，共同回忆起那些平凡又有一点儿传奇色彩的经历时，我已经没有太多的兴致因同学言不由衷的赞美而重温远逝的荣光，我想到了人生中另一些扑朔迷离的问题。假如，一个人被事先排定的命运轨迹并不光辉灿烂，那么，真的被某个意外打破又有什么不好呢？当初，我若不是拼命维持住学习成绩，坚持走一条求学就业之路，而像那位同学一样，游游荡荡地玩一些年，然后抓住某一个从商的机遇，我如今是不是也会和他一样腰缠万贯、挥金如土，过上土豪的生活？我之所以想到这些，并不是因为后悔自己的当初，也不是向往他的现在，我只是感慨于命运的变化无常和不可捉摸。成败、兴衰的幻化与演绎，总如被狂风吹起的一块塑料糖纸，究竟能飞多高，什么时候在哪里停下来，落在地上时是正面还是反面，其结果都与你的愿望如何和干预与否没有一一对应的关系。

斐波那契数列，作为一个数学题目本身也并不算是最难解的，但它会和其他的常数或变数，有理数或无理数，以一种或几种运算方式组成一个全新的数列，那时，它才变得面目全非，无法辨认。命题人或老师大概都深晓其中的奥秘，所以，我们上学时学到的解题技巧多是通过一些特殊却机智的处理方法剔除或剥离其冗余的部分，最后让一些实质的、关键的部分裸露出来，裸露到一目了然的程度。这时你就会发现，斐波那契数列永远是一个坚硬的核儿，完整地隐在其间，从来也没有改变。经过伪饰的枯叶蝶，虽然形如枯叶，但经慧眼辨识，它的灵魂仍然绚烂如花。斐波那契数列之所以与众不同，就是因为它的某种本质是恒定的，永远不会改变。如果我们拿数列中任意两个相邻数做一次除法，以小数除以大数就得到或接近于0.618033989……，以大数除以小数则得到或接近于1.618033988……，并且数值越大的两个相邻数之比越是接近这个恒定不变的比值。这就是我们最熟悉的黄金分割线，它就隐含在这个数列之中，在每一个数与数之间的缝隙里。

0.618033989……一个神秘的术数，真的值得一个数列用它整个存在和无休无止的罗列来反复说明或强调吗?

一棵牵牛子于早春的泥土里怯生生地探出一片叶子，连路过的小山鼠都以为它这么早出来，是急于想说点儿什么。但它什么也没说，只是在不长的时间里又探出了一片叶子……其实，绿叶就是植物的语言。如果说一片叶子就是一个单词，那么两片叶子就已经组成了一个词组，三片叶子就可以构成一个短语。有一本专门研究植物生长的书上说，那两片叶子虽然长得几乎一模一样，但它们出土的角度却是迥然不同的。量一量，两片叶子之间的角度，相隔了222.5度，拿这个角度和整个圆周角360度一比，恰恰是0.618033989……也许，这就是作为植物的一种回答或佐证。

之后，穿天杨的叶子也从芽苞里展放出来，谷莠草、芨芨菜、蒲公英都学着牵牛子的样子，打着旋儿向天空伸出了娇嫩的小手，吹出了翠绿的音符，它们的语意雷同得如某一个接头“口令”，一模一样，不差毫厘地在阳光下传遍了大地。植物们共同遵循的这个咒语般的角度，通常被称为“黄金角度”。它们唯有按着这个指令把自己的每一片叶子安排好，才能保证每片叶子从中轴附近抽出后，可以在生长的过程中一直处于最优状态，最佳地利用空间，最多地获得光照。

美术老师向我们阐释0.618时，一只手扶着一个断臂的石膏像，女的，裸露着圆润饱满的胸，象征着衣服的皱褶堆在她的胯下……后来我才知道，那就是著名的断臂维纳斯。那是我平生第一次看到那么刺目、蜇心的女体，心狂跳，目光摇荡着而不敢直视。以至于老师的另一只手指向我时我都没有察觉，直到他大声喊出我的名字，我才如梦初醒，从座位上站起。老师问我："这个雕像美不美？"我不知道如何回答，只好点点头，同学们哄笑；"你知道为什么美吗？"我依然无法说话，只摇摇头，同学们再一次哄笑。老师把手放在雕像的脐上说："秘密就在这里。"因为世界上几乎所有看上去完美的事物都遵循着黄金分割律0.618，人体以脐为线，上身与下身之间最美妙的比例刚好也是0.618。

经过那次美的洗礼之后，好长一段时间，我内心深处都翻涌着一种莫名的失落，总感觉有什么缺憾在心的一角隐隐作痛。那天，老师为什么偏偏叫我站起来回答问题呢？是他发现了我内心的杂念，还是看到了我自身结构的不完美？同学们的哄笑大概是因为我的头有些大，我的上身有些偏长，最关键的是我的衣衫有些破旧，与那美丽的雕像形成了鲜明的对比吧，总之，我感到了自己的丑陋和污浊。

在那天的美术课上，同我一样被点到名字的还有一个叫潘亚芹的女生。我刚刚坐下，美术老师就把潘亚芹当作人体标致的典范指给了同学们。当时潘亚芹虽然被"点"得两颊绯红，但羞涩里明显多出几分自豪或自傲，否则后来也不会把头扬得那么高。在以后的日子里，每一次与潘亚芹相遇，都会让我想起老师用在她身上的比喻："像一棵水灵灵的小水葱似的。"可是小水葱有什么好呢？心中无数、叶管空空，里边装了一筒"大鼻涕"，无非就是葱白与葱叶的比例又合上了0.618，光长得水灵顶什么用呢？人生的意义终究不是供别人蘸着大酱嚼了充饥。突然有一天，我想开了，也感觉到了释然，不再羡慕小葱，也不想去做一棵小葱，而是想做一只不说话的闷葫芦。圆圆的、敲一下没有回响的葫芦，可以不用按着黄金分割线生长，也不能被某一种公式计算，它只是不声不响地从里往外生长、扩张着，让谁都吃不准它内心里究竟都装着些什么，有多少籽，有多少瓤，有多少生长的经验和感悟，折合多少智慧与思想。

冬天来了，潘亚芹那美丽的头不再对同学们高高昂起，逢人总低低地垂下。尽管如此，我们也时常能看到她红肿的眼睛，并且经常一声接一声的咳嗽，致使她高耸的胸部一阵接着一阵地上下起伏。谁也不知道潘亚芹到底怎么了，但谁都知道一定有一些不好的事情在她身上发生。

终于有一天，有了结论。在一阵剧烈的咳嗽声过后，潘亚芹望着手帕上一个半透明的物体，放声大哭，然后跑着离开了教室。正在大家莫明其妙之时，她同桌的女生及时给大家一个解释，潘亚芹在大哭之前，惊慌失措地问同桌她咳出来的那东西是不是一个小孩儿，同桌看形状很像，便点了点头。同学们面面相觑，有的惊诧，有的讪笑，有的似乎明白了到底是怎么回事儿，有的似乎仍然不太明白。事情就这样过去了，但从此同学们再也没有看到过潘亚芹，据说，后来她举家迁往了外地。

五

入了冬，季节正好轮转到一年的四分之三处。这时，事情总是最糟的，也是最好的。糟的是我们不能再看到那个名叫潘亚芹的漂亮女生，好的是从此潘亚芹也许不用再低着头走路，会变得和从前一样快乐一样骄傲；糟就糟在一年中最寒冷、最难过的日子终于把我们死死抓住，往死里折磨，好则好在只要挺过这段残酷的日子，春天就来了。

冬天之所以残酷，就在于它往往会毫不留情地剥夺一些人、一些事改正、转变或重新开始的机会，只蒙受最糟，而“挺”不到最好。

我家门前，曾栽过一棵据说可以安全越冬的耐寒型玫瑰。5月下苗，7月放苞，本以为8月盛放之后，9月便可歇了花事，没想到它延宕至10月中旬才进入了盛开的状态。10月末一场薄霜降下，它也没有枯萎，靠着体内剩余的激情与能量，继续傲立于冷飕飕的寒风之中。直挺到12月雪落下来，气温降至零下二十摄氏度，它的叶和花仍然没有掉落，但像被火灼烧过一样，炭化为黑色。这支勇敢而莽撞的玫瑰，在踩到了斐波那契时间窗时，当藏不藏，没有凋谢、撤退，没有停止生命的张扬，生命之火才被冬天毫不留情地剿灭。这样的剿灭，会让一个美丽的花魂直入“十八层地狱”，就算春天再来十次，它也没有一次机会能随春天如期而至了。

在一年的周期里，进入冬天就已经迈过了一年的黄金分割线。一年中真正的黄金分割线应在二十四节气的八分之五处，即第十五个节气——白露。白露一过，应该成熟或成功的一切都注定要成，没有成的就注定会败落下来。有时悖反节律的努力只能延缓事物的进程，而不能从根本上改变结果。冬天，就是一步步滑向结局，一点点揭开谜底的过程。所以冬天里，总是有很多惊天动地的事情发生。冬天里，不仅会有一棵小小玫瑰的夭亡，而且也经常会有一军甚至一国之殇。

据记载，1812年，拿破仑发动了大规模的侵俄战争。9月，正是莫斯科一年中气候最为凉爽宜人的季节，博罗金诺战役结束，拿破仑踌躇满志，在未能消灭俄军有生力量的情况下，便贸然率领大军进入了莫斯科，以胜利者的姿态等待着沙皇主动求和。结果等了又等，不但没有等到沙皇求和的好消息，反而是后方的坏消息不断传来。直到10月19日，按照中国的农历计算，第二天就是中秋节了，拿破仑才幡然醒悟，发现情况不妙，必须马上撤军，但为时已晚，他没有给自己留出足够的时间在冬天到来之前安全撤离。马洛雅罗斯拉维茨之战后，一支浩浩荡荡的大军饥寒交迫地跋涉于零下三十多摄氏度的严寒里，历经维亚兹、维尔纳等一系列惨烈的败仗之后，被打得七零八落。待拿破仑仓皇逃回法国时，五十万大军只剩下两万多人。此一役，成为历史上完败的典型战例。算一算，他三个月的胜利进军加上两个月的盛极而衰，从时间之轴上看，已经越过了黄金分割线，但当时的拿破仑大帝并不知道有黄金分割一说，所以做梦也没想到自己会鬼使神差地误入了一个宿命或神秘节律的泥潭。

在相同的俄罗斯大地上，还曾发生过另一场不可思议的战争。那是1941年6月，纳粹德国启动了针对苏联的“巴巴罗萨”计划，实行闪电战，在极短的时间里，就迅速占领了苏联广袤的领土，并继续向该国的纵深推进。在长达两年多的时间里，德军一直保持着进攻的势头。直到1943年8月，德军从攻势转入守势，再也没能力对苏军发起一次可以称之为战役行动的进攻。被所有战争史学家公认为苏联卫国战争转折点的斯大林格勒会战，就发生在战争爆发后的第十七个月，正是德军由盛而衰的二十六个月时间轴线的黄金分割点。又是一个奇寒的冬天，又有一支急于成功的强大军队因为触犯了一个平凡的小数儿0.618而付出了一百五十万条生命的代价。

自古就有“寒来暑往，秋收冬藏”之说，每到冬天，特别是中国的北方，大地冰封，草木凋零，很多动物进入冬眠，蛰伏在树洞或冰雪之下。此时，人类的生活和生命节奏自然而然地就要随着天地万物的节奏慢了下来。城里的人们深居简出，农民停止耕作“猫”起冬来，每日两食，无所事事，翻着日历企盼年关早过，春风再度。而学生时代的我，也总是在冬天里变得更加沉郁，咬紧牙关，忍着食物粗陋和每日两食造成的饥饿、单薄衣衫抵挡不住的寒冷以及怎么熬也难过的漫漫长夜。每天挤出三分之二的精力用来学习，而另外三分之一的精力主要用来品味生活的艰辛和胡思乱想。

后来，我从多种角度审视过那一时期自己的状态，如果用一个简单的词概括，就是“挣扎”。挣扎，在一条冷暖、明暗、存亡、荣辱的灰色边界上，全身心以赴，挣扎。《易经》里有爻词曰：“初九，潜龙勿用。”细想，那个时节、那个人生阶段，除了忍耐与挣扎还能做些什么呢?

入夜，随着灯盏的熄灭，世界忽悠一下就落入了黑暗。以后就一直在无声无息地下沉，时间消失，只有一种不易察觉的行程在延续：一丈、两丈、三丈、四丈……像一排没有尽头的数字一样，不可遏制。直到大人的鼾声响起，仿佛流星般远逝的生命才有了依托，落了实底，但终究还是看不清人生的刻度正指向命运的几分之几处，更不知道自己最终要落到哪一个“数”或哪一个点儿上。

突然，一声悠远的汽笛刺破茫茫夜色，从十公里之外的铁路小站传来，梦一样，闪着银色的光芒在耳际一掠而过。轰隆隆的声响，是车轮撞击铁轨的声音，也是时光迈开双脚正步行走的声音。但时光的脚步从来不像人类的脚步一样，总是“一二一、一二一……”地间断、起伏着向前。它展开脚步的方式往往如捋起一条没有尽头的线，或如驱动一趟没有尾部的列车，密密绵绵，气势如虹，一泻千里。在这样的列车上，只有和它同一个量级的岁月才有资格当它的乘务员。所以，尽管我们有时说不清自己的座位是几车厢几号，列车已经运行至哪里，但岁月能够知道得一清二楚。只是有一个情况大家有所不知，岁月，原是一个患有失忆症的见证者，很多的事情都放不到它心里。刚刚查验过我们的车票，就不再记得我们的面容；我们什么时候应该下车，它也来不及提醒，它总是匆匆忙忙地一直从前往后走。前边车厢里的人都已经下车，一节节空空的车厢已杳无人迹，它也无暇理会，反正它眼前的车厢总是那么拥挤，这就有足够的理由支持它往后走，往后走，一直往后走——

六

就某些特性来说，“斐波那契”是一个十分诡异的数列。在这个数列的前端或“童年时段”（如果数列也有成长过程，也有童年、青年、中年和老年的话），数列数值越小，其特性也就越不明显、越不成熟。前端的小数之比，原则上还算不上黄金分割率，只是接近罢了。比如1：1=1；1：2=0.5；2：3=0.67；3：5=0.6；5：8=0.625；8：13=0.6154；13：21=0.619……只有数列延伸到无限远，数变得很大，比如10946：17711，那个比值才会接近标准——0.618034……也就是说，这个数列更适合用于大数，如果把它放在许多朝代、许多年月的历史背景下或把它放在由许多个星系组成的宇宙中，而不是地球上某一弹丸局促之地，它才更能够显现出它的精确与神奇。而人类，在搭乘到时间列车之后，待不了多久就得下去了，无法长久坚持，也无法亲眼看到斐波那契显现出精准的预示。人类所能拥有的数基本都是小数，所以，人生里每一个所谓的黄金分割点基本都是个近似值，一切都来不及精确，一切看起来都是模糊的、难以确定和难以把握的。

我过40岁生日那年，偶然遇到了一个“解命”的术士。他在了解了我的基本信息之后掐指一算，给我画出了一条生命运行轨迹。术士说，我1岁的时候，有帝王之尊；从3岁开始进入败运，命有贫寒之象；一直到20岁，开始一生的劳碌与打拼，屡屡险象环生，又总能逢凶化吉，虽然一直处于上行的状态，但一直要受着命星的压抑，苦斗与挣扎而不得伸展；过55岁之后将有一程繁花似锦的好时光，天高地阔，日朗天清，彩虹飞现……我当时听了此话，既觉得似是而非，又觉得无可置疑。巧的是，几个关键时点恰巧都落在了斐波那契之数上。于是闲暇之余，不自觉地来了一番回想与复位。

术士说我1岁时可坐享帝王之尊。看似滑稽，但也不是没有道理。一个近于赤贫的家庭，两个大龄青年，好歹结上了婚，又喜得贵子，不论如何都会视之如珍宝，待之如掌上明珠。相比之下，就算是个真皇帝又有什么可稀罕？虽然龙袍加身，又怎比得上新生儿美丽柔嫩的肌肤！虽然山珍海味，又怎么比得上天然的母乳！纵然是耳边有连绵不断的山呼万岁，满朝文武又有几人真心实意盼着你永远不死？但是，人长到3岁，从心理和生理上都应该彻底与母体分离了，独立行走，独立进食，独立摇摇晃晃地走向世界。就算是当惯了“皇帝”，也得走下宝座，面对残酷的现实了。吃、穿、教育、成长、尊严等等，无不要受到来自贫困家庭的制约。所以那先生关于我一生的总体判断，当时看，说得也没错，不仅是我，每一个农家子弟的路都不会走得很顺畅，一步一坎儿地艰难前行，人生自然就充满了波折。

回想起自己的人生转折应该是1978年。这个数，与术士说的那个转折点20岁，就差得太多了，前后差了五年，误差率在百分之二十五左右，已近谬误。本来，我是不信宿命和定数的，我只相信个人的努力和拼搏，但人走着走着就会走到一个特殊的时刻，你就会发现你的未来、你的命运与你的努力竟然毫不相干，你只能依靠一只骰子为你的命运或未来做出决定。那一年，是中国恢复高考制度的第二年，人们刚刚从“文革”的麻木中苏醒，不知道这短暂的光明之后会是更大的光明还是重回黑暗。我当时也骑在未来的“墙头”之上，面对左右为难的境遇。是从初中直考中专，还是考取高中后再考大学？这对于我来说，是一个非常艰难的抉择，向左或向右，都有可能造成一生的遗憾。于是我选择了一双脚踏两只船，两条路一齐走，既考中专，又考高中。

结果两条路并行了两个月以后，突然拉开了角度，分道扬镳。我手里攥着两张通往不同方向的“通行证”，不知所措。拎着一张理工科学校的录取通知书上中专？一是很可能此生就再也实现不了上大学的梦想，二是从职业选择上可能就与自己心爱的文学告别，无法实现那个当作家的梦想了，哪种结果都可能成为我心中一生的痛。拿着高中的录取通知书上高中？怕国家形势突变，再一次取消高考，最后连中专也上不成，落得个竹篮打水一场空。至此，人生之路竟然真的成了一场难以回避的赌局。押左或押右，必须下注，否则就会被未来的路弃于荒野。但我自知是一个农家子弟，我没有赌本，没有胆量和勇气下那笔大注，我只能退而求其次，选择一个稳妥的方案，去了一所理工科中等专业学校学工程技术。接下来若干年的彷徨、割裂与跋涉，就自不必细说，人生的愉悦和幸福本来就只是两次失意或伤痛之间那短暂的间隙。

一个人活到55岁，就已经临近退休年龄。一生的苦累、逼迫与失意都抛在了身后，一旦从执着中抬起头来，就会发现，一辈子的奔波不过就是为了一个内心的平和与宁静。一些具体的事物，本来就如跑在眼前的电动兔子，追与不追可能结果并没什么两样，不同的是，追的人显示了自己的勇气、信念和力量，而不追的人则表现出自己的放达与平和。谁见到过自己的“命星”是个什么样子呢？一生中时刻压迫着自己的那个人也许正是自己。人一旦活到了这个境地，什么也不用扛起，不放下也会放下，自然也就天高地阔了。

面对斐波那契数列，我有时想说很多话，有时却什么也说不出来。因为我知道，每一句来自于神的话语都是无法破解的，也是无法与我们所知的一切对译或互证的。对它，我确实心存几分敬畏，也确实不太坚信。我似乎有点儿不太相信宇宙间的秘密和规律果真会暗藏于一串奇异的数字之间，也有一点儿不太相信一些神秘语言的明喻与暗示果真能够与一个具体的事件或细节握手言欢。

耶稣说："为义受逼迫的人有福了，因为天国是他们的。"

对于这样一句字面意义十分明确的话语，我尚需花费好多年的时间去理解、破译，更何况那些没有词义的谜题？其实，直到现在，我仍然说不准应该如何表达才能更贴近耶稣话语的真意。我只知道有福分或福气是好的，但并不知道什么是福。快乐是好的吗？但仍可能乐极生悲；灾祸和苦难是好的吗？但没有人拒绝化了装的祝福？失败和惩戒就一定很糟吗？但不经历惩戒的人怎么知道什么是正确的，又如何坚持？没有经历过失败的人，又怎能取得真正的成功？天国是好的，可是天国里就没有白天和黑夜，没有寒暑之别吗？可能我够不上一个"义"人，所以理解起那句话时，总会生出很多的歧义。

我认识一个炒股票的朋友，自称非常了解斐波那契数列，于是便很执着地把股票的K线图在一个高度与另一个高度之间用所谓的黄金分割截成很多个层面，以此来归纳以往的涨跌规律，进而又推断出未来的走势。为此，他扬扬自得，还专门出了一本书，论述斐波那契数列与股市股价间的关联，似乎他通过几条线就把股票的规律画得清清楚楚。后来，他终于耐不住诱惑，亲自入市操作，但股票的运行曲线往往会在他预设的点上发生很大的偏离或拐向相反的方向；常常不等走到他预设的某一条横线，就发生了惊天的暴涨或断崖般的狂跌，只几个回合，不多的本钱已经折去大半，他苦笑着摊开双手，归咎于如今的人心、人意已经不再顺应天道。

他的话音未落，我已经把目光投向远处的天空和曾经熟稔的大河。如果是从前，这个季节应该有浩荡的季风自西南而来，长驱直入，河上将有成行成片的风帆，追逐着水下的鱼群逶迤前行……但我什么也没有看见，一场浓重的雾霾，像一块灰色的幕布挡住我了的视线，我看不见、猜不透幕布后隐匿着的任何秘密。

我突然怀念起具有河之形态、风之性情的斐波那契数列。它的数、数与数的缝隙之间，藏匿了我太多的过往：我的青春岁月、我的陈年往事、我的希望、我的失望、我的苦、我的乐、我的伤、我的痛、我的那些流星般闪着光辉的快慰……只是不知道它那古怪刁钻的脾气，如今是否有所改变，如果它不再像从前那样令人头疼，令人生畏，我可能会再一次鼓起此生剩余的全部勇气，向它追索我不小心丢失的一切。

就在这个念头刚刚生出时，我突然又鬼使神差地想起了斐波那契数列的另一个特性——从第二项开始，每个奇数项的平方都比前后两项之积少1，每个偶数项的平方都比前后两项之积多1——那么，这突然而至的提醒又意味着什么呢？这数列，到底是一组封存往昔的密码，还是一把开启未来的钥匙？！

东 洋 镇

从齐齐哈尔出发，沿嫩江逆水行去一百公里，便到了东洋镇。

原本沙岸泥底的河床，延宕至这里，遂被坚硬的石槽取代，江水倏地就变得清冽起来，而一直平阔、舒缓的江岸，却被陡然闪现的石崖石壁当头一声断喝，活生生拦住了去路，眼看着一江柔媚的春水就那么渺渺然归了两岸的青山。

过了山口再向前，举目已一片苍茫，汹涌的峰峦之间，唯有那道浩荡大江可称作最平坦、柔软的“路”。在江上行走的人并不在意水从哪里流出，又归属于谁，江风起处，心里的强弱顺逆之界早已变得模糊，他们能够把握的或最在意的只是能否将自己的“路”走通走好。当船行至平原与山地的交接处，他们并不想，也没情致发出更多感慨，只是本能地给船加大了马力。他们知道，越是行至水清处，越要面对更多的曲折和艰险，也就越需要多加小心，多付力气。

自古以来，东洋镇的人就在这山地与平原、崎岖与开敞的交错处讨生活，进也奇绝，退也坦荡，两种截然不同的境界，对于他们来说，进出只在一念之间。

如果一转头，把脸朝向了平原，放眼即是一望无垠的万顷良田，那会让人情不自禁联想起遍地的稻菽芬芳和金子般的粮食，以及由那一切给人们带来的富足与安康。面对一幅如此美好诱人的图画，还有什么可犹豫的呢？马上盘点一下行囊看还有多少资财可供支配，如果有可能的话，完全可以拴一挂车，打两副犁，置下几垧黑土地，把这流蜜之地作为自己永久的家园。

再一转头，脸就朝向了山地，看一看那一江丰盈的大水和重峦叠嶂的大山，有多少智慧和力气找不到宣泄之处，又有多少秘密和野心找不到藏匿之所呢？于是一些胆壮气盛的人行至此地，把家当一扔，家眷一放，径自往上游而去，数日或数月后转将回来，竟然是满船的鱼虾、成山的木材，运到市场上一转手，就有了大把大把的币子，这着实让那些在土里刨食的人们看得眼花缭乱。从此，东洋镇上就多了一拨“赶网”和“吃山”的人。另有一些胆子更肥壮的，趁夜色三五成群聚在一处计议起一番惊心动魄的“大事儿”，或凭借几杆枪、几匹马出没于深山、平原之间，干起了打家劫舍的勾当；或不屑于那些伤天害理的事情，只身跟上哪支队伍，从此驰骋于硝烟弥漫的疆场。只是这些人一般不会在东洋镇上露面了，镇上的人之所以还把他们与东洋镇联系起来，十之八九是因为外面不断有隐约的信息传入，说某某“绺子”或某某队伍的人，原是东洋镇的。且不论他们是“黑白两道”哪路的英雄，每提起这些人，东洋镇的百姓立刻肃穆起来，但从表情上看，是无论如何也看不出他们内心里泛起的是惊惶还是自豪，这时，突然就会有心直口快的人冒出一句感慨：“都是惹不起的主儿呵！”

在这样一个水陆交通要塞，人们最看重的就是交通工具，而水上的船、陆路的车以及灵巧便捷的马匹，是中国自千年以前一直延续到上个世纪中期的三种主要形式。住在镇东的石家，是东洋镇有名的木匠世家，自从有了东洋镇似乎就有了石家的木匠铺，至于这木匠铺到底有多老，石家的人似乎并没有时间和兴趣去追溯，只是自顾自地埋下头，乒乒乓乓地忙着忙不过来的活计。

最早，石家是光打车不“排”船的。那时，行走在东洋镇街路上的车，半数以上出自石家木匠铺。石家的车，轮子平滑圆润，车轴与轴承的间隙恰到好处，运行起来自有一番悦耳动听的节奏和音效，懂行的人不用看，只需听一听车子在行走时的响声，就知道那车是不是出自石家木匠铺。木匠铺传到了石木匠手上时，无论眼界、志趣和业务类型都发生了很大变化。他们不单是做车，也“排”起了船。至于石家的船后来也成为东洋镇一带最好和最出名的船，那是理所当然的事情，自不必说。单说石木匠那个嗜马如命的癖好，曾让东洋镇的人大惑不解了好一阵子。一个木匠铺子却不间断地饲养着以各种渠道和方式收罗而来的良马。一个阔气的大马厩里，马儿随进随出，很少有人知道它们的来龙去脉和底细，石家从不以马盈利却是众所皆知的。不管是谁与石木匠谈马论价，他都会断然拒绝：“我们不做马匹生意。”到底图个啥呢？不顶吃，不顶喝，好草好料地供着，还专门雇着好人当祖宗一样伺候着？

按理说，船是水上的车马，车马是陆路的船，从事的都是载人、运货的营生，自有相通或相同之处，喜好和精通其中一样，其余的很自然就跟着借上了“光儿”，对其中的任何一样有所偏好都在常情常理之中，更何况有时“嗜而成癖”还包含着“更解其中味”和更懂得珍惜、珍爱的意思。没准儿石家的车船出色，与石木匠那些出类拔萃的马有着某种密不可分的关联呢！你想，一个追求完美，对什么都不肯降低标准的人，肯在某一个领域里睁一只眼闭一只眼马虎敷衍吗？对此，石木匠从来不屑于阐述或解释。在话语上，他算是继承了石家几代人传袭下来的气脉，不管你说什么，到了他那里只是浅浅淡淡地一笑，从来不与人搭腔争辩，顶多只是闷闷地说一句：“喜好呗！”

据说，很少说话的石木匠并不是个温顺、柔和的人，更不像大家猜想的那样，是一个无条件的动物保护主义者。东洋镇街上的狗，不管是谁家的，也不管它是尾随狂吠，还是摇尾乞怜，只要靠近他，他便会飞起一只穿着马靴的脚，将其踢翻在地，随口补一句十分轻蔑的咒骂：“狗性！”北方人说的狗性，主要是指那种见弱则强，见强则弱的欺软怕硬性或奴性。

只因这一只飞起的脚，平时拿眼睛盯着石木匠揣摩的人心里就有了数儿，原来他沉默性情里竟然暗藏着一颗如此暴烈之心！也难怪他不喜欢善沟通、会摇尾的狗，而偏爱那些基本处于无言状态的马。若按发声特性划分，石木匠和他的马大约也可以划归为同类。从此，东洋镇里那些喜欢聒噪或搬弄是非的人，暗自吐了吐舌头，远远地避开这个自己很少“叫唤”也不喜欢一切“叫唤”的石木匠。现在想来，石木匠真是一个安静的人，安静且又深沉。可是当他从马厩里拉出自己最中意的黄骠马，飞身上马，踩着麻石路嗒嗒地从住处赶往木匠铺时，还是把一身的英武之气洒遍了东洋镇。

关于石木匠的性情，东洋镇的人多有争议。有人说，石木匠骨子里就有那种不怒而威的风范，心性高，气度好，别说骑上了一匹好马，就是骑头驴，也损不了他的形象。也有人说，他不就是一介木匠嘛，打车排船之辈，骨子里也不过是个买卖人，若不是那头高大英俊的黄骠马撑着他，那也就是呆瓜一个，并没有什么可圈可点的长处。说这话的人，口气是重了一些。这是山根水畔人说话的特点，为了表达自己的观点，往往只强调一点而不计其余，要的就是一个鲜明的效果。当然，也有人会客观一些，反问一个比较尖锐的问题："一样的养马，你怎么没养出那么好的马呢？"

这确实是一个问题。

石木匠已经逼近50岁的年龄，膝下仍然无儿无女，看样子"无后"已基本成了他并不情愿的宿命。于是，他干脆就放下儿女的念想儿，把心思转移到了养马上，像调教自己儿子一样调教、呵护起他的马，尤其是他那匹心爱的黄骠马。

相人看门风，相马看槽头。说的是，看一匹马到底好不好，就跟看谁家的孩子将来会不会有出息一样，不仅要看其平时的举止言谈，还要看其家庭环境、兄弟姐妹的状态以及饮食起居、站立行走的姿态、吃相等细节。石木匠对他的马，可是爱而不溺，严爱相济，心可以软，但手从来不软。白天一有空，他就打发人把马牵到江岸那片清一色长着碱草的甸子上去放牧，偶尔自己也亲自去一趟，他只允许他的马吃纯净而又富有营养的碱草，如果归途中，黄骠马又把嘴伸向了那些沾有污泥浊水的杂草时，他会毫不犹豫地一抖缰绳或一记马鞭把马头校正至正视前方，他可不允许他的马因为一口之贪而获疾病或养成不良习惯。到了夜里，要赶在9点钟以前将马喂饱，然后把缰绳调高，让马把头仰起来，一直那么吊到第二天早晨，久而久之，他的马很自然地就保持了一种昂首临风的优雅姿态，就像一个在任何场合都保持腰身笔挺、颈项舒展的美女。

石木匠牵着他的黄骠马走在东洋镇的街上，胸也是挺直的，微微昂起的头虽然不至于夸张，却也还是透出几分难以抑制的自豪和得意，只不过当人们看到黄骠马时就很少再去留意石木匠罢了。一匹妖艳的母马。东洋镇的人或从镇上行脚路过的人，不论是爱马的或不爱马的，只要目光与之相撞就难以做到一掠而过却不事停留。它就像一块金色的磁石，一路牵扯着行人的目光。它可真是骏马堆里的美女，一个漂亮的姑娘，也难怪石木匠会一边用手轻轻抚摸着它的长颈一边像哄孩子一样吐出了三个温情脉脉的字："好姑娘！"从此，"姑娘"便成了那马的别称。

本来，黄色并不是一种抢眼的色彩。如果一样的体态，换上纯白或纯黑的毛色，就提神多了。这个不打眼儿的色彩落到"姑娘"的身上却显得格外地妥帖和明艳，没有人能够想象得出，如果"姑娘"换了另一种颜色会是什么感觉。它高昂的头、鼻梁上那一线剑形的图案、顺滑流畅的脖子、曲线优美的腰身、性感壮硕的屁股、匀称笔直的腿以及那一双灵气流溢的美目，似乎只有配上这身皇宫锦缎般的皮毛，才让人感觉到无懈可击或出神入化。

大约只有马才真正懂得马的美。看一看镇上的马接近“姑娘”时的反应，你就知道“姑娘”身上的魅力了。“姑娘”迈开它优雅的四蹄，晃动着紧致光滑的屁股走过大街，大街立即如一盆静水被一只有力的手搅起翻腾的水花。几乎所有适龄的“儿马”看到它，都会踢腿刨地、引颈嘶鸣，一派骚动不安。但石木匠从来不让他的“姑娘”乱来，只要“姑娘”的脚步稍有迟疑，石木匠立即狠狠地抖动手中的缰绳。在他眼里，镇上的那些马没有一匹能够配得上他的“姑娘”，他可不允许一个草率的交合之后，家里多出一匹毛头毛尾“歪瓜裂枣”的衰马，他可没有心情和精力为一个偶尔的失误付出那么大代价。如果真有与“姑娘”相配的“白马王子”，也许石木匠是可以考虑的，他必须为“姑娘”把住这个婚配关，他要维持石家的马血统纯正高贵。

久而久之，“姑娘”似也无心贪恋那些廉价的虚荣，不管群马“欢呼”也好，“呼哨”也好，攒足心力进行“眉目传情”也好，它一概不予理睬，头都不侧一下，随主人傲然走过长街。每逢这时，石木匠会心会意，用那只闲出来的手，飞快地在“姑娘”的脸颊和脖子上捋了一下，轻柔且动情。

曾有细心的人统计过石木匠一天的时间安排，结论是他每天花在木匠铺的时间只有六分之一左右，一天十个小时的开店时间，他在铺里逗留不过两个小时，其余时间差不多都在侍弄他的马。没事儿的时候石木匠就拿一把短齿毛刷刷洗他的“姑娘”，一直刷到它浑身的皮毛像“一汪水儿”似的光滑干净和柔软。偶尔有一只苍蝇飞落在“姑娘”身上，姑娘的肌肉一颤，立即有一波急促的水纹从它身上荡开，苍蝇便识趣地飞走了。石木匠一边用刷子刷，一边从马头到臀部用手掌画着圈儿地一路抚摸下来，这一套动作肯定让“姑娘”身有所触心有所感。人马交流到酣畅处，“姑娘”会很懂事地将头回过来，轻轻抵住石木匠的头，石木匠也不躲避，顺手搂过它的脖颈以脸摩挲片刻。再看“姑娘”的眼角，已经有了一片濡湿。

几十年以前的东洋镇，毕竟格局很小，风从西边的街口跑到东边的街口，也就是一袋烟的工夫，每天都有大大小小的风，来来往往地穿过镇上的房舍和街道，把人们听得懂或听不懂的信息传播到各处。有一段时间，黄骠马的耳朵里不知道被风注入了什么信息，突然就懒动草料，烦躁不宁起来。它精美的头仍一如既往地高昂着，但四蹄间显然多出了很多踢踏的动作，偶尔一声低沉而又有节制的嘶鸣，仿佛它正面临着什么不可见的危险。能是什么样的危险呢？那时正是“草色遥看近却无”的初春时节，想必就是那春风本身，它可是所有生命最体己的朋友和最危险的敌人。它只凭借着极其轻柔的一记吹拂，就能够造就最难平复的瓦解和重构：土地开裂，青嫩而又所向披靡的草便纷纷探出细嫩的芽尖；树苞起处，柔软而有力的叶片便刺破枝条，从树的内部向外张开……石木匠意味深长地拍了拍黄骠马，大约知道了它生命里最底有什么在悄然无声地膨胀或慢慢地撕开裂隙，是什么造成了它的痛苦和不安。于是，他把黄骠马牵到了野地里去掉缰绳，让它自由自在地在草地上伫立或奔跑。他就远远地坐在一棵树下，心情复杂地看着那幅美丽而又令人感伤的图画：一匹发情的母马辗转于初春空旷的原野之上，举目无朋，只有风一直追逐着它，仿佛转着圈儿从头到尾地将它梳理，让它俊美且忧郁得如思春的少女。

两天后，突然有一个八路军的骑兵连像被特意编导了似的，来到了东洋镇。骑兵连的连长小高，现在已经没有人记得清他叫什么名字，夜晚被安排在石木匠家里借宿。

高连长的坐骑是一匹毛色纯黑的公马，头小颈直，高大英俊，一双乌溜溜的眼睛机警有神。也许是战场上纵横驰骋和出生入死的非凡经历使然，也许是天生的雄性气场使然，一搭眼就能感觉出那黑马要比黄骠马多出几分刚烈、英武之气。两匹马一见面，就开始了热烈的交流，以期待的眼神、以粗重的气息、以喉咙里发出的模糊声音、以四蹄间不断变换的动作。还没等主人搭话、寒暄，它们之间似乎就已经找到了非同寻常的感觉，如果是两个青年男女，是不是可以叫一见钟情或一见如故呢?

高连长自然是一个相马的行家，他与石木匠之间最主要的话题也是谈马，谈如何识马与养马。他告诉石木匠，那匹黄骠马是乌珠穆沁马与俄罗斯奥尔洛夫马的杂交，而他的黑战马则是伊犁马与三河马的串种，都是质地优良的骑乘品种。

夜渐深，高连长与石木匠分别沉沉睡去，而马厩那边却不断地传来了各种轻微的响声，看来，对于两匹马来说，那注定是一个难以平静的夜晚。直到第二天清晨，人们才知道昨夜到底发生了什么。原来，黑战马在深夜里挣脱了缰绳，跑到了马厩里与“姑娘”成就了春风一度或数度的好事儿。当高连长的警卫员来牵它离开时，两匹马还处于依依不舍的情绪里。

其实，夜里黑战马挣脱缰绳时，警卫已经发觉了，但那个小伙子并没有声张和制止。反正马也没有出院子，不会跑掉，并且让他一个人去管束一匹发了情的战马可能也不是件容易的事情。另外，在那样一个春风荡漾的美妙夜晚，大约所有的生命经那夹杂着泥土芬芳的风儿一吹，心头都会生出一些软软的温情吧。当时，那警卫员的年龄与高连长上下相仿，正是情窦初开的美好年华，如果有幸赶上一个没有战乱的年代，他们也许都在花前月下与心上人卿卿我我呢。设想，在那遥远的故乡或某一转战停留之地，真有一位姑娘在牵动着他深深的思念，那夜，不正是他触景生情，心怀感念的时刻嘛！那他就更有理由可怜并成全了那两个被情欲充满的生灵啦。若从生命平等的角度说，他们还是出生入死、并肩战斗的战友呢。

第二天清早，高连长的部队就离开了东洋镇，开拔到了新的战场。热闹了一小阵子的东洋镇很快如落过一颗石子后复而微波不兴的静湖，看不出曾经有涟漪泛动，也看不出今天与昨夜或昨夜之前有什么变化，一切秘密和细节都被如水的时间严严实实地掩埋起来。石木匠也还是依然如往常一样，把一小部分时间用来照料木匠铺，把一大部分时间花在他的“姑娘”身上。然而，“姑娘”却一天天在发生着变化，神情渐渐显现出平静与安然，腹部一天比一天更加膨胀。秉性精怪的石木匠早已看出他的黄骠马已经从“姑娘”变成了少妇，就要做妈妈了，但令他百思不得其解的是，它到底是什么时候怀上了谁的孩子呢？数月后，“姑娘”临产，生下了一匹纯黑的小公马，他顿时恍然大悟，原来那一夜激情竟然留下了果实。从此，石木匠便用他有限的话语不断地讲述起那个只有一面之缘的高连长和那匹与高连长一样英俊的黑战马，泛美之词溢于言表，仿佛那梦境般一闪而逝的过客原是他血脉相连的亲人。

“两岁口”的小黑马，体魄上的高大已经超过它的母亲，其威武英俊似乎也在父母之上。经过石木匠两年多精心调教，它已如草丛中一棵鹤立鸡群的青蒿，挺拔而水灵，浑身上下透着蒸腾的朝气。当小黑马在野地里撒起欢，它飞快的脚步就会如雨点儿一般，一阵阵洒落在翠绿的草地上，而飞速掠过的身影更如一缕黑色的旋风，搅起了蹄边青草、野花的芬芳以及天空里翻卷的白云。石木匠总是站在远处眯起眼，微仰着头，像当年看“姑娘”时一样，一动不动地欣赏着眼前这幅图画，仿佛沉浸于阵阵扑鼻而来的花香之中难以自拔。

三年后，高连长的部队再一次路过东洋镇。这一次，高连长还是住在石木匠家，但这次，高连长的骑乘已经不再是那匹黑战马了。数日盘桓之间，石木匠清晰地感觉出高连长不同以往的老成和神情中的灰暗，也断续弄清了高连长的部队性质以及黑战马牺牲的经过。只是不知那可怜的“姑娘”，是否懂得什么叫作牺牲，是否知道它曾经的爱侣永远也不会再回到它身边？几天来，从院门进进出出的高连长，是否会激起它美好的记忆，是否让它更加想念起那匹帅气多情的黑战马以及与黑战马共同度过的那个情深义重的夜晚？

从见到小黑马那一刻起，高连长就认出并喜欢上了它，在东洋镇逗留的几天里，高连长几乎天天把时间花在它身上，端详、接近、爱抚，也许还有一阵阵拥有的冲动。显然，他是把小黑马当成了他的黑战马。最后，他还是下定决心对石木匠说出了自己的想法和意图。他说，只要让他把小黑马带走，什么条件他都接受，马队里的马随石木匠挑选，三匹或五匹他都愿意交换。可这边，石木匠死活就是不答应。石木匠也有自己的想法和坚持的理由，石木匠说："好马谁不喜爱？别说你三匹五匹，就是一个马队我也不稀罕，小黑马是我的命根子，没有小黑马，我养那么多的东西又有什么意义？"

良久，石木匠突然说："你认我做干爹吧，我就把小黑马给你。"

高连长沉思了片刻，响亮地应了一声："好！"便在石木匠眼前跪下，响响地叩了三个头，叫一声爹，这门亲就算结了。

接下来，高连长命令连队原地休整三天，他自己要在这三天里尽一个儿子的义务。三天里，他和石木匠寸步不离，为石木匠做了一切儿子应该做的事情，提鞋、倒水、敬饭、扶门……并把他二十几年人生的种种苦涩和非凡经历对石木匠进行了细细的交托。原来，高连长从小父母双亡，13岁时跟上了八路军的队伍，就一直在部队里摸爬滚打。

临别，高连长把一个祖传的小玉马留给了石木匠，说一声："儿不能在身边尽孝，爹多保重！"这时，石木匠已经叫手下人事先把小黑马打扮了一番，并亲手将缰绳交到了高连长手里。石木匠说："这么好的马放在我手里有什么用呢？儿，我已经把它驯熟，你可以直接把它骑走。这马生性机灵，体力、脚力又好，肯定能保我儿战场上顺利、平安！"

事情就这样成了。从此后，东洋镇上的人都知道石木匠有一个当兵的儿子。当有人问起石木匠："你儿子有没有信？"石木匠便答："快了，我儿捎信说，这段任务结束就回来看我。"可是，时光就那么无声无息没有内容地流过，高连长和他的部队一直也没在东洋镇上出现过。石木匠有时就把那匹小玉马拿出来瞧瞧，那也是一匹很漂亮的马，但就是不会跑也不会叫。也许无声更好，因为石木匠也是无声的。镇上的人更加琢磨不透石木匠的心思了，似乎沉默已经成为唯一与他相称的注解。

又三年。

一日，石木匠家门前突然飞来了几骑人马。

来人问清了石木匠的姓名后，齐刷刷给石木匠敬了一个军礼。其中一个领头的人说："高连长已经牺牲了。组织上根据高连长生前的信息和掌握的情况，认定您是他唯一的亲人，所以就把他的遗物转交给您……"

所谓的遗物，无非是几件褪了色的衣服、一条腰带和几样日用的杂物，另外还有两张立功奖状和一沓薄薄的纸币。两张奖状一张是高连长的，一张是小黑马的，奖状上简单罗列了他们的战功和受奖级别。但石木匠那天什么也没看清，只闷闷地叫了一声："我的儿呵！"汹涌的泪水就弥漫了他那沟壑纵横的脸。

从此，东洋镇就像丢了魂魄似的，变得心事重重，而嫩江流至此处时，却显得呜咽凝滞，如一声长长的叹息。

枸　杞

躲在向海写《粮道》的时候，每天饭后在院中散步。

每一次散步都从一排台阶开始，最后再从那排台阶结束，因为我喜欢从那排台阶上下的感觉。那排台阶，每一级都已经在中间的侧面裂开，从缝隙里长出一些蒲公英之类的嫩叶植物，很有岁月感，似乎每一级都由时光和往事砌成，只要坐下来就能够回到从前。

但我一直没有在那里坐下来，因为我在行走时总是担心，太多的往事会缠住自己前行的脚步，而此时，我有一点儿害怕在往事里沉迷。

院子边缘的路差不多是开放式的，走下防水的护坡就到了湖岸。其中，有两面是沿湖而修，院子里平时很少有人，每天就我一个人沿路走过来又走过去。从远处看过来，我的那个样子一定会被人误认为在寻找什么或守卫什么，像一个巡逻的哨兵吧。

在院子最西南的柳树下，有人种了一片枸杞，有二十多株的样子，但由于树下是一片堆满了沙子的沙丘，所以在那种干旱的环境里生长得都很小，最粗的树干都不及手指，与一些杂草混在一起，如一片没有什么章法的野生灌木。

一开始的时候，我基本上没有认出它们，后来在某一天早晨，我看到了鲜红的零零星星的枸杞子，从那些灰绿色的枝叶间露出来，才认出了它们。

记得小时候家里的园中，也种过一些枸杞。一到结果的季节，满枝红艳艳的，枝头都压弯了，果粒也要比这里的大得多。因为晒干后要当作药材拿去卖钱的，所以我们很少吃。偶尔偷偷地拿几颗放在嘴里，却舍不得马上咀嚼咽下，就放在嘴里含着，让果汁从果蒂的破裂处一点点儿渗出来。那种甜中有点微苦的味道，如童年的时光一样，令人难忘。

经年累月的远离，已经让我把老家的环境忘得差不多了。细想起来，不是和向海的环境很相近吗？干旱少雨，到处沙丘。只不过那时家里住着土平房，没有水泥地面和花坛，房前是一个浮着一层白色土面儿却看似十分平坦的院子……但是，那些鲜艳的枸杞子，直到今天，仍然在记忆里泛着永不衰减的光华。

相比之下，向海的枸杞子就显得寒酸多了，不但结果稀少，而且果粒很小。只是那味道，虽然经受了这许多年的阔别，依然如旧。那天早晨散步，突然想尝一尝那些鲜红的小果儿，便像孩提时一样摘几颗放到嘴里。一品，却被它们那奇特的味道迷住，淡淡的甜里透着微微的苦，还是从前的味道，还是从前的感觉。仿佛那小小的果粒里面储藏的，并不是果汁，而是从前的时光。

后来，每天清晨的散步，似乎已经不再是为了最初的想法，不再是为了舒动筋骨，而只是为了那几颗枸杞。每天早晨绕到那里，去看一看它们开花和结果时的样子；每天早晨摘几颗果实放在嘴里，并和小时候一样，很久地那么含着。

最让人感动的，还要数枸杞树上那些米粒大的小花儿。每一天都有那么几朵，藕荷色的，星星点点地开放在晨曦里，如点点乡愁。让我在那些寂寞的时光里，感受了来自于它们生命深处的娇艳。

日子久了，我便知道这几天树上开了多少花儿，有几朵已经凋谢结成了果，有几颗果粒已经长大到可以品尝。但有那么几天早晨，我却发现已经长大的几颗果粒突然不见了。因为院子里很少有人来，除了我没有人这么早到院子里散步，所以我断定一定是另有原因。第二天，我起来得更早，天刚蒙蒙亮，就到了西南角。当我快要接近那片灰色的小灌木时，突然有一只瞪着可爱大眼睛的小鸟儿从那里“腾”的一声飞走了。原来就是它，在天天和我分享那些微小得都有一点儿脱离了物质形象的枸杞子。

以后，每一次来差不多都能看到它的身影。彼此熟悉之后，每天我来时，它可能会很识趣地飞走，也可能并不飞走。如果我因为某些事情内心感动、柔软，我就不摘树上的枸杞子，让它自己独享；如果我哪一天并不开心，我就不再让着它，和它所做的一样，吃掉所有剩下的果实。

树上的枸杞子一天天少了起来，再到后来，就彻底消失了。然而，我却一直每天怀着感动或温柔的心情去看那些小灌木，因为一个时期以来，它们就像闪烁在地上的小星星一样，记录、见证了我生命里的波澜和心情的脉动。我相信，它们一定会知道我内心的那些情感，就如我相信日子逝去时间会知道，云飘过天空会知道，冷暖过去季节会知道一样。因为它们是自然的精灵。

那鸟儿，和我一样莫明其妙地怀旧，可食的枸杞子都不在了，它还在守候！

临走的那一天早晨，我又看到了那只小鸟。它就那么长久地停落在空空的枝头上，看起来神情有一些落寞。

我只是在心里向它微笑了一下，很亲切的那种，以示来自于心灵深处的依恋。

已经是深秋了，我要走了，你也走吗？

它侧歪着头，似乎很不解地看了看我。

当我转身离去时，那鸟儿仍然没有离去。

突然觉得那鸟儿与我们人类相比，自由而又独特。它们也许从来不受什么逼迫，用不着在一个规定的时间里赶到某处，想走就走，想留就留，毫无牵绊与阻碍。它们完全有权利以守候或守望的方式，表达着自己内心对某一事物的依恋；而我却只能经常以告别的方式，对某一事物展开另一程的思念。

红

一

秋日的阳光，从窗口直射进来，很像一种近在咫尺的凝视，让人误以为有一张热切的脸，从高处倒挂下来，正紧紧地抵住窗子向室内打望。

我靠在书房的椅子上，迎着阳光，闭上眼睛，让自己从耀眼的光芒里慢慢地沉浸下去。意念中就有人拎着一只不会思想的瓜，一点点儿将它浸入水中。水是温热的，让人感觉到温暖，昏昏欲睡，同时有火一样的色彩开始在眼前汹涌。

明明知道，四周的一切都是宁静的，耳边却隐约响起绵绵不断的轰鸣……那应该是水激烈流淌时波推拥着波或浪追逐着浪所发出的声音。仿佛有一条河或许多条河正把我包围，也仿佛自己就是一条正在流淌着的河。

当我把自己想象成一条河时才发现，我与河流竟然有那么多相同之处——

河水在河床里一刻不停地流淌，我周身的血液在血管里一刻不停地流淌。

河流用一生的时光奔流入海，却也用一生的时光牵挂着自己的源头，而我则一直脚步向前，情感向后，在无可奈何的老去中怀念往昔，在不断滑向终点的过程中，追溯起点。

借助阳光的映照，河流呈现出了另一种颜色，我也看见了隐藏在自己生命里的另一种颜色。

此时，与河流相连的东方大洋，正朝霞尽染，波光潋滟。那是河难以抗拒的宿命，也是河意念所生的起点。

一群鳞光闪闪的鲑，从大海出发，一路劈波斩浪逆流而上，向着河的源头，向着传说中的故乡，洄游——

阳光与血液融合之后，给我带来了温暖和难以言说的慰藉，让我情不自禁想到了一个婴儿在母腹中的情形。怎奈，记忆却宛若行走间骤然隐没的流水，在即将抵达最初的源头、最初的家园之门时，出现了难以逾越的空白，渺渺然、茫茫然，如深远的雾霭，如无底的断崖。

水穷处、乱石前，鲑一次次突围，一次次跳跃，以柔软的血肉之躯撞击着坚硬的障碍，直至遍体鳞伤，直至殷红的血将清清的河水浸染。

二

一个个新生命的诞生，一次次疼痛而又饱浸幸福的浴血之娩，有如朝日在地平线上的喷薄而出。一种艳丽至极的色彩，就那样一次次从生命和世界的边缘浸润、弥漫开来，然后，又在燃烧里一次次化作无所不在的光明。

一匹小马、一头小牛、一个新生的婴儿……总因为开眼后的第一缕目光受到血的点染，生命里才充盈着不可遏制的激情，有如终于挣脱了黑暗的流泉，从此永别恩深义重的渊源，朝着目光所指的前方，展开不息的生命之旅。

于是，一切情感、一切欲望、一切行动、一切故事，甚至于岁月，甚至于世界，都有了一个生机勃勃的开始。

一百五十亿年前的那一声巨响——旷世隆重的分娩——“大爆炸”时照彻时空的火光，早已经在碎片纷飞的运行中沉寂下来，泯灭成无边无际的黑暗。而那光明、那炽热却被宇宙间的每一件事物分藏于生命内部。

因为时光的久远，旅程的漫长，后来，几乎每一件事物都忘记了我们来自于共同的母体，都拥有一份来自于“母腹”的珍藏；只有太阳还时刻铭记着，还在一遍遍循环往复地宣告着自己的秘密。

秋天的脚步越来越密集了。

在遥远的长白山上，心情急迫的冬，偶尔就会在某一不经意的时辰，跃跃欲试地伸出它的触须。

这个季节，经常就会有两只健壮的雄鹿，在丛林间的空阔处，将四蹄深深插在腐叶之中，角抵住角，进行着奋力地厮杀，胜利者将荣幸地成为某一头发情母鹿的新郎。

然而，它们却只知道不远处那头母鹿在一边悠闲地吃草一边等待最后结果，而不知道自己体内的血液正以一种不可命名的状态或方式沸腾、咆哮，有如地层下翻滚、涌动的岩浆，在有序或无序地寻找着一个喷发的出口。

逆光之中，从四只鼻孔里喷射而出的丝丝雾气，看起来很像火山爆发之前或之后从岩缝里溢出的缕缕蓝烟。

不仅是麑，草原上奔跑的狼和埋头食草的羊，也不知道自己棕灰或雪白的皮毛下到底包裹着什么，是可以迸发的力量，是一跃冲天的激情还是不可探测的欲望？

一只饥饿的草原狼，从一丛浓密的芦苇后边蹿出，迅猛地咬破羊的喉咙。如注的鲜血，在蓝天下迸射而出，把雪白的羊毛、金黄的草叶以及黝黑的泥土点滴或成片浸染。这情景很像一个推演生命的定律，也像一个关于命运无情、无常的暗示，让所有触及的目光在震惊中瞬间凝固。

在一片惨淡的背景下，世间最为凄艳的花朵，正一朵朵悄然开放——仿佛来自生命深处哀伤的叹息，仿佛亘古不息悲怆的叙述——大地因此而沉默、寂寥下来。

悲凉的风，骤然而起，吹过秋天，吹过草原，吹过牧人和狼的眼。但狼的眼中依然没有泪水，经历了血色的反复洗濯，它们的眼中已经留不住一丝水汽，只能变得越发明亮、越发敏锐。

三

当血色在时光中隐没，与大地融为一体，我想起漫长的冬天过后或多年以前的春天——

暖暖的阳光，如无重、透明的棉丝线，一缕挨着一缕从天空垂落下来，绵绵密密地挤在一处，不留下一丁点儿缝隙。这让人联想到一整块透明的玻璃或宁静得没有一丝杂质的水。但每一缕阳光和另外一缕阳光之间，确实是分开的。不但分开而且每一缕又是由很多股拧成，只有经过春风猛烈的摇晃，它们才会唰啦一下由单色散成七彩。由于光几乎在落地的同时，就被大地揣进怀里，所以我们无论如何都很难察觉到其间的细节和变幻。

小满一过，姹紫嫣红的花朵便缀满北方绿草如茵的大地，或重重叠叠地堆满枝头。

它们的突然出现，竟让人产生些许疑惑。究竟是阳光的种子经过一段时间的孕育终于色分七彩，从地下按照自己的心意和禀赋生发出来，还是大地受到阳光的启发和提醒，终于把这些色彩从记忆里一一翻出？或许，这春天本来就是一段接着一段的梦境呢，而花草树木正是语义各异和方式不同的叙述或描绘。

树林边的山杏与丁香交错而开，让裹着幽香的微风刮起来总似乎多了几分温纯、缱绻，如少女怀春，步履轻盈而又稍带迟疑。

很多年以来，我一直都不愿意承认，站在路边那个胡思乱想的人就是少年时的自己，所以我就很少在文章中直接以第一人称叙述那些如梦如幻的往事。我知道，有一些心绪，有一些秘密，有一些美妙而又难于表达的情感，就像大地上的花朵和春天里的风一样，究竟能给人带来怎样的感觉和触动是永远也没有办法说清楚的。

那天，那一队吹吹打打的送亲队伍，就好像从天而降。骤然而至的喧嚷和跃动，就在不经意间，打破了一直沉睡在往昔生活里的那份宁静。大红的花轿、大红的绸带、大红的盖头和大红的衣裙……令人心颤的鼓点和唢呐声，像一列燃烧的火焰，把我和春天一起点燃。

我甚至不敢正视那耀眼的队伍和新娘，就像不敢正视自己心的狂跳。我无法判断这队伍将去哪里，但我决心跟在那队伍的后边奔跑，直到我与它一同消失在人们的视野之中。后来，我发现自己只是站在原地，双腿不停地颤抖。我只是让情不自禁的目光放开了“脚步”，尾随那个意韵暧昧的队伍一路远去。

这时，漫天的杏花开始凋零，像汹涌的泪水，也像美丽的鸟儿在高处被子弹击中，缤纷的羽毛无声飘落。

杏花的香气突然变得异乎寻常的浓郁，如无形的绣针，反复穿梭，一次次温柔而凌厉地刺痛我的灵魂。残红万点。一幅抽象且富有动感的图画在我的眼前和内心同时显现，整个世界被一种单纯的色彩弥漫、充满。

红，毕竟是所有色彩中最艳丽、最忧伤的一种啊！

四

记忆中的那座乡村小学，像一张被风雨或岁月浸渍过的老照片，总是梦境般模糊不清。唯有那个难忘的下午。

新雨之后，碧空如洗。

我很理解那些无形也无痕的风，它们一定是因为内心的空落和寂寞才在校园里反反复复地走来走去。但我一直不能理解自己，为什么有人突然从背后呼唤我的名字，我却紧紧盯住了操场上那一大片积水。

那个面如莲花的红衣少女，仿佛就生自那片浅浅的水中，美丽、平和、自然、安详。我不知道她意味深长的微笑里蕴含着什么，嘱托，求助，提醒，诱惑，还是一种不明原因的纵容？她像一个谜，让我在不能自拔的疑惑中进入执着的猜想，她究竟从何而来，属于哪个村庄或哪个班级？这陌生而又熟悉的面孔似曾相识，那么，她是何时有意或无意地“到此一游”，在我的意识里刻下难以追忆的印记？

风吹皱水面时，很像老师面无表情地快速擦去黑板上的字迹。只那么三五个回合的摇晃，题目和答案就已全部消失，似乎浅水中从来也没有什么存在过。当我猛然想起应该回头一望时，那少女早已了无踪影。空落的校园里，除了几个正在追逐嬉戏的男生，再无人迹。围墙外的玉米地上，有一道巨大的彩虹，突兀、雄奇地竖立着，仿佛一道可以穿越的大门，闪闪烁烁地放射出神秘的光芒。

我不由自主地走了过去——

那夜梦里，我终于穿过了那道彩虹之门。

那个红衣少女，果然就在门的另一侧，虽如水中初见时一样娇美，但表情冷峻、严肃，找不到一丝半点的亲近和温情。她告诉我：“我千辛万苦找到你，就是为了告诉你，穿过这道大门，你就成了一只和我一样的火狐。”我仔细打量自己，我依然是我，并没有通体红色的毛发，只是忽然感觉到有火在周身燃烧，像被谁从体内放了一把莫明其妙的火，渐渐地，皮肤上布满了细小的火苗儿……

当我拼尽力气逃出彩虹之门时，满眼依旧是夜的漆黑。

从此，我能感觉到自己的血液里同时住着几种性格及形态各异的“红”。有时它们醒着，便会主动去寻找外面的红，与之互动；有时它们睡着，一旦遇到了外边同一颜色的呼唤，就会猛然醒来，把一些激烈的情绪和情感传递给我。

那些年，我经常翻阅各种古籍，一遍又一遍地思索着书里的女子为什么都与“红”有着扯不开的牵连？“红颜”“红粉”“红妆”……《红楼梦》里甚至出现了“千红一窟”的说法。似乎世间所有女人都可以抽象成同一种颜色。偶尔，就会生出这样的意念：书里边描写的那些人，说不定不是真正的人类，而是与“红”有着紧密关联的火狐呢，只因为穿过了一道彩虹之门，就纷纷以人的形态聚到了一起。否则，戏演得好好的，爱恨情愁高潮迭起，怎么突然间说散就散了呢？

《圣经》有记：“耶和华上帝就用那人身上所取的肋骨造成一个女人，领她到那人跟前，那人说，这是我骨中的骨，肉中的肉。”

难道说上帝从男人体内取出那条肋骨时，也是染着血迹的，所以每一个女子才成为红与白、骨与血的融合与辩证？

白茫茫的大地真干净吗？我分明看见雪地上有几朵鲜艳的火，流星般迅即闪过，只留下一串若隐若现的足迹。一串具有魔力的咒符，从此强烈地吸引或吸附着我——那个从我中走出的另一个我，那个常在梦中迷路的我。

掐指一算，我已阔别故乡几十年了，但那个执着的我，似乎仍旧孤独地滞留于茫茫雪原，在一片冰雪中追捕火的踪影。

五

最后一次与父亲告别，是在一个满眼火光的特殊场景。

当我亲眼看着火化场的工人把父亲推进炉膛的时候，我的心并不是疼痛，而是破碎。周身充满着悲伤的血，却找不到疼痛的部位和伤口。

不知道从哪里来的火，一下子就铺满了父亲的周身。一生性情刚烈的父亲，如今却不再倔强，不再抗争，也不再闪躲。也许，他的灵魂正乘着飞升的烈焰，悄然离去。但隔着火焰，我再也看不到父亲身上的血迹或血色，一种固体的红正在高温下被另一种气体的红取代；我看不到父亲临行前最后一次向亲人们的回眸，看不见他最后的神情是凄凉还是如往常一样刚毅；我也看不见他最后的身影是迟疑还是如往常一样果断。

熊熊的烈焰，迅速对父亲展开了全面的包围和猛烈的攻击，像一种残酷而强硬的逼迫，逼迫着一生追求完美的父亲，快快离开那个衰败、残破、不再完美、不再有任何意义的躯壳。像一种涂抹，以快速摧毁或销毁的方式，消灭着一个生命曾在世界停留的一切证据。几刻钟之后，父亲就只能存在于我们的记忆，成为亲人的往事，成为路人的传说；几刻钟之后，我们在父亲的心中是不是也已经成为过眼云烟，茫然消散？

火，是一种最彻底的掩埋，也是一种最高明的藏匿，从此不管我们走遍千山万水，还是上天入地，都将是一个攥着钥匙寻找钥匙的可笑又徒劳的人。火，已经将他严严实实地埋藏在我们心里，但我们始终无法放弃对他的寻觅。

炉膛里轮廓清晰的火焰，还是模糊成了一团滚动的雾或晃动的水，最后又化作确定不了是什么形态的黑暗。炉膛关闭的那一声巨响，有如排山倒海，有如天崩地裂。世界，向着某一个方向轰然关上了大门。

沉默，长久而带着撕裂和折断之痛的沉默，仿佛无边无际的大森林正在漆黑的夜里纷纷倒下……然后是沉落，无休止的沉落，一直沉到地的深处，化为比夜色还黑暗百倍的煤。

我捧着父亲走后残存的骨灰，像捧着一段无法还原的岁月，感到从内向外的虚空和从头到脚的轻飘，仿佛自己的生命本来也就刚刚抵得住那一捧残灰的重量。但那残灰的形态、那迟迟不愿意褪去的灼热，却让我想到经过一场巨大的变迁之后，父亲也像那些树一样，已将生命转化为另一种状态，成为一种“煤”，重新进入了我们的“精神”。

那可是凝固的火啊！千万年之后，当“煤”再次被挖掘、释放出来，它们表面上也许会变得坚硬而冰冷，但谁能把它点燃，它就会为谁带来温暖；谁能让它燃烧并举过头顶，它就将为谁照明；谁能将它变成电，成为一种无色无形的精灵，它就能为谁提供隐秘的能量和动力。

六

红，竟然是一种如此奇异的颜色。

如果向前追溯，一直到达它的源头，你会发现，最初它常常与伤口或疼痛连在一起，而向后，跟踪到很远很远的山间或草地，你又会发现，它最后又总是要开出鲜艳美丽的花朵，尽管有时看似忧伤，但终究又归属于热烈。

只要说到花朵，我就会一如既往地想起野百合。我自己也说不太清楚，为什么会对一种花儿如此毫无缘由地倾心和毫无节制地迷恋。不论作为一种具体的植物，还是作为一种抽象的色彩，它们都更像我无法躲避或前缘所定的宿命。

在漫长的人生历程之中，不管我是有意错过，还是刻意寻找，最后它们都会不偏不倚，不早不迟，正正好好地出现在我面前。年少时、中年后，醒来、梦里，远行、近游，我都曾以不同的方式与那种花儿不期而遇。每每，它们既让我感到真实的情绪和情感波动，也让我想到一些近于虚幻或神秘的事情，比如耦合、共振、感应、幻化等。似乎，它们和我的心灵，总是能够轻易以一种共同的、唯一的波段实现连通或互动。在浩瀚的草原上，只要有一朵百合花盛放，它就会占据我的全部视野和情怀。

对于这样一种带着生命印记和深深夙愿的事物，我只能虔诚接纳，悉心体悟，并心怀感恩，只是我始终不知道应该站在哪一个立场去解读或领悟它们。

有时，我会站在天空的立场，仰起头来看它们。它们就成了天空的天空，但由它们构成的天空并不是蓝的也不是黑的，而是绿的，或浅如鹅黄，或深似老玉，或也间杂着一些灰白或褚黄的纹理。

当一朵或者零星的几朵百合开放，它们便成为我天空里的星星，很艳很亮地因风闪烁，东一星西一点地挑逗着深埋于绿色之中的隐秘激情。如果成堆成片地开放，它们就是哗然而开的礼花，大面积的炸裂，大幅度的渲染，会让那些耀人眼目的绽放经久不息。

有时，我会站在花儿的立场，以同类的目光和情感去体会它。于是它就在某一个清晨或黄昏，成为我最强烈的渴望。身着一袭红裙的女子，安静地等候在某一棵树下或某一路边，一场有关今生来世的约会，让一切变得庄严而神圣。此时的红，是一种奔放与内敛的平衡，是一种坚忍与迫切的调适。让火静止于烈焰腾起之前，让情感止步于激越奔放之前，平静如水的表情下，就会有心的狂跳和血液的沸腾。

那样的时刻，让我永生铭记。我会情不自禁地与她以“你”相称——不仅因为你引而未发的芬芳，不仅因为你不着痕迹的热烈，不仅因为你无可匹敌的美丽，只为那无可逃避的情缘，我将一直珍惜并紧握着那样的幸福与荣光——在阳光下或风雨中，与你保持着相同的本色，并蒂而开。

有时，我会站在季节的立场，把那些火焰之花放在心中。春夏秋冬，全依凭着她的来去，每一次相逢都是春来，每一次别离都是秋去。蛰伏或再现，开放或凋零，枯萎或繁荣，四季轮回之中的一切变化都左右着我的情绪，牵动着我的心。

这很像是一场牵肠挂肚且旷日持久的爱情，在每一个相逢的时节，我伸出风的手，将她轻轻爱抚，承接她热烈的燃烧，感受她快乐的战栗；在每一个相别的时节，用温暖的回忆将自己裹紧，忍看寒冷一次次抖动它白色的抹布，将季节的名字改写成无可奈何的冬。我会在那些惨淡的日子里，展开一程接一程漫长的思念，回想起从前，有关春的温润，有关夏的热烈，有关那花朵在我心中的抚慰与照耀……

七

夏天说走就走了，只把残存的体温留给了秋。这残温，又如装在容器里的水，因为底部的泄漏，一天快似一天地降下去。

在一天天渐浓的凉意里，我习惯并沉迷于一个自我救助的动作——闭上双眼，让秋阳带着温暖的联想持续从眼前流过，像那个曾用火柴的光亮安慰自己的小女孩儿一样，一边忍受着寒意的步步紧逼，一边幻想着有火从一小块寒冷的破口中漫延出来，将自己围绕、焐热。

偶尔抬头，举目望一眼窗外，却只见一排排或一丛丛经霜的树木都变成了红色，仿佛一把把火炬，在蓝天下熊熊燃烧。此前，或许它们也和我一样，曾闭上眼睛让阳光映照出自己的血色，若如此，片片红叶就是他们的意念之眼。不过，它们做得比我高明、神奇，不但障了自己的眼，而且也障了别人的眼。

或许，那不过是树对寒冷的一种抵御。当寒潮袭来时，它们就散发出部分体能，把自己脆薄的叶子烧红，就像既懂得顺应又懂得反抗的人类一样，搓搓手，微笑一下，就让自己和别人觉得他已经有效地驱除了寒意。

在诸多种可能里，我还是认为在冬天来临之前，那些曾在春天里隐没，又在夏天里复燃的红，借助叶子的口再一次传达出自己的信息，告诉秋天，也告诉未来的每一个季节，它们从来没有，永远也不会真正消失。它们就蛰居于有生命或无生命的一切事物里。

关于那些树，我忽然有了新的理解。虽然它们终将在寒风里落尽叶子，但并不是它们对寒冷的屈服或无力坚持，它们只是给冬天留一个存在的理由。它们已经用如火的宣言昭示，它们随时都可以将自己燃烧，也可以把火收藏起来，因为它们本身就是沉睡的火。它们之所以不急于燃烧，只是想在隐忍中继续生长，以聚集更多、更大的火。

秋天的成熟与冷静，总会让身处其间的一切事物平静、安稳下来——

大地，从此变得更加沉默。青葱过后，葳蕤过后，浪漫过后，激情过后，风雨雷电过后，如今却需要在平静中对过往的一切做一次盘点和存储，在满眼尽是来而又去、生而又灭的苍茫里，安守着内心的沉实。

奔腾的河流，渐渐收敛了狂放、湍急的脚步，泥沙沉落，重归安恬。河水澄明，如清澈、冷峻的眼眸审视着来路。河，看见了自己一生的波折与沉浮，也看到了自己的命运和归宿。

当没有边际的血色终于停止了喧嚣，我仿佛也随着秋天里的河流一同澄澈起来，隐约看清了自己的生命历程。原以为这一生都在昂首阔步地直立行走，却不料，早已在大地上留下了艰难爬行的印记。从初春到深秋，从早晨到黄昏，从一片红到另一片红，我看见一条带血的行迹，正从岁月深处一路曲曲弯弯地延伸过来，一直延至我的身前。

玉树琼花

北方的6月草长莺飞，暑气渐升。热闹了一季的各类繁花已纷然凋谢，飘散于地的残黄败紫差不多已在雨水的反复浸泡中沦落成泥。枝头叶子的翠绿之色愈发变得深重起来，一派忧郁、感伤的样子。此时，我却不由得想起了那些只存在于无花季节里的玉树琼花。

其实，所谓的玉树琼花不过是一个虚饰的浮词，哪有玉能成树石能开花的？只因那些凭空而来的事物，以一种奇特的姿态和形式在人们心中引起了美的震撼，激情迸发之下，才流溢出此种痴狂之语。也因为人同此心、此情，这件本不合理的事情便被公然容许和认同，并成为一种文艺上的修辞手法，幅度小的叫比喻，幅度大的叫夸张。

这也难怪！世界上最没有边界的事物，恐怕就是人心与情感了。所以，古往今来，但凡涉及人之情感的词汇和语言，都不会以夸张为假、为过，反倒有一些恨其渲染得不够到位的意思。从

《诗经》里的“一日不见，如三秋兮”到《汉乐府》中的“天地合，乃敢与君绝”，修辞的力度是越来越大，而读者的内心却因为受到了真实有力的感染而越来越为之叹服，是所谓真情互动或激情共振吧。

玉树与琼花，都不是情感，更不是激情，却俱如情感和激情一样美好，一样存在时凿凿有据，消逝时无证无凭。

当那些奇幻的影像开始映入我的眼中，又通过眼睛投射到心灵和记忆时，我还不知道有玉树琼花这样的文饰之词。于一个乡村少年来说，那些随着时日不断在窗间变幻着内容和细节的花纹，最直接的称谓就是“霜花”。至于近些年人们经常提及的雾凇，依我看，还不能进入玉树琼花之列，充其量是树木上挂了浓霜或冰雪，太写实了，或可勉强称其为玉树，但叫琼花似乎就有些不沾不靠了。

北方的气候一向严酷，10月一过，那个冷面冷眼的冬就迈着方步走来了，俨然铁面无情的催债人，他的脚步一向沉缓而坚定，从北到南一直踱过去，走到哪里，哪里就一片肃杀，凡带着一些生机和色彩的事物他都要尽皆没收，全部带走。幸好，在他宽大的袍子后面还躲着一个调皮的小女孩，在那些最寂寞、最黑暗、最难以忍受的时刻为我们演示了一场场小小的魔术。

于是，我们不得不在瑟缩中继续期盼着寒冷。因为我们知道，只有寒意在冬天沉重的脚步声里愈加浓重起来，那只看不见的手才肯在一个个玻璃窗后面有条不紊地施展她的手艺——

事情总是从一抹雾气开始，很突然地，就那么撒下来，并严严实实地遮掩住原本透明的窗玻璃。窗外的落日余晖也好，晚照里匆匆归巢的喜鹊也好，一切归于平静之后那一幕初临的黑暗也好，便统统在人们的视野之中隐去。我们只能把阳光明媚时发生的一切都抛在脑后，而把目光凝注于正在发生着某种变幻的窗间。

待雾气凝结成薄薄的清霜，一些精细而流畅的线条开始显现，丝丝缕缕的裂隙或匠心独运的凝结俱如心手相应的勾勒。一转眼，窗棂间的空虚处便一片丰盈，呈现出梦幻般的繁荣与葳蕤。各种各样的植物竞相伸展开晶莹剔透的枝叶，有的如素菊狂放，叶片与花朵层次分明；有的如牡丹含苞，花朵从花萼里将出未出；有的如雨林在望，阔叶的芭蕉、条叶的棕榈、细密精致的散尾葵遥相呼应；有的则如芳草与树木混杂而生，这边的芦苇已经抽穗扬花，那边的合欢树却正枝繁叶茂……然而，人与动物是很少能够在画面上出现的。难道他们或它们都已经很聪明地躲开了这冰天雪地的布景，正在某一个阳光明媚的好去处自由自在地追逐嬉戏？或者也如我一样，抱着双肩等待一个温暖情节的意外出现或等待着那些寒冷的日子被时间之手一一翻过？

那时，我正在痴迷于《聊斋志异》，满脑子都是那些有关花鬼狐妖的故事和想象，常常遥望灰蒙蒙的天空生出满怀怅惘，并深深感慨于现实生活的冰冷、残酷。我只愿意让目光和思绪游离于现实之外，只要一不经意，收拢起冥想的翅膀，失落的心就会如阴云密布的冬日天空，除了阴郁与绝望，不敢再有任何关于温暖和明媚的向往。

难道说，在现实之外，在阳光之外，在远离人群的荒郊野外，真的存在着一个扑朔迷离的异类世界吗？如果真如书上写的那样，在那个在与不在都无法考证的时空里，动不动就会有穷困潦倒者得到了意外的尊重与爱，就会有孤独寂寞者得到了温暖与抚慰，就会有贪得无厌者得到了警醒或惩戒，就会有不幸者因为善良诚恳而有朝一日时来运转……是人是鬼是狐是妖又有什么关系呢？有公义、有情义在，就胜似冷酷、混乱的人际！是不是断壁残垣、草舍破庙又有什么关系？只要有温暖、温情和真正的家园感，也总强于那些充满了恐惧或荒谬之气的广厦与殿堂。

正心意浮动之际，冬夜里的风骤然从窗外刮起，仿佛有杂乱的脚步从窗前掠过，又有手指轻轻扣动窗棂，窗间的霜林雪野竟然也随之颤动或摇晃起来。想来，这样的时刻、这样的情景，总该要发生点什么事情吧？就不会有精怪和灵物从其中潜行而至或伏在暗处对灯火下的人们窥视、窃语或暗动心思吗？此夜，会有哪一位温婉娇艳的女子如黄英、葛巾、白秋练等掀开梦的门扉，前来这冷得彻骨的土屋一叙衷肠呢？或有哪一个心怀友善的朋友如酒量无匹的陶生和能够预知未来之事的胡四相公穿墙而过，或爽朗地现出身形或一直那么含而不露地隐身相伴，隔着一层薄薄的幔帐，相约明日去远方的原野做永日之游？

夜里，果然就有长发白衣的女子厌身入梦。馥郁如春风般的气息、温暖柔软的胸怀、无语的缱绻、沉默的温情，瞬间将我融解。当她张开巨大如天鹅羽翼般的臂膀将我严严罩住，我感觉自己像一块冰冷中的冰，在春天的阳光里化成了流淌的小河，化成了不知道为什么而感动的泪水。于是，如梦似醒的春天就骤然变得广大无边，熏风浩荡，鸟语花香，清清亮亮的小河水流到哪里，哪里就如跟随着笔锋行走的墨迹一样，染上了浓浓的绿色……美梦醒来，又是一个曙色微明的清晨。白色的光从窗口及墙壁上同时倾泻下来，依稀可感的暖意已荡然无存，寒冷的土屋依旧寒冷。

起身掀帘而视，窗间已一片荒芜，厚重的霜雪完全覆盖了昨夜的花草树木。我伏在窗前，慢慢将窗子上的凝霜用口中呵出的热气一点点融化，遂有一个洞口从其间露了出来。一个光明的洞。目光一经越过洞口，便跌入了梦境之外。白白亮亮的光，照耀着不容置疑的现实——夜间，已有一场大雪悄然落地，一片迷迷茫茫的白，遮掩了物体的轮廓，弥合了小村横横竖竖的道路，大面积的空旷地看上去差不多已经连成一整块。清凌凌的晨风，依然如夜晚时一样，不慌不忙地翻墙过户，走过人们的庭院和街路，但如谎言一样不留任何痕迹。只有一行黄鼬或艾虎的足迹，轻轻细细地印在窗前，佐证着昨夜从此处经过时的慌乱或犹疑，但很快也消失在房屋的转角处。

阳光持续地照在窗上，宛若母亲站在床前对孩子久久地凝视。于是，窗间的霜花雪树以及隐于其间的种种心思和故事，俱如难以诉说的秘密，在一片光明中融化、消逝。

直到我懵懂地走在上学的路上，整个身心仍然沉浸在昨夜如真如幻的梦境之中，情绪和感觉的惯性让我无法仔细品度周边的景物和人，眼前的一切都匆匆而过，反如一抹虚浮梦幻的掠影。然而，回首思量，梦中的一切又确已无踪无影、灰飞烟灭，难免心中又是一番惆怅。不知道下一个夜晚来临时，自己会不会再一次陷入寒冷的包围，也不知会不会仍有一些温暖的事物突然莅临，把我从绝望的寒冷中解救出来。一整天，我都处于一种失神落魄的状态，不断把思绪从课本上移开，一直飞到未来的某一个时点，守候在夜的门口，等待着夜幕降临、霜花绽放。

那真是一个神奇的冬天。多年后回想往事，我不知道应该赞叹神明相助还是赞叹我自己的臆想天赋。

那一年冬天，每当我凝望或冥想着一窗霜花沉入梦乡，总会有同样或相似的情节在梦里再现。总是那白天鹅一样白衣长发的女子，总是温存里的眩晕和意识渐失，也总是一切尽随霜雪的消逝而踪迹全无。

有时我会因此而感到内心里一阵阵洋溢着隐秘的狂喜。在那些奇妙的梦里，我不但能够受护于那又强大又温暖的翅膀，而且我自己也能够独立地在天空中飞翔。反反复复地试飞，让我确信自己已经被赋予了一种超然的能力。原来，传说中的田螺姑娘并不是遥不可及，只是她并没有藏在水缸里，也没有隐蔽在墙壁上的画儿里，她就居住在一帧帧晶莹的窗花里。

有时，我也会感到内心里涌动着一阵阵绝望和忧伤，因为我知道一只田螺壳可以藏到一个别人找不到的地方，一轴画可以收起锁进柜子，也可以紧紧卷起，让人无法打开，但一帧窗花无论如何也无法收起或隐藏，并且它总是在冬天的夜晚出现，在阳光升起时开始融化并最后消失。所以，我心中的田螺姑娘终究是一场春梦、一个必将散去的幻象。

为什么窗子上会结满美丽的霜花呢？这美好且没有来由的事物，终究是我心中一个无法化解的块垒，我不得不在爷爷高兴的时候悄悄去问他。爷爷说，那是因为窗子一年四季都在看着外面的风景，有很多花草树木的影子映到窗上，窗子就很喜欢并牢牢地记住了它们的模样。在寒冷寂寞的冬天里，不想一些美好的事情，时光怎么打发呀？于是那些看似无心却很有心力的窗子，便边想心事边结了霜，结果就结出了那些连人都想不到的图画。

可是，事情总是不能尽遂人意，正在我一片痴情地迷恋那结着霜花的冬天，一转眼春天就来了。春天来的时候，窗玻璃从早到晚，再从夜里到黎明一直那么如同无物地空着，不再有霜花凝结其间。更让人绝望的是，在一个阳光明媚的上午，母亲又特意擦了一次玻璃，于是那窗子便明亮得仿佛空气落在上面都会打滑，连一粒灰尘也难以驻留。而我依然旧习难改，于每一个傍晚时分心怀幽怨地凝视那扇不再提供任何内容的窗。对于我目光里的怨恨之意，窗子们却是一脸的无辜，它们像在老师的教育下，改邪归正的学生，不但不再继续犯错，而且表现得好像从来就没有犯过任何错误。它们看起来似乎从来也没有结过霜花。

就在那个春天，我家的邻院建起了“知青点儿”，一群我叫姑姑和叔叔的年轻人先是从窗外打打闹闹、说说笑笑地走过，后来便径自走到了我们家里。其中有两个“姑姑”眉目清秀、态度温婉，很有一些梦中人的意味。对于她们经常的光顾、友爱的言行、流盼的目光和时不时对我的夸赞，我曾一度想入非非，认为她们一定与霜花或梦境有着某些关联。于是便在一个大人并不注意的时刻问其中的一位：“姑姑，你知道冬天里的那些霜花吗？”姑姑大笑，用不屑的口气说：“傻孩子，霜花算什么呀？你看窗外。”我顺着她的玉指看去，果然，窗外那几棵沉默了一冬的杏，已经绽开了满树花朵。

暗香浮动之中，我不敢再提及冬天里那些来去无踪的霜花以及与霜花有关的梦，因为我拿不出任何证据证明它们曾经的存在，更无力说服别人支持我的怀念，我只能随着姑姑们沉浸于对眼前鸟语花香的欣赏和玩味。

多年后，父亲送我去县城读书，在街道上遇到一个戴着套袖和大口罩的扫街妇女，突然放下手中的扫帚，过来和我们搭话，原来那就是曾与我们隔墙而居知青点里的一个姑姑。当她除去那个号码很大的口罩时，我刻意在她脸上搜寻着当年的俏丽，但除了目光里的浑浊和一脸黑红，什么都不复存在。那时，正是暮春时节，满街的落红正如伤口上脱落下来的血痂，在地上随风翻滚。我知道它们是花的遗骸，是曾经的美丽留下的痕迹或结果，但我的心仍然充满了悲伤。

俱往矣，那些少年时代的迷乱与感伤，在亲历了人生中无数的花开花落和枯荣兴衰之后，我已经不会轻易为哪一个美女老去的容颜以及哪一段往事的一去不返而徒生悲叹了。然而，那些悄然发生又悄然消逝的霜花，却仍然能够于不经意间在我静如止水的心上荡起波澜。我知道，那些没有色彩、没有芳香的虚幻之花虽已阔别经年，但它们并没有真正消逝，它们同我那没有结果的青涩年华一同，在我的生命里以一种不易察觉的形式隐匿下来，在血液里或心脏的某个角落，偶尔的躁动，就会让我无端地生出曲曲折折的感念。

西塘的心思

耽于玩耍的西塘，就这样在千年的水巷边，安然坐定。

我见到它的时候，它什么也没说，只是神秘一笑，嘴唇抿紧，仿佛在刻意地守着一个什么秘密。其实，看一看水巷里悄然而逝的流水便知道，西塘已经把浩浩荡荡的时光都诓进了水巷，而自己却成功躲过了岁月的逼迫，继续在春色可人的江南忘情流连，并成为一个让人忘情流连的去处。

相传，春秋时期，吴国大夫伍子胥兴水利，通盐运，开凿伍子塘，引胥山（现嘉善县西南十二里）以北之水直抵境内，故有胥塘，别称西塘。这样算来，西塘的存在已经有两千年以上的历史了，不知道这两千多年的时间，它到底是以怎样的方式在时间之轴上行走，怎样依凭一个小小的空间让自己在时间流程之外悄悄延宕下来。许多世代都已经从它的身边一一过去，而它，至今仍然没有起身离去。

地老天荒呵！

到底谁有勇气和能力把这样的守候或等待付诸实施?

我们总是在沿着空间之轴到处奔走。前天盐官,昨天嘉善,明天或后天又将是杭州或上海,我们并不知道时间的秘密,所以无法在时间里久留。地也未曾老,天也未曾荒,只是有一天,我们和我们的心愿将一同在时间里老去,化为尘烟。大概,也只有西塘这样的事物能够懂得时间的秘密,只有西塘这样的事物才能够在时间里坚守并直至永恒。

太阳在水巷的另一端升起,照亮了西塘古镇和古镇的清晨。宁静的街溪水仿佛受控于一种神秘的力量,突然就停止了流动,成为一渠泛着金光的油彩。逆光中,一只小船无声地从水巷转弯处驶来,恍若时光深处的一帧剪影。胭脂色的涟漪从船头一圈圈荡起,无声,在浓稠而凝重的水面上传播。远远望去,平滑的水波仿佛已经不再是那种液态的质感,而是水波过后留在沙地上的固态纹络。此时,水巷两岸的建筑愈发显现出古旧的色彩和形态,粉墙黛瓦以及其间的斑驳,经过时光和岁月的反复涂抹修改之后,变得更加深沉、厚实。偶尔有微风从葡萄藤的缝隙间穿过,轻轻拂过脸庞,提醒我确实身处现实之中并且正浮于时间的表层,但我的心,分明感受到了岁月的稀薄和时间的沉重。

这是一天中行人最为稀少的时刻,古镇的一切都如一夜间去除了遮蔽、掸掉了浮尘,清晰地显现于视野之中。走在狭窄而悠长的小街上,竟然能听到自己脚步的回声,空旷而悠远,如同从很久以前传来,又仿佛要传到很久以后。低头时,目光能够很幸运地直接触到那些辨不清年代的麻石。它们与两旁林立的房舍街接得天衣无缝,就好像在两千年以前西塘刚刚诞生的时候就已经紧密地结合为一体。倒是在其间行走的行人与这些建筑有一点儿格格不入，貌合神离。很显然，短暂的停留和居住，还不能让我们把“根”扎入时间深处，我们无法打开与古镇沟通、融合的心灵之门。

南来北往的客，纷纷慕西塘的盛名来看西塘，却又难免经常与西塘擦肩而过。

有的人知道，西塘不仅仅是一渠水、一座桥、一篷小船或一些旧房子，还是被杜撰、修改了很多次似是而非的传说，但西塘究竟是什么，还是无法确定、无法明了。于是，便在游览的流水线上格外地用了些心思，四处看一看，找一找，无奈市声嘈杂、人潮如蚁、目光交错如麻，心便被搅得纷乱，遂视而不见，听而不闻，最后只好乘兴而来扫兴而归，自觉或不自觉地陷西塘于“其名难符”的怨声之中。

有的人，兴冲冲地到了西塘，一扑入西塘的街，一住进西塘的老房子，就把西塘彻底忘了。找一张正对着水巷的雕花木床，在徐来的温风里，把没有想完的心事继续想起；抱着电话与远方的亲人或朋友“微”来“微”去，或随人流在一家挨着一家的店铺里找一件儿似曾相识的工艺品，盘算着如何低价买下，带回家去……

很多来古镇的人，吃饱喝足之后，总是要给自己留下一些曾到过古镇的凭据，要么在某一重要景物上偷偷刻下“某某到此一游”，要么就是拥着挤着争着抢着在古镇的水巷边、石桥头或某一处刻着字的古宅前排队留影，希望在古镇背景的映衬下自己的倩影会更加隽永美好，以便事后愉悦一下远方未能成行的亲友，但很多人拍完片子在相机的显示器里一看，竟然大呼奇怪。他们或她们都情不自禁在抱怨古镇的不予“配合”，因为拍出来的片子一点儿都不和谐美好，就跟“P”上去的一样，人与景儿之间你是你我是我地分离着、隔阂着，如不同时间、不同地点、不同事件的硬性捏合。

相对于漂萍一样去留无定的人们，似乎还是墙角、石阶上的青苔与古镇之间的关联度更高，更贴近、更默契、更和谐。它们就像古镇从岁月深处呼出的翠绿、湿润的气息，丝丝袅袅地升腾缠绕在行人的脚边。

而那些守候于客人门外或观光必经之路，低声细语或高声叫卖的人们，则是真正的当地人，他们常常以主人的身份向外出租和出卖着西塘。不知道经年累月的相伴与厮守，有没有让他们中的一部分人拥有了与西塘心灵与心声互通的通道，使他们与西塘之间像叶子与树一样气息与共，互为表达？但有一点是不可否认的，他们中的一些人虽然每天背靠着西塘，却只把两眼死死盯住如流水一样川流不息的游客，一颗心不舍昼夜地悬挂于客人的背包和口袋之上。对于他们来说，西塘也不过是一个栖身和谋生的地点，是一扇木门、一面旧窗、一个悬挂招牌和铺设货摊的店铺。

然而，西塘却总会以自己的方式展开另一程的生命叙事。

水巷两边的老房子，别致的木质雕花窗，通常都是敞开着的。从窗外进去的是风和阳光；从窗里流溢而出或隐蔽着的是各种各样的声音、各种各样的色彩、各种各样的情感和故事。它们很轻易地就让我想起被称为“心灵之窗”的眼睛，而眼睛注定要成为某种内在与灵魂的流露与表达。不知道此时的西塘是醒着还是睡着，如果醒着，那么窗里的一切必定是它秘而不宣的心事；如果它睡着，窗里的一切则是它梦的内容。来西塘的人，大概也都与梦有些关系吧，他们不是来寻找自己的梦，就是来古镇做梦。也不知道此时每扇窗的背后的人们是醒着还是睡着，如果醒着，西塘则是他们未来的记忆，如果睡着，也许西塘就在他们的梦里。

于是，便有缱绻过后的情侣情不自禁地把自己的梦延伸到窗外。他们像一对蝶或一双燕一样，在窗前的美人靠上把风景依偎成梦幻。大约是为了印证一下那情景的现实性和真实性，他们开始用店家事先备好的钓竿去钓街溪里的鱼。其实他们并不急于得鱼，他们只是要让那些幸福的时光如街溪水一样缓缓地在西塘流淌。如果能够偶尔从水中钓得一条或大或小的鱼儿，那便是平静的幸福中快乐与激情的象征了。果然，就有一条指头大小的鱼儿上钩，摇头甩尾地在水面上挣扎，情侣们笑着把渔线收回，小心将那鱼儿存放在盆中，如存放一枚生动的记忆。然后，彼此交换了一下眼神，重新消失在窗子的暗影之中。

水面很快就平静下来。两天后，也许这个曾经上演过甜蜜梦幻的窗后已经人去屋空。再以后，或长久虚置，或住进了一对足不出户的老夫妇，而那窗前的水巷和拥有着很多条这样水巷的西塘，却依然如故，仿佛什么都不曾存在，什么都不曾发生。

这梦幻般的细节、时间之水中一朵小小的浪花，让我想起了短暂与永恒。如果仅从拥有时间的长度上论，我们之于西塘，正如蜉蝣之于我们。有时，人类躺在树下睡一觉或醉一次酒的工夫，蜉蝣已经度过了它朝生暮死的一生。对于人类来说，一只蜉蝣的生而又死几乎在不知不觉中发生，当他一觉醒来的时候，并不知道曾有一个生命在他的身边生而又死。对于蜉游来说，它的一生也许和人类一样充满了数不尽的起起落落和悲欢离合，充满了道不尽的曲折复杂和丰富多彩，而人类却如没有生命的静物一样，在它的一生里几乎一动未动。它并不懂得人类的一个动作就能够跨越它的半生，不知道人类能够把它们所经历的一切在时间的流程里拉长、放大，并演绎出更加惊心动魄的波澜。它们没有能力懂得人类，就像我们没有能力懂得西塘。大象无形，大音希声，人类中的智者隐约感知到了自身的局限，并对那些在空间和时间上的超越者，进行了支离破碎的猜想和描述。

然而，雄心勃勃的人类，从来不甘于生命的短暂与幻灭，即便是拥有了某个闪光的或意味深长的瞬间，也希求将其转化成永恒。

无形的风掠过水面，正在摇橹的船夫放下手中的橹柄，伸手抓一把，风迅即从指缝间溜走。而微波兴起的水，却在这时记住了风短暂的拂摸，于是便心花怒放，让菱花从水中开出来；菱花艳黄，如时光的莞尔一笑，开过之后就谢了。在以后那些沉寂的日子里，那一泓多情的水，却悄然把那次甜蜜的记忆在内心酝酿成外表坚硬内在甜软的菱角。与菱角相呼应的还有一种很奇特的水生植物叫“芡”，也有人称其为鸡头米或鸡头莲，属睡莲科，花深紫而大，据说菱花开时常背着阳光，而芡花开时则向着阳光，所以菱性寒而芡性暖。不管怎么说，这一切都是短暂的，一切的发生、发展不过是一个季节的事情。但人类却不甘心一切就这样结束、消失。遂有人将菱角采来晒干后剁成细粒，以作日后备用口粮熬成粥，一边食之一边回想起那些逝去的光景。更有人将芡实采来磨粉、蒸熟，并倾注了自己的心力敲敲打打，制成了芡实糕。一种传说中的美味小吃，一传几百年，名声已差不多与西塘相齐。

人类就是这样，把自己希望永久或永恒的愿望寄托于一切所经手的事物，通过物的永恒实现自身生命信息的传承。我一直想不通、说不准，这是人类的理想、梦想还是妄念。

沿着一排排摆满了芡实糕和煮田螺的摊子前行，总能够在某一处房子的阴影中看到一个只管低头操作而无心叫卖推销的传统手工艺人。有的在织粗布方巾，有的在用当地的一种木材加工梳子，有的则挥汗如雨，加工灶糖。有一位剪纸的老妇人，穿着灰色的布衣，坐在自家门槛外，专注地裁剪着手中折叠的红纸，鲜红的纸屑像是时光的碎片，扑簌簌落在她脚下的暗影中。当天色已经变暗时，我再一次路过她身边，她仍然坐在原地未动，依然神情专注地剪着她心里的那些图案，脚下的纸屑已经积了厚厚一层，并变成了暗紫色。这时，那老妇人已经与她身后的房屋融为和谐的一体，一同在黄昏里变得身影模糊，模糊成古镇的一份记忆。

两千多年岁月所成就的西塘古镇，就这样点点滴滴凝聚着人类世世代代的心愿和种种努力，但最后它却无情地超越了多情的人类，成为一个冷峻、高傲的巨大背影，严严地挡住了我们探寻的目光。

庄子曾在《逍遥游》里描述过一种植物，叫大椿，据说它以我们的五百岁作为自己的一个春秋，因为没有人能够亲历它的生命过程，所以就没有人确切地知道它的寿命，没有人确切地知道它的寿命，也就没有人知道它已经行进到了生命的几分之几。如果，我们如此这般地比拟、揣度西塘，那么我们同样不知道它到底处于生命进程的哪一个阶段。

在那些与西塘日夜相伴的日子里，我一直主观地认为，西塘就是一个年轻俊美的女性。在夜晚的静谧之中，侧卧于水巷边客栈的床上倾听西塘，仿佛就能够清晰地感觉到她那年轻而柔媚的呼吸。倏然，有一半自水一半自花的暗香越过半合半开的窗，长驱直入，直抵枕边，半梦半醒之间，西塘似乎真的就幻化为了最心爱的女人，陪伴身旁。持续的温情如窗前沐浴熏风的树，沙沙地彻夜摇动不停，不但有声，而且有影，激活了生命里所有的渴望与想象。

眩晕中，我曾一遍遍追问西塘，那个关于时间和永恒的秘密，但西塘始终沉默不语。我揣度，深谙天机的西塘，是不会向我开口的，一开口，便触犯了天条，也会和我一样堕入红尘，在时光的洗涤中慢慢老去。

夜一定是很深了。从环秀桥的方向突然传来一个神秘的声音，像摇橹，像鸟鸣，也像一声讪笑。突然的惊醒，让我很快地意识到，夜色中，真实的西塘，离我已经更远了，远得不可触及。环秀桥外一闪即逝的那个背影，到底是传说中多情而委婉的胡氏，还是执着而羞怯的五姑娘？清丽而又有一点儿暧昧的西塘，到处都是新鲜或陈酿、热烈或凄婉的爱情与传说。但那一刻我感觉到，那似有似无一闪而逝的影子，正是西塘刻意躲闪与回避的身影。

清晨起来，我站在客栈的窗前，久久地凝望着古镇上的一切，内心感念丛生。无法收束的目光涉过水巷，跨过永宁桥，沿烟雨长廊向前，像抚摸自己的前世今生一样，一直抵达送子来凤桥。

有一对早起的恋人，携手相依，正从来凤桥头幽暗的巷口走出，两张甜美的脸在初升阳光的照耀下，像花儿一样明艳、灿烂，我想，也定如花儿一样芬芳。他们一路徜徉，一路缠绵，在靠岸的乌篷船边悄声私语，在滴水晴雨桥畔相拥而立，一方艳丽的土布披肩如他们借以飞旋的翅膀，一路把西塘演绎成一个故事里的模糊背景。一时间，竟让我忘记了关于永恒这个话题的追问与思量。当他们在永宁桥栏上端坐拍照，再一次相拥而笑时，突然有些许的震撼与感动击中了我的心。如果那庸常的快乐与幸福，能够被一个人铭记，被古镇铭记，被时间铭记，我知道，就再没有什么必要去追问那个叫作永恒或永远的字眼儿了。

那一刻，我真的不知道自己的表情是什么样子，但那一刻，我恍然而悟，我们之所以看不清西塘，是因为我们身在西塘；我们之所以猜不透西塘的心思，是因为我们就是西塘的心思。

瑞雪丰年

年关之前的那场雪，下得着实有一点儿狷狂，只是挥手之间，便已繁花漫天。成瓣成朵的冰雪之花，如蝶如舞，如纷然凋谢的素梅，尽着劲儿地向下飘洒。虽然无声也无香，却还是让人清晰地感觉到了一种静谧的奢华与铺张。

不知道躲在天幕背后的操控者怀着怎样的一种心绪和意愿，竟不惜动用如此绚丽的词语进行着声势浩大的渲染。其真正的用心，或许正如人们久久的期待，极其深远，又极其良苦，即所谓的祥瑞之兆吧？如果是祝福，这无边无际的播撒所展现的又将是怎样一种博大、敦厚的情怀！

春天的脚步已经渐行渐近，尽管原野上的荒草与兀然而立的树木仍处于雪的掩埋或映衬之下，但远观那些树木的梢头竟已有了隐约萌动的绿意。

每年的这个时候，我都要如期踏上归乡之路，去看望老母，与弟弟妹妹们团聚。因为我的脚步总是循着内心的渴望和情感的坐标，所以，在这样的季节、这样的时刻走在归乡的路上，我其实并不太清楚自己与春天究竟是迎面而行，还是保持着同向。不管是哪种情况，对我来说都不重要。我关心的是春天将近时那些春天之外的事情，我将再一次跨过那道时间的门槛，进入一个仅属于自己的私密之地——与他者无关的乡情和亲情，一一面对那些我既熟悉又陌生、既背离又想往的面孔和场景。

一、母亲

母亲的老，似是显现于突然之间。

我一直认为自己还没有老，所以对于老，心里一直没有建立起清晰的概念，想来一定不只是行动稍微迟缓，脸上又多几道皱纹那么简单。对于母亲，我感觉最大的变化就是不再像年轻时那样刚强。她年轻时我还小或更加年轻，那时家境贫寒。我在外求学或工作，因为要刻意节省路费和额外的消耗，所以并不能保证所有的节假日都能回去看望母亲。那时，我就哪儿也不去，只是躲在集体宿舍里给母亲写信，在时间和空间的屏障之外，向她描述我学习或工作上的顺利以及生活和际遇上的平安。几页信纸、一张邮票就行使了“见字如面”的使命。如此这般，似乎就真的免了彼此间的牵挂。但像春节这样的年之大关，总还是要有一次团聚的。亲人见面，也不似现在人们那样大呼小叫地抒情或拥抱，除了久别重逢时目光中瞬间闪射的热切与光亮外，大部分时间我和母亲都只是沉浸在无声的微笑与平静的喜悦之中，她以她的节制和冷静向我传递一种朴素的信念，让我坚信我们所拥有的快乐和财富一样，是不能挥霍的，只有“细水”才能“长流”。

于是，每当我们离别，她从我身后丢过来的那句“走吧，我不惦记你”就有了异常独特的含义。我会把那句“坚硬”的话当作抵挡风雨的外衣，紧紧地裹在身上，咬紧牙关，为她创造出种种“不惦记”或不用惦记的理由。

如今，她再也没有当初那样的“刚强”了。如果有一些日子，我不能从没头没脑的忙碌中抽出时间来给她打个电话，她就会坐立不安，在客厅里一圈儿又一圈儿地转，边转边对妹妹说，又像是在喃喃自语：“你大哥没打电话来吧？”直到妹妹看透她的心思，将我的电话拨通，她才会从那种无所适从的状态中转过神来，幽幽的几句话，简简单单的一番叮嘱之后，方可重归以往的安然。而每当我出现在她面前时，她再也不会像以往那样装作若无其事了。她的目光，从对我上下打量开始，就再也不肯离开我的左右。我知道，她已经在很多个孤单寂寞的夜晚或白昼把堆积在心里的情感一一捻成了两束柔软的目光，专等我出现时向我抛来，仿佛两条无形的绳索，将我和她自己紧紧系在一起。也许只有这样，她才能够在内心里确认，我确实已经在她的现实之中，此刻，我不会再同以往一样，转眼从她的视线里消失。不仅是目光，只要我在她的身边，她的脚步也会常常不由自主地随着我的移动而移动，我到了哪里，她就跟到哪里，那情形就如一个三岁的孩童跟定了大人一样，怯怯地，无声地，也异常坚定地。已经好几年没有听她说过“我不惦记你”的“老话”了，想必是这些年，她也无力再保持那种“刚强”的形象了。母亲老了，老得孩童般温柔、孩童般脆弱。

传统的小年刚过，我还没来得及考虑回家的事情，母亲就急着让妹妹给我打来电话，叮嘱我回家时别给她带钱，也别啰里啰唆地带其他什么东西。我理解她的言外之意，转译过来可能就是：“我什么都不稀罕，只要你人回来就行。”

放下电话好一会儿，我才从生硬、麻木的工作状态中回转过来。反应迟钝，似乎已是我许多年来所呈现出的一种常态。事业、生活、情感等领域里的诸多错位，让我不得不经常从一种状态转换到另一种状态，而这种不断的转换和穿梭，不但没有把我磨炼得更加润滑、灵敏，反而因为过于频繁的“操作”和“磨损”，在意识和思维里生出了斑斑“锈迹”，越来越难以在各种状态间转换自如。当我暂时放下眼前的杂事与杂念，凝聚心神想一想母亲所处的情境、心思和愿望，替母亲盘点一下她生命里的存储和盈余，突然有一些感伤，感觉到为人父母的不易与可怜。

“你站在桥上看风景，看风景的人在楼上看你；明月装饰了你的窗，你装饰了别人的梦。”人生中的某些事情，怎么看都像一场执迷不悟的暗恋。每当我想起卞之琳的那首诗，就会想到天下父母对于子女的那份一往而深、一去难返的爱与情感，自然而然也想到母亲。在我的认知当中，母亲的可怜甚于天下其他父母，不仅仅因为她更加敏感、细腻，还因为她的命，苦如黄连或比黄连更苦。她这一生啊，3岁失去了父亲；4岁失去了母亲；8岁失去了亲人的照料与家庭；13岁失去了最疼爱自己的哥哥；45岁失去了丈夫……到了最后，还能剩下些什么呢？她一生没有工作和所谓的事业，她全部的事业就是养育五个子女。到了晚年，因为几次迁居，连证明自己身份的户口也弄丢了。在这里我没有兴趣谴责某个机构或某个环节的失误，母亲的户口底档确实没有了，找不到，也补不上了，因此也就不能领取身份证，她现在竟然成了一个没有“身份”的人。她在这个世上唯一的身份就是五个子女的母亲，她在这个世上活着或存在的唯一理由，就是盼望着一年一次或很少几次见她自己的子女一面，而她的子女大部分时间被其他的事情追着，被其他的人追着，心思、情感以及关注的目光俱在别处并没有凝注于她。

尽管每年的春节我都会放弃一切游玩和出行的机会，赶回去看望母亲，陪着她一起过年，一起守岁，尽管我现在已经走在去看望母亲的路上，但我还是觉得自己是一个“身份”可疑的人。像一个忘恩负义的人，本应该让自己的母亲晚年不再忍受思念之苦，却将少得可怜的关怀和探望当作引以为傲的孝心和慰藉；也像一个自私自利的小人，本来是为了获取自己心灵和情感的安慰，填补自己心中的缺憾，却俨然长了一双翅膀，忽来忽走地闪现于母亲面前，扮演着雪中送炭和抚平思念的爱之天使。我的心是愧疚的，但奔向母亲的脚步是急切的。

在晚年信了基督的母亲每天除了听经、祷告，大部分时间保持独处，不沾电脑，不看电视，不与众人“是是非非”“张长李短”。当我真正到达母亲身边时，便什么也不用说，什么也不再想了，当然什么也都不需要做，只要静静地陪她坐上一会儿，就能感觉到异常的幸福和美妙。似乎只有在她跟前，我才能完全处于一种静的状态，平静、安静、宁静。她本身就是一个很静的“场”，广袤、空旷、包容、祥和如冬天里覆盖着皑皑白雪的原野，让人无法浮躁也无法逃脱。

当弟弟妹妹们情绪热烈地打牌、收看春晚节目时，我总会特意陪母亲单独待一会儿。断断续续地说一些话，看着她慢条斯理地摆弄自己那些东西：毛巾、手帕、围巾、床品等等一些小物件，一样样地数，一样样地叠，一样样地摆，方方正正，齐齐整整，有条不紊，像是怀着一种珍惜的情绪梳理着往昔的岁月，投入、忘情、不厌其烦。那些物品，都是我这些年陆续给她带去以供日用不起眼的小东西，如今看上去依然簇新如初。看着看着，就有泪水悄悄涌入我的双眼，看着看着，我仿佛就穿越了时光隧道，抵达了岁月的另一端。呈现在我眼前的，已经不再是一位白发苍苍的老人，分明是一个埋头摆弄自己心爱的糖纸、沉醉于过家家的小女孩儿。

只可惜，与母亲独处的时光总是那样少，相对我所拥有的全部时间，大约只能占到种子之于粮食的比例。然而，这些短暂的时光正是因为有限，所以更显珍贵。也许终会有那么一天，母亲要离开我们，这些时光在我的生命里，在我的心里，就能如种子一样，发芽生长，铺满回忆。

二、逻辑

一进客厅就进入了另一个空间、另一种氛围。那才是过年的味道，人丁往来，群情热烈，各样物品堆积如山……

兄妹五人，五个家庭，十多号人，来自于各行各业、各个领域，拥有着各种身份。大家因为共同的亲情聚到一处时，虽然都放下了平日里一向保持的身份特性、生存状态和行为方式，各挂了一张笑脸以求大同，但其不自觉的衣着、言语、做派和所带的年货，还是在不知不觉间把一个五花八门的大社会搬进了我们这个小小的家庭。

我在家里排行老大，自然对家庭的责任和基本生活问题考虑得更多一些。曾一度贫寒的家境，使我的消费观念始终处于飞不起来的爬行状态，再加上我的工作一直是经营一种摸不着看不见且毫无特色的“电”，所以我每年给家里带去的年货也就毫无特色可言。无非是一些毛巾、香皂、衣服、鞋子、米、面、粮、油之类的日常生活用品，只要保证母亲平日里有的吃、有的用，不会挨饿受冻我就心安。尽管年内单位普遍降了薪酬，工资折去一小半，物价又逐步攀升，但对母亲的孝心不能随之而降，只要有我自己用的，就得有母亲用的。但总体上说，我置办的东西，仍然属于费力气而不值钱的那个类型。尽管摆在地上一大片，却没有一样能让人眼睛发亮、刮目相看。不管别人怎么看，我自己心里是有谱儿的。家是一棵树，我不关心它到底能不能开出悦人眼目的花朵，只愿它不缺肥缺水，枝繁叶茂、常青不衰。

小弟弟在银行系统工作，工资不多，但他相信钱可以作为等价物交换到任何商品，所以每年都会攥一把钱塞给母亲，母亲执意不受，他就笑嘻嘻地说：“那我就给你开个户存上吧。”他说存就存，虽然没人打探他到底给母亲存了多少钱，但在他工作的工商银行的客户名单里肯定有一个代表母亲的隐形名字。以小弟弟的说法，这就是双赢。于私，尽了自己的孝心，于公，又尽了自己的职责。单位的钱生了钱，母亲的钱也生了钱，这不就是繁荣嘛？看他说得兴高采烈，我们还真以为中国的经济发展与母亲这笔存款有着极大的关系呢。

小妹妹一家虽然住在城里，却因妹夫的工作涉农，就让他们的年货里保持了农村的特色。年前，妹夫特意骑着他那比自行车大不了多少的摩托车，跑到乡下一趟，东跑西窜，高价收来一点纯粹的土产，土鸡、土鹅、黏豆包……拿回来往地板上一扔，晚辈们就领会了他的意思，赶紧把那些冻得硬邦邦的东西放在一个合适的地方。接下来，他就无声地坐在那里，在大家高谈阔论时做一个倾听者。偶尔，触景生情插进一句硬硬邦邦的议论，便语惊四座："妈的，这年头儿就是欺软怕硬，良民谁都欺，恶官欺，刁民也欺；刁民却谁都怕，良民怕，政府更怕……"

大妹夫是一名基层的铁路工人，前些年国企兴给职工搞福利，单位分什么就往家里拿什么，但现在也和大多国企一样，发放的东西都是光费力气不值钱的了。这两年，因为单位反腐败，领导就不再给职工搞福利了。这事，想来也不怪领导，无名又无利的，还要担着违反规定的风险，谁还去做那"冤大头"的事情！每到年关，就只给基层不能回家过年的工人发一点儿可乐、啤酒什么的，权当慰问品。这样，大妹夫的贡献也就只有那一箱可乐或啤酒了。如果讲贡献，大妹妹一家的这一箱饮料也是在贡献之外又多出来的。这些年，因为大妹妹下岗失业，就在家里作为全职主妇照顾母亲。人家把整个人都献出来做了贡献，别人还有谁敢站出来与她比贡献呢？在所有的礼物之中，又有什么比这更加昂贵？

家里最牛的是二弟。小时候因为不爱读书，很早就告别了学习生涯，经过多年的摸爬滚打终于当上了个体老板。应该说，与大多数经商者比，他的运气还是很差的。这些年，由于知识水平有限、社会背景空缺，一直没能把生意做强、做大，相对来说，他赚的只是一些辛苦钱或者说血汗钱。二弟虽然钱赚得不多，但花钱的能力和水平却和当下的很多老板们一样，是超一流的。你看看人家弄回来的年货，那才叫上档次。尽管数量不多，却样样精致，不是可以叫作“山珍”，就是可以称作“海味”。二弟坐的车是好的，穿的衣服是有来头的，用的手机是最时尚的……总之，从一应吃用、消费中都能够体现出他是一个很讲究的人。保持这种高调的消费状态，已经成为他不可更改的生存惯性。在生意低潮时，家里人的钱都被他借去用于生意和花销了，就连勒紧腰带过日子的小妹妹也把自己仅存的两万元钱让他拿去“应急”。但结果是“此去二百里，一欠三五年”，只见他人来人去光鲜依旧，却永远不提还钱的事儿。其间，作为长兄我催促了他几次，却惹得他老大不高兴。以他的看法，这钱放在我们的手里也没什么用，钱就那么闲置着还叫钱吗？钱不就是得给那些会花的人用在有用之处吗？最后，一句话砸到我的头上，让我也不知道应该说什么好了。二弟似平静又似愤愤然地说：“等我赚了很多钱，我十倍还给你们。”为了这句话，我们一面觉得自己的小气和不高尚，一面心怀幻想地盼着赶快有一个结果，就算是没有十倍的回报，能回个老本儿也好呵。可是等呵等，等了多年也没见有个回音。后来，据说他的生意已经相当不错，但再见了二弟仍然谁也不敢提还钱的事情。现在，我们是深刻理解了各大银行为什么那么惧怕手握贷款大笔欠债的老板们了，原来是怕惹人家不开心，连个面也难以见上。

因为二弟很少直接给母亲钱，所以母亲就一直认为他日子过得很是艰难。每次家人团聚，母亲都会特意为二弟祷告一番。在母亲心里，二弟仍然是一个被生活压迫得透不过气来的可怜人，所以她就很虔诚地求她的神将她的儿子从重压下解救出来：“神呵，求您免了我们的债，如同我们免了人的债……”其实二弟也真的不容易，只要他能够轻松快乐且光鲜地生活下去，总是我们内心最真实的愿望。于是，我也不由自主地随着母亲的意愿在心里默祷：“愿二弟不会因为债务的压力而失去生活的快乐，也愿天下负债的人都不要因为债务而受到人的逼迫。”

三、雪野

除夕那天傍晚，小弟的一个朋友从家边路过，顺便捎来了一样新鲜东西。一个不大的黑色小袋子，里面装着一些看起来蓬蓬松松的物件儿，打开一看，原来是几只野生的鸟儿。那些美丽的精灵，虽然早已经失去生命的气息，花花绿绿的羽毛经过百般蹂躏也稍显零乱，但仍能感觉到它们曾经的鲜活、灵动和楚楚可怜。这些鸟儿对我来说，并不陌生，确切地说，都曾熟悉得提头知尾，除了两只麻雀，其余都是我小时候能够经常见到的铁雀儿。如果在四十年前，这些物儿几乎遍地都是，多得令人烦恼，农民们甚至想尽了办法也不知道如何驱逐那些不速之客对自己的骚扰，更何需像现在这样，如此刻意，如此紧张，如此心惊胆战地保护一番？

四十年前的乡村，鸟兽们集群巨大，四时不断，与人们分庭抗礼，互不相让，共同分享着大地上的粮食及一切可食之物。那时，在土地上劳作的人们，还常常被那些飞禽走兽所欺。本来，由于耕作手段落后，土地上的出产就不丰足，却还要遭受各种动物轮流、反复地搜刮和袭扰。一片弱弱的农田，从春到秋，有虫来过，有鼠来过，有兔来过，有小鸟来过，有大雁、天鹅来过，有鹌鹑来过，有鸭来过，也有野鸡、猪、獾来过，最后人们在冬天到来之前把有幸留存下来的粮食匆匆收回，储到仓里，精打细算，小心取用，以便顺利地度过漫长而寒冷的冬天。

冬天，是一种宁静和纯净的艺术。似乎有一个“极简派”的油画家，执着地挥动画笔，整整一个冬天，都在按照自己的喜好和风格，不停地在那里创作。纯而又纯的白色补上了又褪去，褪去了又补上，直到下一年的春天，他的画卷上才有其他的颜色出现。其实，早在第一场雪下过之后，那幅画就有了最初的轮廓。曾经的草原、农田、村落等等一切事物都被整合到了一处，没有边界，且格调统一。若仅仅如此，怕也是太枯涩、太沉寂了，所以就有必要在其间注入一些活气，于是，各种各样生动活泼的鸟兽也被安排到了画儿里。它们有时很安静，只偶尔从画面上掠过或占据画面的一角、一部分，像是点缀；有时却毫无节制或近于疯狂地充满整个画面，成为唯一的主题。如果要给那幅画取一个形象的名字，我能想到的就是——“雪野”。

那时，人在雪野里行走是不会感觉到寂寞的，有时甚至“枝蔓”横生，惊心动魄。走着走着，就会有一只野兔从脚下蹿出，像箭一样，裹挟着雪雾飞快地在视野中变小、消失，只在平整的雪地上留下一串间距很大的足印。走着走着，心跳还没有趋于平稳，突然又有一只山鸡色彩斑斓地从眼前起飞，像一道移动的虹，迅速远去。有时它们几乎是贴着人的鼻尖儿飞过，距离近得甚至能够感觉到从它们翅膀上扑打出来的气流。走着走着，你又会发现，脚前的雪已经被某个动物挖开或刨开，有一堆枯黄的碎草叶从雪里突出出来，不用猜，其间定然躲着一只或两只专心觅食的鹌鹑。这时，如果手中有一只小小的扣网，一伸手，就会将它们收进网中逮个正着。

一般情况下，狼与狐等动物，特别是狼，因为体型较大容易暴露目标，多数会昼伏夜出，与人类两相回避，很少能迎面碰上，假如真的遭遇，对于单独的一个人来说，多半是凶多吉少了。至于铁雀儿，只要一抬头，随时都能够在天空看到它们的身影，有时是三五成群，有时是几十几百成群，有时甚至是成千上万只结成大群，不停地在天空里翻滚。当大鸟群从头上飞过时，你会感觉到有一个巨大的影子乌云般覆盖过来，鸟儿们飞过时翅羽与空气摩擦的声音和质地不同的鸣叫声交织在一起，尖利而汹涌，仿佛一波由金属颗粒构成的大潮，一掠而过。

画家要的是艺术，鸟兽们要的却是饱食。不消几天的工夫，曾经干净完整的雪地上就已经遍布各种鸟兽的足迹，纷繁杂乱，有如密布的星云。谁能说清有多少只野兔、野鸡来过又离开，现身又隐藏？只有雪，才知道它们的确切存在，只有雪，才有机会、有能力刻印下它们的足迹。雪过后，所有种过甜菜和胡萝卜的地里，都印满了野兔的足印，田垄或树林边的某些地方，已经被它们反反复复的往来踩踏出一条平实的小路。那么谁又能说得清究竟有多少只鸟呢？几乎所有眼所能见的地方，不管是农田还是草地，都印满了它们的足印，所有曾覆盖在雪下的垄脊都被它们用细小的脚趾刨过，裸露出黑色的泥土。平日里寸草不生的碱地或沙岗也难得平静，间或就有几道梅花形的足迹逶迤而过，那多半是一些黄鼬或艾虎，夜里从洞穴出发，穿过雪地去附近村庄时留下的印证。

爷爷在世时，是一个很有经验的捕猎能手，逮鹌鹑、抓野兔、捕鸟儿……样样在行。漫长无趣的冬天，爷爷就一样样地教我们做这些事情，使我们的童年比现在的孩子们多了一些体会不到的乐趣。那时，我们用最原始的铁夹子捕鸟儿，成绩好时一天能捕到二三十只铁雀儿、十多只鹌鹑，那个节奏多年一直不太改变，却从未见田间或天空里鸟儿数量减少。可是如今，那些鸟呵、兽呵都去了哪儿呢？难道说人类从来就不应该对鸟兽们动以“吃”念吗？从生物进化的规律考量，问题似乎又有一个另外的角度。如果这世界从来都不曾有过杀戮，鹰怎么生存？狼怎么生存？狮子、老虎怎么生存？难道说其他动物所拥有的杀生权，人类就不应该有吗？所谓的友好兼容，大约就是一种平衡罢了。正所谓“各从其类，各安天命”。如果人类从来都不拥有杀伤其他动物的本能和本领，怕早已经在地球上绝迹了。

据《圣经》所记，上帝确实曾给过人类这样的许诺：凡洁净的鸟、洁净的动物，人们都可以吃。不仅许诺，还亲手以动物之肉赏赐过人类。《出埃及记》里有载，当以色人随摩西走在旷野上时，因为没有食物就开始抱怨，声音传到了上帝耳中，耶和华就晓喻以色列人：到了黄昏时，你们要吃肉……果然，“到了晚上，有鹌鹑飞来，遮满了营地……”在中国的典籍里，虽然没有这样清晰明确的“应许”，但从古至今，打猎或狩猎的行为一直没有停止，漫长几千年的猎杀都没有出现过物种灭绝事件，却偏偏在人们已经有了环保意识的今天连最普通的物种都在一步步濒临灭绝？

这个问题一直让我感到困惑，百思不得其解。世上的鸟兽就是用以陪着人们共同游戏和生存的，如果人类本身没有异化，不会动用“大规模杀伤性武器”，不会搞什么大工业，把江河之水都变成毒药，不会搞什么“现代化农业”把昆虫、草木都杀死或变成有毒的饵，那些天生就有着巨大繁殖能力的鸟兽，任你有多大的本事也是猎不尽，杀不绝的。然而，我们的环保主义者和环保机构，似乎从来无意于或也不敢把矛头对准那些大工业和现代化农业。因为对于人类来说，大工业和现代化农业本身就比环保重要得多，力量也强大得多。也许，环保机构自己也很清楚，如果真的胆敢与这两样针锋相对，那么就只能是自取其辱，自讨灭亡。为自身的生存计，为了证明自身存在的意义，他们也只好假模假式地把矛头指向那些手痒技痒的小捕猎者，干一些避实就虚、转移视线、李代桃僵的事情。结果，大量杀死了动物们的罪魁祸首就一直得不到追究，受不到指责，“小巫”在前台受管受罚，“大巫”躲在暗处窃笑。有时我就在想，如果那些被人猎杀的动物有幸逃过自枪口或套索而来的劫难，它们当真就能侥幸存活下来吗？在那个大如天罗地网般遍布毒药的大地上，哪一个、哪一种动物有那么大的本事最终能够绕开灾祸幸免于难呢？

新年的第一天，两天前没有尽兴的雪，又接着下了起来。新雪绵绵，像娓娓的倾诉也像殷殷的祝福，一片片、一层层添加着我对四十年前那片乡村雪野的怀念。于是，我冒雪把车开到郊外，置身于苍茫的天地之间，将意识放飞，任由其展开意愿的翅膀，向前，向前，直达记忆深处的从前。但这样的努力终归是徒劳的，四十年前的雪野，与今天的相隔已不仅仅是一个简单的数字，那已是一道永难弥合的时间裂隙。虽然，有那么一刻，我的心头瞬间出现过灵光一闪的激动，以为新雪之下仍旧掩着四十年前鸟兽行走时留下的纷乱足迹，但理智与事实还是轻而易举地击碎了幻觉。

眼前，不过是一个只有背景而没有演员的空荡荡的舞台，不过是一片略去一切细节、一切真相，只有祈愿而不会再有承兑的善意的谎言。

四、流变

如今，传统的节庆经过很多年坚持不懈的“移风易俗”已经变得十分简单。省略了拜年、供奉族谱、迎神、发纸等等一系列环节之后，只剩下了一顿年夜饭。如此一来，这顿饭便具有了十分重要的意义。安排起来，总是隆重且考究。首先要讲求丰盛，隐喻着接下来的日子会富足昌盛；其次讲求家人齐全，最好是一个都不能少，象征一家人的团圆和美和家族的完整兴旺。

因为人齐、人多，开饭时就只能分坐两桌。母亲是个随和的人，又因为笃信基督，所以观念里没什么明确的尊卑辈分界限，她只是先把孙子、孙女叫在身边坐下，其余的人各行方便。这样排下来，两桌家人杂乱的组合就很难看出有什么内在的规律或规矩。

晚餐正式开始之后，情况很快就发生了微妙的变化。有人要凑到一起喝几杯酒，有人要凑到一起说说体己话，有人要特意向长者表达一下祝福之情，有人则想尽快吃几口下去做自己喜欢的事情……没多久，秩序开始大乱，进入由个体间引力或排斥所决定的自由重组。此时再看看场上的局面，就有了一点儿意味。以母亲为轴心的一桌基本都是家里的年长者，大致都是1970年以前出生的，从小妹妹和小弟媳开始，往下都是生于1970年以后出生的人，则纷纷聚到另一桌。如果用个文艺一点儿的词汇去概括，大约就是一桌子苍老，一桌子青葱。

一桌子"苍老"或渐入苍老的人，从小受着传统文化的熏陶和伦理教育，从来没想到要装模作样地把自己的晚辈当朋友，观念里只把他们看作自己的骨血和生命的延续，所以总是情不自禁地把心思放在那桌子"青葱"之上，谈论的话题自然也离不开那一桌子的人。

那一桌子隔代的"青葱"，虽然从小在平等、民主、自由、富足的氛围中成长起来，却从没有一天真正把心思用在父母身上。这一代人似乎从懂事不久就开始进入了青春叛逆期，虽然连洗双袜子的自立能力都不具备，却天天想着如何摆脱家长的干预和控制，不防范谁也要防范家长，相信谁也不相信自己的父母。不用猜，他们的话题肯定不会在这个房子之内，更别说我们这桌自作多情的"苍老"了。他们的心永远如没有落点的鸟儿，在天空里漫无目的地游荡。很快，他们便如学校里的同学一样，结成了一个志在对付家长和老师的广泛同盟。一双双精明的小眼睛转上几圈，再配以简单的“言传”，这一小帮儿马上就有了精准无误且高度一致的“意会”。于是便纷纷起身，结伴去外面另立山头，单独活动了，只把小妹妹和小弟妹两个年纪不大却辈分不低的人“晒”在那里。

“青葱”团队里的核心人物是大妹妹的女儿，因为她所处的位置正好承上启下，上有一哥一姐，下有两个妹妹，介于“80”和“90”之间，所以她就顺其自然地成了两个年龄段共同的代言人。她说我们去K歌，大家一齐响应：“哦啦！”她说我们去网游，“哦啦！”她说要想法子把压岁钱花掉三分之二，“哦啦！”她毕业后一直闲在家里，过着啃老的日子，最近因为受父母逼迫，马上要“出山”去找寻工作了，所以得抓紧时间为那些即将逝去的美好时光举行一个隆重的告别仪式。两哥姐对她人生的转折一边表示支持，一边流露出惋惜的神色；两妹妹则只能在懵懂无知中一味盲目地向往。总而言之，这是一个不相信过去，也不相信未来，只相信当下的群体。父母们讲述的“过去”真有那么苦涩和艰难吗？他们不仅表示深刻的怀疑，并且嗤之以鼻。说那些有什么意义呢？生活和历史能够再次回到从前吗？“我们”已经拥有了当下，为什么要诚惶诚恐想着应对过去，并以过去那“苦逼”的生存方式糟蹋自己？未来？这世界变化如此之巨之快，谁能够准确预料未来？“我们”已经拥有了当下，有必要以自己短暂的青春去扛着深不见底的未来吗？如果不测一定来临，那就等它来时再说吧，“我们”不能在虚拟的不测之中把当下也过成不测的未来。

上个世纪60年代，有一个叫郭路生的写了一首诗《相信未来》：“当蜘蛛网无情地查封了我的炉台/当灰烬的余烟叹息着贫困的悲哀/我依然固执地铺平失望的灰烬/用美丽的雪花写下：相信未来……”这首诗之所以能够成为一代人的心声，是因为那时的现实太过痛苦和艰难了，因为难过，因为绝望，人们只能选择逃避或隐性逃避。人们恨不得不到天黑“今天”就会倏然而过。相信未来，不过是对“今天”的逃避，是相信未来不管如何糟糕也会比“今天”强，至少不会比“今天”坏。现在的日子好过了，知好知歹的人们，不管他们嘴上怎么说，赞美还是谩骂，感恩还是诅咒，实际上是不愿意也不用着急走出“今天”的，自然更用不着执拗地相信未来或企盼未来。

经常听到一些父母指着已经20多岁或年纪更大一些的子女抱怨：“什么时候才能懂事，像个大人呢？”所谓“懂事”，可能就是指某人心智足够成熟，言行不再幼稚，能很好地理解、体谅别人和社会，又能对家庭或别人有所担当或有所承担吧。每当有人如此这般地抱怨自己的子女时，我都不以为然，倒感觉是那些盲目抱怨的父母们“太不懂事”了，他们并不知道，每一代人都有自己的生存智慧和策略。因为每当这时，我都会因为那些被抱怨的孩子联想起一种特殊的动物。

蝉，一种超越科学和人们认知能力的神秘精灵。它们的成长规律，似乎从来都只由着自己的意愿和心情，完全可以置季节和寒暑的召唤于不顾，我行我素，有时，竟然让近于万能的科学也不得不含糊其词。

科学，自然有科学存在的意义。对于问题的揭示和解决，总会有一些探索和努力的动作。科学能够告诉我们，蝉的一生，不论潜伏于地下还是腾跃于树上，都不是人们误以为的“以饮露为生”，而是以树的汁液为生。它们不是一心为了树的娱乐而终生为树演奏的钢琴家，它们是吸树、喝树一生以树汁为养料的寄生虫。但科学无法告诉我们蝉为什么能够将生死蜕变的规律握在自己的手中，可以依凭自己的意愿随心所欲；更不能确切告诉我们什么时候蝉才能够从土里钻出来爬到树上，做一回真正的蝉，完成一只蝉应有的使命。科学只能无奈地向我们叙述一些普及级的知识——

8月上中旬，蝉的产卵期到了。在雄蝉不舍昼夜的鸣叫声里，雌蝉们以尖利如剑的产卵器刺破树皮，将卵产在树的木质部内。完成了这项传宗接代的使命后，蝉的能量便已消耗殆尽，一生也将在短短六七十天的阳光之旅中悄然结束。而小小的幼虫从卵里孵化出来，在树枝上等待着秋风把自己吹落到地面上。一到地面，它们立刻找寻柔软的土壤钻进去，一直钻到树根旁，靠吸食树根的液汁过日子，少则两三载，多则十几年，据说，北美洲东岸森林中的蝉幼虫可在地下生活长达十七年之久。蝉从幼虫到成虫要通过五次蜕皮，其中四次在地下进行，而最后一次，是钻出土壤爬到树上蜕去干枯的浅黄色外壳才变成成虫，只有经历过最后的一次，蝉才算真正完成了一个循环的生命接力。

迄今为止，蝉在地下任意滞留的动因和机制仍不为人知，但以人的心智去揣测，无非两点，一是它们在某一特殊领域里的异秉提醒了它们，哪一年或哪些年的年景不好，气候条件并不适合它们以及后代的成活、成长；二是有一些蝉知道爬出地面就意味着要在使命的驱使下，一步步走向死亡，与其出来担当必然降临的风险，还不如在地下得过且过，慢慢消磨着饱食无忧的日子。

原来，那些为人父为人母的人在忙碌中忽略了必要的观察与思考，没想到有一些孩子正是那鬼精鬼灵的蝉所“托生”。

五、祝福

二弟是彻底的无神论者。那么多年的唯物主义教育，并没有让二弟掌握更多的知识，但造就了他顽强的唯物主义思维体系——不信神不信鬼，不怕天不怕地。母亲曾不止一次当着大伙的面问他信不信有神，二弟回答得斩钉截铁：不信。但二弟心里，绝非一片荒芜的草莽，每年春节临近，他总是第一个抢先回到老家，代众兄弟去父亲墓前进行一番隆重的祭扫。

1986年的春天，父亲与二弟同乘一车，发生车祸时，父亲当即惨遭不幸，而二弟仅仅肩头被擦破了指甲大小的一块皮。对此，母亲反复叨念，并一口咬定，正是父亲以自己的生命替二弟还了一条冥冥之中的命债，才保全了二弟的安全。当人被卷进灾难的旋涡时，必定会信手抓住一点儿什么作为支撑，免得自己被痛苦的潮水吞没。那场事故之后，唯一能够支撑母亲无怨无怼把那个已经残破的家支撑下去的理由，就是苍天有眼，没有同时夺去她两个亲人的生命。这一点，最后也成为我们全家人的精神安慰。相信父亲在天有知，他也会认同这种说法和理由的；我们更相信，就算是父亲当时能够自主选择，他也会为自己的儿子奉献这血与命的祝福。

二弟自幼性格倔强，经常为着一句话被父亲打得死去活来。

犯了错误后，父亲偏偏要他的一句“口供”，逼问：“你到底认不认错？”而他就偏偏不认，并且每一次都是毫无例外地“打死也不认”，最后父亲只得自己在他面前认栽。每每这时，母亲都会黯然落泪，长长一声叹息：“真是前世的冤家呀！”父亲去世后，二弟一直沉默着。没有谁猜得透他内心深藏的是什么？巨大的疼痛？压力？恐惧？懊悔？感念？但从此，他就像父亲的独子一样，旁若无人地单独为逝去的父亲做着他认为应该做的事情，不与别人商量，不与别人合作，独往独来。

母亲不相信一个过世的人能给活着的人以佑护和祝福，也不相信像烧纸、上坟之类的“烟熏火燎”一番就能起到追忆或寄托哀思的作用，所以她坚决反对几个子女去做那些她认为毫无意义且无比愚昧的事情，但唯独不对二弟提出明确要求和限制，任由他按照自己的方式行事。于是兄弟姐妹聚到一起时，便总会不知不觉地回忆起父亲在世时的一些往事，甚至点点滴滴。虽然形式随意一些，规模小了一点儿，但对于一个家庭来说，也相当于一定级别的座谈会了。

人一多，话头便如季节的风，不知道什么时候就悄然转了方向。从过去转到了当下，又很快从当下转到了未来。刚刚谈过了父亲，很快又转向了下一代。先是热烈地讨论和评价了我女儿的婚姻和家庭，然后是二弟儿子的工作和前途，之后，又是其他几家孩子的学习、进步和心性等等。事无巨细，不一而足，似乎哪一个孩子、哪一个细节讨论不到就会在哪一点上出点儿差错，哪一片叶子不用这话语的阳光照射一下，就会不绿、不茂一样。那情景很像一群土里土气的农民在兴高采烈地谈论自己的庄稼，种子、土壤、肥水、天气、运气等等，从头至尾谈个遍，最后还要把一切乐观或并不乐观的现实概括为一句美好的结语——长势喜人。

节日的时光，就如一锅烧开的水，热烈、沸腾，每时每刻都会有翻滚的气泡儿从每个人心底里冒出来，无法静止，也没有静止的趋势。母亲虽然与平时一样安静，不参与大家的高谈阔论和大声喧嚷，但一有时间就悄悄地坐在我们身边，只要我们不睡，她就不会自己独自睡下。我们担心她的身体，劝她早些休息，她却执意坚持。她幽幽地近似于自言自语的一句话，一下子让在座的子女们都陷入了良久的沉默——“你们好不容易回来，我可不想自己先睡！”

众弟兄应该各自返程时，外边的雪大部分已经融化，除了一些背阴的角落里留有星星点点的残雪，街道和大地都已经露出了本色。母亲因几天没有出门，仍固执地认为公路上会积满冰雪，便一遍遍叮嘱：“路上雪大，可要多加小心呵！”跟她解释了两遍，她还是不相信。待我们临出门时，听到的还是她那句充满担忧的叮嘱。母亲真是老啦！

以往告别，只要我们回头，总是能够看到母亲依恋的身影和目光，但这次有些出人意料，转身就不见了她的身影。大妹妹敏感，发现了我目光里的询问，便告诉大家说，母亲回自己房间了。我突然醒悟，母亲是基督徒呵，她此刻定然依规“走进内室，面对你的神，说出自己心中的愿望”。

雪花再一次大朵大朵地从天空飘落下来，由于气温的升高，落到车窗上时便随即融化，像雨滴，像泪水在车窗玻璃上流淌，将视线涂抹得一片模糊。最有戏剧性变化的是那些直接落到地上的雪花，一朵朵像善于幻化的白色精灵，落地时只需要小小的一个延时，就改变了颜色和状态，转瞬润入、消失于黝黑的泥土之中，成为泥土的有机组成部分。这个单纯的细节，有如神谕，很轻易就把人带入到一种复杂、广阔的联想之中，联想到温暖，联想到春天，联想到之后的姹紫嫣红。

病　毒

春天的风，总是行色匆匆，郑重其事地从远方跑来，带着一些看似重要的信息，而我们却总是很懵懂，连一丝一缕都听不明白。

“啊，春天来了！”我们自以为是地打着哑谜，并不知春风是一道最难破解的谜题。至于在我们行走和呼吸的广大空间里究竟充斥着什么，总是没有人能说得清楚。一场接一场规模浩大的飞翔，就那么无知无觉地与我们擦肩而过。很多可见的翅膀，往往在我们专注于地上的事务时，从天空里悄然而逝；而那些不可见的翅膀，就算是在眼前飞过，我们也只能视而不见。

当然，有关鸡的一些事情，我们同样搞不明白。一群鸡，平日里总是一刻不停地东刨西啄，为一粒食物而忙碌，这一刻，却有两只放着现成的玉米不吃，若有所思地呆立在那里，一动不动。难道它们也会和人类一样，在最美好的季节里想起一些忧伤的事情？也会在拥有青春和爱情的时候感伤流逝或在向往和追逐的过程中喟叹生命的可怜与艰辛吗？

突然，有一只鸡将脖子直直地歪向一侧，像被一只看不见的手拎着，在原地打转儿，转了数圈后颓然倒在地上，两只翅膀下意识地抽搐和无力地抖动，似乎在描述着一段难言的痛楚。

在北方农村，当禽流感发生时，几乎每个人都知道那是一种什么事情，却很少有人知道在鸡的身体或生命里到底发生了什么。到底是什么，以怎样的方式把一个本来鲜活的生命瞬间击倒？

原来，在鸡的体内，有一场激烈而残酷的战争刚刚结束。有不可计数的细胞组织被无数神秘的入侵者逐一攻克，最后成为一个功能尽失的残壳。一只倒下的鸡，不过是一个废弃的战场，一座陷落的城池。而所谓的疾病以及与疾病有关的定义，“禽流感”或“鸡瘟”，都不过是一个含糊其词的命名，一个与真相相去甚远的借口。

一架高倍率电子显微镜告诉人们，在这个世界上，除了我们所认知的生命之外，还有一个更加庞大的精灵群体，它们在我们视、听、嗅、触等所有感觉之外，像传说一样，控制并决定着各种生物的诸多事情。生杀予夺或繁衍生息，没有一样不在它们的干预之中，但我们只知其然，而不知其所以然。

关于这个群体，人们想了很多办法，用了很多手段，也不过了解其品类中的有限几个品种，而对于某一个品种，也只能了解其有限的生存奥秘和行为规律。至于对它们的描述就更加显得简单、局限。核酸分子加蛋白质、DNA片段或病毒，几种生硬粗略的定义常常让人们对这些貌似简单却变化无常的事物产生更深的误解和认识偏差。通常，这些体量以纳米计算的微小生物，如同想法、念头等“非物质”一样，隐藏或飘浮于物质和生命体之间。从千米地下，到万米高空；从绿色的平原，到蓝色的海洋；从无生命的土壤、岩石，到有生命的各种客体，都可以供这些微小的生物安身立命、蛰伏隐藏、无翅而翔或无足而奔。它们无处不在，却又从不显现，让我们无处捕捉，就像空气中的分子和土壤中的水分一样。你认为它们在，它们就在，你认为它们不在，它们就不在。作为一种特殊的生命体，只要它们不采取任何行动，就如同不在世界的“现场”，有时它们只是一些无以命名的物质“碎屑”，甚至连完整的物质都谈不上。

幽灵一样的事物——亡者口边漏掉的半句遗言，两个表情之间的另一种表情，意念与意念交错瞬间那一小片叠影，一道不知是出自上帝还是出自魔鬼的指令。

那到底是谁的主意呢？让一个兴奋不已，四处奔波的人突然停下手中的事情，萎靡不振，慵懒无力，鼻塞泪流；让一个充满力量的人突然失去力量；让一个善于操控的人连自己的行动和思维也难以控制；让一个习惯于轻松惬意的人陷入难以解脱的疼痛……这是一种警示？是的，一切都不是一成不变的，一切事物都会有出乎意料，都有走向另外一种状态的一天，所以我们要警惕，要随时做好应变的准备。这是一种反证？那一定是要让我们内心明了，要让我们感知到，我们所拥有的一切都并非天经地义，健康、幸福、快乐、愉悦等等，包括生命，全都是来自于我们自身之外的恩赐。我们可以拥有，也可以失去，而曾经的拥有又是多么值得庆幸，所以，我们要懂得感戴和珍惜。

就在我们思绪如潮、感慨万千之际，就有被称作医生的一类人，心事重重、表情凝重地在自己的处方纸上用力写下了一行词意清晰的断语：“病毒性流感……”

有一种被称作病毒的无细胞结构生物，经过长期蛰伏，已经醒来，开始了它们大规模的行动。通过吸附进入、基因表达、转录、翻译、核酸复制、装配、释放等一系列抽象的动作及流程，完成了对宿主细胞的占领与控制，同时也完成了自我裂变与“海量”复制，就像一种思想找到了语言，最终以词语、句子、段落或篇章的形式实现了自我表达、放大与传播。

朋友中有一个叫孙四的人，疑似具有非凡“智慧”，对流感病毒在自己身体中的种种行径或作为，有百般的不解与不服：“一个人，这么大的东西，怎么就干不过小小的病毒？我半斤酒下肚，就已经醉得不省人事，难道那些小小的病毒就不会先我一步纷纷醉死？”于是，他就真的把自己灌醉，沉沉睡去，暂时忘却了流感病毒所带来的一切不适。但一觉醒来，更加猛烈的疼痛和高烧告诉他，他的策略是完全错误的。那些病毒并没有和他一样，因为乙醇的麻醉作用而停止工作，而是趁他没有意识的时候，在他失去抵抗的身体里把“战线”推进得更深更远。想象孙四身体中那些徒劳的乙醇分子，无疑如房屋之外狂啸的子弹，而那些病毒则是躲在房子里行窃的老鼠，就算那座房屋被最后摧毁，老鼠们仍然有可能毛发无损。这正是病毒们令人称奇的本事，它们总是能够很狡猾地把自己伪装成良性细胞和组织，或隐秘地藏于其后，进而一次次成功躲过药物以及其他外物的辨识与灭杀。

直到今天，有关病毒的源头仍然没有一个权威的结论。最初，它们也许就是某种基因上的某一片段，只为受到外力干预、破坏等偶然因素，便从基因链上断裂、分离出来，成为一个无可依附的“游魂”。国破碎之后的难民、家破碎后的遗孤、队伍被打散后的散兵游勇，所以它们“命”里就注定有太多的凄惶、冤屈和不甘。最后，他们到底冒顶了别人的旧皮囊，与一个蛋白质简单搭配后，形成一个古怪的生命体。虽然它们的核心组织都是一个脱氧核酸分子，但它们的身世，决定了它们不可能是普通意义上的基因，就像某些人类奇特的身世将决定其一生奇特一样，只是它们的生命特征总是显得有一些不可思议的邪恶。

这些造物主创造生命时遗落或放弃的边角余料，它们之所以最终成为病毒，并不是因为他们对宿主的占领、利用和控制，最关键的问题在于它们的发展速度和节奏。如果它们能够遵守上帝的游戏规则，循序渐进，与宿主保持同步的生命节奏，它们或许可以演变、晋升为一种正常的生命基因，并将长期稳定地与宿主共生共荣。但它们中的大部分，如人类中的盗匪一样不顾及那个公允的规则，悍然把一个漫长的过程极力压缩，通过疯狂裂变，严重地干扰和破坏了宿主细胞的存活与生长。最后，以宿主细胞及宿主的快速衰竭、死亡为代价，实现了自身的“暴力”式发展，其结果当然是在实现了快速膨胀之后又与宿主一同快速灭亡。

病毒们这种主观上急切、无辜的愿望及其所引发的客观上不可置疑的“暴行”，不能不让我深深反思人类自身的某些行为。就某些品行而言，到底是人类感染了病毒，还从病毒感染了人类？总是隐约感觉，二者有着不割裂的关联。本来，我们也可以做得更好，可以不像病毒对待宿主一样对待地球，但我们确实那样做了。只是人类永远不会把自己和自己的同类叫作病毒，除非上帝能够站在高处发出公义的声音。

当一度远去的太阳，从赤道归来，一天天向北回归线上靠近，那些还没有找到宿主的病毒便如看不见的海潮一样，浸漫了北半球大面积区域。空中及各种物质表面，到处吸浮或悬浮着诸如SV40、H1N1、H7N9、H5N1、SARS、烟草花叶病毒、艾滋病毒、Qβ噬菌病毒、口炎病毒、疱疹病毒、流感病毒、鸡肉瘤病毒和白血病病毒、呼肠孤病毒、弹状病毒、正粘病毒、副粘病毒等等各类各种病毒。它们就像传说中的魔鬼，躲在某一只落满灰尘的瓶子里假寐，等待一个偶然的机会有人来打开或碰掉瓶盖，然后以轻烟入户的方式进入宿主内部。随着时日的推进，早已经有一些病毒实现了夙愿，在某些脆弱的肌体中开始有序或疯狂的基因复制——于是我们这个本来就不平静的球体上，更陷入一种因应对意外病、死而造成的混乱之中。

就在很多感染了病毒的人们挤进大、小医院排队输液，很多城市的郊区纷纷燃起焚毁染病动物尸体的烈火时，在遥远的欧洲小国荷兰，四万四千余英亩缤纷的花朵正在明媚的阳光下灿然怒放。然而，在大片大片的郁金香花田里，却时常出现一些让人始料不及的意外。在那些纯色花朵中，偶尔就会跳出一株异常妖艳的碎色花朵——纯蓝的花朵，镶上了白色花边儿；纯红色的花朵上生出了黄色的条纹；本来应该是纯白的花瓣，筋脉的另一侧却染成了血色的鲜红……种种缤纷杂乱的花纹，如同有人刻意地将其涂画或拼接到了一起。

起初，面对着郁金香花色这种奇特的变异，人们一边心存疑虑一边赞叹造物主的匠心独运。自然，在商业流通环节里，人们对这种奇异、稀少的碎色花趋之若骛，追捧之下，它们的价格便要比一般的纯色花昂贵很多。后来，随着科技水平的提高，人们发现郁金香这种花色及形状的改变并不是缘自真正的基因变异，而是因为那些植株染上了“郁金香碎色花病毒”，致使原来的基因被病毒篡改。不管怎样的原因，那些郁金香花确实是比一般的郁金香漂亮很多，并且最重要的是价格不菲，这就让人们在之后的很多年里一直有意识地培养和利用起这种病毒，想方设法扩大这种病毒对郁金香的感染。尽管染上了病毒的郁金香产量大减，但利润呈激增之势。

这就是人类的智慧，这就是科学。科学，向来抛开善恶的概念，把注意力集中于事物的规律、细节和局部的解决方案。科学只是没有是非指向的发现。

自从走到科学这条路上，人类已经取得过两次发现上的重大突破。一次是分子裂变秘密的发现，原子弹诞生，使人类拥有了上帝般的毁灭能力；第二次是基因裂变秘密的发现，遗传工程及病毒学的诞生，使人类拥有了上帝般干预生命的能力。当人类第一幅基因组草图破译完成时，美国总统克林顿就说过，那是“上帝用以创造生命的语言”，是的，那就是上帝的语言，是一种可以降灾也可以免祸的咒语。而病毒，则应该是上帝在描述美好的生命蓝图时从语句中剪除或删节的那个部分，现在我们重新把它们拾回，按照人类的思维和意愿将其穿插到原有的语句之中，其结果是将使上帝的语意变得比原来更加丰富美好了，还是变得语义不清、逻辑混乱了呢？在最后的结局没有出现之前，正确的答案应该是无法确定的，因为我们不是上帝，我们并不了解这一切事物发生和发展的真意。

我曾在私下里深深地担忧，并不具有上帝的远见、智慧和悲悯情怀的人类，一旦掌握和运用了上帝的语言，会不会给自身造成新的更大的麻烦，甚至会造成系统性的失衡和不可收拾的混乱？但科学的发展不断地怂恿着人类向更高、更远的天空逼近，科学的“巴别塔”已经高高地耸立云端了。现在看，利用病毒增加郁金香的花色早已是科学领域里的小儿科。有断续传来的信息告诉我们，人类在研究、利用病毒方面已取得了重大进展，不仅能够利用病毒基因“吃掉”对人体有害的病菌；利用病毒去杀死一些不利于庄稼生长的昆虫；利用某些特定的病毒摧毁癌细胞，而且还有了一些更加宏大的计划和设想，比如将不以人类为宿主的古怪病毒与能够以人类为宿主的病毒拼接，大量培植之后取代致病细菌用于未来的战争……

假如有一天，传说中的某种“僵尸病毒”真的在人群中出现，很多人按着另外一些人的想法和意志，疯狂地杀人并自杀，那时，我们便不得不承认，人类并不是纯然的人类，病毒也不是纯然的病毒，人类、病毒、魔鬼已经从意识和行为上组成了不分彼此的“三位一体”，互融互通，互为表达。

神说：“你们不可以恶制恶。”而人类中的强势者却一直引领着人们一意孤行地呼啸前行，如失控的冈底斯牦牛群一样，直奔悬崖而去。人类遵循着自己的心意进行着好坏善恶的判断，并遵循着自己的逻辑对世界进行着杀、罚、整、治——杂草不好，就施以农药；昆虫不好，就以杀虫剂根除；苹果的酸味不好，就摘除它的酸涩基因；泄露机密不好，就把知密者追杀击毙；细菌不好，就引入病毒治之；病毒不好，就引入更加恶毒的病毒治之……

在一场地震之中，有一个年轻的母亲和自己的婴儿被埋在废墟之中，为了让孩子继续活下去，母亲毅然咬破手指，让婴儿日日吮吸自己残存的生命里残存的血……当母爱的光芒随时光远去之后，我惊怵地从其中看到了生命之初的某种真相。

我们之所以无法理解病毒，也无法理解那些被病毒“吃死”的鸡，只因为我们到后来有了情感，有了善，有了反思和理性。如果世界上真有一种病毒能把人类这部分基因一并吞噬，那么人类无疑将成为体积更加巨大的病毒。那时，我们不但能够与病毒“心意相通”，而且同病毒等所有没完全或真正“醒来”的生命一样，在上帝话语体系里，成为语义相近的并列句。

遥远的吉木乃

谷雨一过，清清亮亮的“桃花水”便从萨吾尔山和木斯岛山上流了下来。

吉木乃境内的四条河流——塔斯特河、额尔交河、乌拉斯特河、乌勒昆乌拉斯特河像四个命运女神，各引芳渠，分别从四个方向奔向大戈壁的腹地。水是河的血脉和身躯，也是河的呼吸与芳香，当水声、水色交织成甜美的歌谣，就有声波、水纹般的花草树木跟随河的步伐逐次远播。眼看着一滩一湾的戈壁就快被浓浓的绿色浸染，四条河却相继出乎意料地隐身而逝，仿佛她们的“脚”在戈壁深处遭遇了某种机关的暗算，一跤跌倒，就再也没有爬起来。可怜那些树木花草们依然保持着前行的惯性，一直冲至大漠深处，这才发现，原来自己的脚是被命运下过诅咒的，只能随水而进却无法随水而退。于是，就只能选择在惊愕中沉静，在沉静中盼望，在盼望中忍耐，在忍耐中接受。

我去吉木乃时，正是7月，所有的河流都依然在远方徘徊。

有始而不知所终的季节河们在离开雪山一段距离后，开始驻足不前；著名的额尔齐斯河已经与吉木乃擦肩而过，从远处绕道流向了北冰洋。此时，本可以自天而降的雨水，也遥遥不见踪影。沿途的草，据说在上一个雨季来临时曾经绿过也茂盛过，如今却纷纷躲进泥土，用尽平生的力气把根系扎向戈壁深处，只把星星点点的发梢露在地表，监测着太阳和风的动向。稀稀落落但相对显得突兀、高大的骆驼刺、梭梭柴们则让自己来不及隐藏的身体暴露在焰焰的日光之下，遥相瞩望，暗运心力，把毫无水气的灰白叶片倔强地举向天空，如同举起战火中的旗帜。它们一直沉默着，沉默着，仿佛永远不打算向任何人、任何事物透露自己的经历和此生的意义。

在这一点上，人类总是与它们大相径庭。人类总是要尝试着把那些可说或不可说的事情说破、讲明。比如，我们的阿勒泰之行事先也确定了一个主题，有着明确的任务和“使命”，就是要访问那些从内地来到边地挂职援疆的干部，让他们感觉自己并不孤单，背后还有千千万万的人在关注，在祝福，在期待，他们所做的一切都是有价值、有意义的。然而，看了戈壁上那些沉默的植物之后，我突然什么也不想说，什么也不想做了。也许，万事万物真如我们一直以为的那样，皆负有使命，哪怕是一滴水、一棵草、一块石、戈壁滩上一堆风干的牛粪，可是，命定的机缘和深意既然难以言说，又何必要刻意追问、说破？

对于正在进行的事情，我不是没有认同和期待，只是觉得应该有一个更加深沉的方式。近在眼前的访问，本是一场事先预设的萍水之聚，可相逢一笑，双方的手紧紧相握时，通过熟悉的热度，难道就不会将一份遥远的牵挂和关怀传送给对方吗？或者，让我们安静地保持着合适的间距和相对独立的姿态，把“根系”扎下来，一天、两天或更多天，以梭梭柴的方式，彼此相望，在“泥土”之下将根系伸向彼此，以静默的忍韧分担着命运的应力，那么，内心的信念一定会赐予我们一份同甘共苦的慰藉和惺惺相惜的情谊。我们也可以不像草木那样深沉，而是像来了又走、走了又来的黑颈鹤、大天鹅、云雀、家燕那样嘁嘁喳喳，忧心忡忡或雄心勃勃地讨论，如何制服木斯岛冰山偶来偷袭的洪水，就像哈萨克兄弟制服狂放不羁的野马一样。虽然主人与过客的身份依然分明，但从更长远的时间进程说，谁又不是过客呢？只要人来了，心在了，真诚和情义就能够通过某种看不见的介质融成欢畅的小溪。在戈壁，在干旱少雨的吉木乃，有什么歌声比汇集到一处又潺潺流动的水声更动听呢！

一直以为，红柳这种随时变幻着姿态的灌木是世上最善于“奔跑”的植物，因为在沙漠边缘，戈壁荒滩，低地河谷，不论我们走到哪里，步行还是驱车，每从困顿中抬起头来，都能看到它们那似曾相识的身影，似乎它们天生了一双比车轮还快的“飞腿”，总是能够“跑”到我们的前边。在吉木乃，红柳们却无“红”可言，一改往常的姿色，颠覆了树的形象，变成与“骆驼刺”相仿的类草族，低矮、瘦弱，几难辨认。想必在经年累月的奔跑中，这些倔强的植物终于倦了，明白了就算健步如飞终究还是追不上远处的流水和如水一样流逝的时光，便自认天命地停下来。停下来，便陷入更深的命运重围。在下，沙与石一层层掩杀上来，红柳们把枝条拼成了根系，向下探寻着水的润泽，三米、五米甚至十米的掘进，只为了能把头向空中挺起小小一段高度；在上，一遍遍被饥饿的骆驼和羊群啃食，似乎每一个新枝、每一片嫩叶都已经预支给某一副口唇，随生随灭，不会有哪怕短暂的空期。本来红柳是在5月下旬至7月开花，花期可以一直延续到9月底至10月初，可是吉木乃旷野里的红柳却因为无花可开，就从来没有过花期。

吉木乃没有花期的红柳，就这样成为一道让人心生疼痛的风景，但它们自己似乎并不知道心疼。虽然它们生长的自由被年复一年、月复一月地反复剥夺，但它们的内心却没有因为不停的伤痛滋生出怨毒，就算只剩下有限的残枝，仍然始终如一地保持着甘醇的本性。以观音柳的名义，以柔软的菩萨心肠，以隐忍，以永不愈合的伤口，以幻化为汁液奶水的鲜血，饲育众生，让每一个啃食了自己身体、枝叶的生命摆脱饥饿和风湿病痛的折磨。

在汽车行进的侧前方，两头牛正带着它们的幼犊绕过多刺的梭梭柴，在几乎没有草色的沙石间吃草。与其说吃，还不如说是从土里往出“捡”或“挑”，这情景让我十分担忧，感觉每一撮草芽芽入口，它们都得舔进半口的泥土。按照当地生态机构的定义，每平方米的土地上生有三棵以上的草就是“草原”，那么，在干旱无雨的7月，在无草的草原，牛羊们只能容忍着人类关于草原的定义，在绿色覆盖不住地皮的夏牧场上一边不停地奔走，一边在贴着地皮的泥土里捡拾零星的野草，艰难地进行着夏秋季节的体能积累。

远方的萨吾尔山是牛羊和牧人们梦中的天堂，是吉木乃贴身口袋里一块最香甜的糖果，作为最优良的冬牧场，此时正草美、花香，但在夏牧场尚有一丝潜力可挖时，谁也不可以对那块小而珍稀的“命根子”暗生觊觎，直到大雪纷降，再不走就会封死进山的路，牧人及牛羊们才会最后进入那个可以安全越冬的“冬窝子”。整整一夏一秋，成群结队的生灵，在日行十数公里的奔波和拼了性命的埋头进食中，为自己开拓着生存之路，把生的艰辛和忍耐的痛苦远远地抛在身后飞扬的烟尘之中。偶尔几声鸣叫，在有着复杂情感的人类听来，倒不像什么悲伤和苦情的叹息，而像是某种满足、快乐的抒发。

这是一个善于在忍耐中等待，在等待中忘却，在忘却中及时捕捉住快乐的地域。

当跟在牲畜的屁股后边奔跑的牧人身心疲惫了；当一天天企盼着雨水而终不得见的眼睛望穿了；当天空中的希望之星在阴霾里变得暗淡了，勇敢、快乐的哈萨克们便燃起篝火，跳起“黑走马”。

据说，正是这神奇的“黑走马”载着一代代的哈萨克人走出了命运或精神的苦难。很久以前，这里的部落之间经常因为争夺生存资源发生战争，在一次残酷的战争中，哈萨克部落不幸战败，为了保全最后的人马，首领决定带领族人离开这片血腥的草原，去寻找另一片新的生存之所。

记得《圣经》里有这样一段话：“一个人若有一百只羊，一只走迷了路，你们的意思如何？他岂不撇下这九十九只，往山里去找那只迷路的羊吗？”东北民间也有这样的说法儿：“天无绝人之路。”人要坚信，冥冥之中，一切必有一个合理的安排。当这支失魂落魄的队伍在苍凉的大漠上奔突得几近绝望的时候，首领只好带领族人在月夜里长跪，祈求他们的神在黑暗中给他们以力量和方向，并赐予他们一盏指路的明灯。果然，很快就有一片绿洲出现在他们面前，风水宜人，绿草如茵，仿佛上天早已为他们预备。于是，这一族疲于奔命的人便停下来，搭起帐篷，燃起篝火，弹起冬不拉，跳起欢快的“黑走马”。在水波般跳荡不息的冬不拉弹奏声中，在风一样轻盈而不知疲倦的舞步中，人们忘记了战争的创伤、失去亲人的悲痛、生存的艰难和对未来的恐惧，在感恩于命运恩典的激情中，重拾生存的信念。从此，哈萨克人就有了两件法宝：一是生存的智慧，哪里适合生存就把家搬到哪里；二是精神的良药，会说话就会唱歌，会走路就会跳舞，歌舞一起便可消解一切愁苦。

这样单纯的人文环境，似乎有着先天的同化优势。在困境中拥有坚强的信念，在苦涩中保持内心的温柔，不管来援疆的人还是来做客的人，要不了多久都会被这里特殊的文化氛围感染，成为“准”哈萨克，听到冬不拉心就开始跟着不停颤动；吃起羊肉就忍不住发出由衷的赞叹；看着成群的牛羊就像看到了自家财产一样满心欢喜；放眼大漠，一颗狂放的心就想跨上马背一路驰骋……

自吉木乃县城南行四十公里，萨吾尔山的方向，有一处石头聚集的城。城里遍布各种各样大大小小的石头，有的像大鱼，有的像海龟，有的像双峰骆驼，有的像少妇，有的像将军，有的像一座小小的城堡……当地的哈萨克牧民按照自己的印象和理解，干脆把它们笼而统之称作“阔依塔斯”，哈萨克语就是绵羊的意思。但数百万年以前，这些石头并不是陆生的“羊”而是水里的

"生物"。是那场"造山"运动，改变了它们的命运和生存状态。海水倾退，高山隆起，隐藏于海水中的一切，包括生命，包括不可言说的秘密，全部暴露于阳光之下。经过了痛苦的挣扎，它们还是选择了接受、沉默和等待。几百万年的时光倏然而逝，曾经的海水变成了山风，一遍遍吹拂，却不知带来的只是温柔的抚慰，还是一些人类无法读懂的消息，它们始终保持着沉默和坚忍，在等待中让自己化作坚硬的石头，在期盼中让内心的荒芜化作泥土，长出了茂盛的草木，开出了美丽的花朵。

我们离开吉木乃那天，雨，终于从天空飘下来了。干旱已久的戈壁因为密集的雨点儿，腾起了欢快的烟尘，空气中一时弥漫着浓重的土腥气。一直埋头吃草的牛羊，纷纷停止了奔走，很庄重地把头仰向天空，雨水从它们的头上流下来，像泪水，流过双眼，流过面颊；也像来自上苍的祝福，流到了干渴的大地。

一棵草或更多的草

一

以我现在的智慧与觉悟，只能质疑到草的由来。

单独的一棵草。它到底从何而来？它们的根，到底生自泥土，生自埋在泥土里的种子或根系，还是自天而降？虽然科学的常识不断提醒我，这是个很愚蠢的问题，但我还是认为草有时会超越一切科学的定理或定律，生，而难以追问其出处与依凭。因此，也就没有人能够准确预测，草将生到什么地方，生成什么模样，被派为何用。

平生最难忘的一片草，很像一个奇迹，它们竟然生在四川省某一处地下五十米深的黑暗溶洞里。只因为钟乳石间有一片薄薄的土，薄土上方有一束常年照射的灯光，草就在那里生长出来，稀疏、柔弱但娇嫩欲滴。从那一刻起，我就坚信，有一些草是从光里生出来的。

但我现在最想说的是单独的一棵草。因为摆在面前的草一多起来，就会把我的思路塞满，让我无法思考。当草多得铺天盖地的时候，我只能深深地沉醉于那种浩瀚的气势，眼花缭乱，目瞪口呆。群体或集群，从来都是一种奇异的组合方式，经常会让身处其中的每一个成员迷失或隐性消失，也会让外部的观察者因为视觉的迷乱而失去判别和品鉴能力。那么多的草，多得都不叫草，而叫作“原”或“甸”了，我还怎么能看清每一株草的模样和表情，还怎么辨认它们的身份及所传达的信息？

只有单独的一棵草，才能够让我把心智和目光凝聚于一个独立的生命，从它破土而出，伸展开茎与叶片，一直到开花、结籽，全过程地体会和感悟它有关生命的启迪与暗示；也会让我由此及彼一棵一棵毫无障碍地关注下去，发现并领会很多棵草不同的品质与禀赋。

在早春的原野或冰雪尚未完全消融的陌上，一棵草，出人意料地展露出最初的锋芒。刺破黑暗、湿冷、厚重的泥土，一把锋利的剑，如初燃的绿火，与自天空而来的阳光遥相呼应。紧接着，便是春风浩荡、万物复苏……当季节与生命的盛宴被推向高潮，再回首，才发现最初的那棵草竟然是春的宣言和一呼百应的号令。

这基本上是一个不能让人接受的事实，难道号称万物灵长的人类也要听草的号令和呼召？草与人，究竟谁可称大？

物理上远与近、大与小的关系，常常让人类获得自高自大的勇气。我们平时看到的草总是一个群体，总是在距我们较远的远处，于是草的个体就被我们的视觉“缩小”或忽略。身处群体之中，似乎每一个同类都高大得足以挡住我们的视线，但没有人发觉自己其实只是在受着视觉的支配和哄骗。眼见，有时并不一定为实。

那么究竟是谁“大”谁“小”、谁“轻”谁“重”、谁“高”谁“低”呢？一座殿堂，地基在下，屋瓦在上，站在地上看，瓦自然是天，而站在瓦上看，则地基是天，因为地基存在于屋瓦之先，没有地基，就无处立瓦。

神在《圣经》里说：“至于地上的走兽和空中的飞鸟，并各样趴在地上有生命的物，我将青草赐给它们做食物。”依此，我们便可推出，草，原来是最基本的天意，是生命之旗。草虽然势弱、渺小、微不足道，却是“物”直接面对的天，而“物”又是人类的天，草在逻辑上自然就是人类的天外之天，是比天更重要的天。

然而，当我们站在更高、更远处看这个世界，看到的将是另一种“事实”、另一个“真相”：人类或所有的生命不过是岁月的食物。当事物被时间或空间中的某种程序链接到一起时，一切都不过是这一链条中的一个环节，某种循环的一段行程。一切都将成为模糊的一团，没有缝隙，也看不到轮廓。情感、动作、心机、争斗、冲突、成败、主次、尊卑、优劣、一切的波澜、一切的起伏、一切的愿与不愿、甘与不甘尽皆消失。这些丧失了细节的“片”或“团”，全部意义只在于保持一种简单的运动，朝着某一个不可改变的方向，移动、再移动，一直移动下去。而时间那透明的手指却执拗地在每一个“团”“片”身后保持着同步、均速的移动，耐心、细致地将一切痕迹一一抹平。

如果真有人相信所谓的“意义”，那么意义最有可能隐藏在个体或个体的行为之中。

一个人，因为养了一些牛，他的草场才有了生机，他的生活也才有了期盼和可能的富足；一头牛，因为找到了一片口感鲜嫩、营养丰富的草，才使自己的生命有了存在和幸福延伸的保证；而一棵草因为长出了自我保护的尖刺，才幸免于被饥饿的动物们吃尽、噬绝，如果它稍多一些抗争意识，心生怨愤，便会机智地躲过某只羊或马灵巧的牙齿，用锋利的叶片割破它的唇，让它的血滴在草尖儿之上，以作偿还……

虽然，一切都无法改变时间的流程，但那些丰富的细节总是让我们在无意义的总体进程中，看到某些微小的、甚至是不值一提的意义。

那么，是谁，为什么，竟然让一棵草表现出如此的柔弱又如此的刚强？

二

遥想千年之前，生于春秋战国时期的铸剑鼻祖欧冶子，也一定如我一样，曾在某一个早春的原野之上，凝视一棵刚刚吐叶的草，久久发呆。光，沿着草叶的边缘滑落下来，如水，如利器上透明的血。在那片直指天空的草叶上，不知道他是否得到了某种昭示，是否看到了冲破黑暗的草的灵魂。

相传，欧冶子在冶铸出史上第一把铁剑——“龙渊”之前，曾走遍江南名山大川，寻觅有铁英、寒泉和亮石存在的地方，因为只有集齐这三样东西，才能铸造出惊世的利剑。几经艰辛之后，他终于来到龙泉，以两年之功，铸剑三把：第一把即是“龙渊”，第二把是“泰阿”，第三把叫“工布”。又传欧冶子在铸剑时，“赤堇之山破而出锡，若耶之溪涸而出铜，雨师扫洒，雷公鼓橐，蛟龙捧炉，天帝装炭；太一下观，天精下之。欧冶子乃因天之精神，悉其伎巧……”这些记述无非是想告诉世人，欧冶子所铸之剑皆得神助，并竭其才智而成，每一柄剑都是价值连城的稀世珍宝，但一直不曾提及，为何那些宝剑都是草叶之形，炼剑最初的灵感从何而来。

历史的典籍或传说，往往只关注结果，而最初、最关键的环节总是被有意无意地忽视。更多的时候，我们只知道文章，而不知道引发文章的灵感；只知道冰冻三尺，却不问其后存在的寒冷以及寒冷之功；只知道花儿开放，而不知春风在花儿背后已拂过千回……只知道世上有龙渊宝剑，却不知道它是由一棵草的魂魄所化。

一叶草在火里泯灭，又在火里重生。

再提起那些清清凉凉的水滴、被水滴濯洗得翠绿的叶脉、叶脉下充盈的浆汁以及由此而生的芬芳，都已经属于遥远的前生了。而今，一腔碧血正与熊熊的炉火狭路相逢，一生一世的水，经过数千度的煅烧，已不再流动，不再沸腾，而是凝成不可触碰的固体。这是今生。今生，将炼草为剑。饱饮烈火之后的叶形轮廓里，已不再有一丝一毫湿润的回忆，更不再有对雨水和阳光的渴望。水与火的纠缠、凝结，形与神的融汇、化合，终成三尺亦正亦邪的冷光。倘若恰巧有雨滴飞落，撞击之声隐隐传出，已然铮铮尔。

自从世上有了第一把剑之后，剑就如泥土上的草一样，生长繁衍起来，龙渊、湛泸、纯钧、胜邪、鱼肠、巨阙、赤霄、干将镆铘、承影……一直到那些数不胜数的无名之剑。暖风再起的时候，不但春草，剑也已然遍地。剑是草变冷变硬的魂魄和心肠，它们不再为饲育生命而生，而是要向那些直接或间接食草而生的生命讨还几生几世所欠的宿债。这一世，它们的性情与前世相反。它们会因水而蚀，因血而荣。所以它们不再坐等雨水的浇灌和人脚兽蹄的践踏，而是主动出击，四处寻找着灼热、鲜红的血。

传说中的好剑，是不可能长久沉睡或无所作为的，如果沉寂过久，它们会在鞘中铮铮自鸣，借如水的月光把心愿传向远方，呼唤那个应运而生的主人或命里注定的英雄。于是便有了江湖，有了不同凡响的时代。当无数的英雄或勇士、无数的剑聚集在一处时，战争来临。那是被人类误认为“伟大”的年代，也是人们所没有认识到的剑的盛宴。在一场场血雨腥风的冲杀中，不管最后的胜利属于谁，实质上都只是为剑安排了一场场豪饮与狂欢。冷兵器时代的战争，会有数不尽的生灵在剑的摧残和逼迫下沦为卑贱的草，人类及牲畜，随时可能将血管里的热血毫无缘由地贡献给疯狂而饥渴的剑。

剑总是以英雄之名和城、国之利诱惑着人们去流血和流人之血。“争地以战，杀人盈野；争城以战，杀人盈城。”

据说，素有“人屠”之称的战国名将白起，一生杀人如麻，仅最著名的长平之战就坑杀赵人四十五万，连同以前攻韩、魏于伊阙斩首二十四万，攻楚于鄢决水灌城淹死数十万，攻魏于华阳斩首十三万，与赵将贾偃战沉卒两万，攻韩于陉城斩首五万，共百万有余。因他一生从未打过败仗而成为名垂千古的英雄和当之无愧的战神。然而，最后他的结局也是将一腔子的血轻飘飘地祭奠了一柄无名之剑。

有道是"一将功成万骨枯"，其实，能够真正经得起时间淘洗的名将，何止是万人之死所能成就的呢？哪一位英雄的手不是被同类的血一遍遍反复染过，以至于长江水流淌千年仍洗不净其陈迹？

及至13 世纪初叶，冷兵器的盛宴进入了最后的高潮，我们已经不敢说那些在战争中死去的人都叫作"饮剑"而亡，因为那时的剑已经像"杀人"病毒一样，几经变异，已经拥有了数不胜数的存在形式。至今，人们想起那场波及世界的蒙古帝国之战，仍感觉不寒而栗。虽然那场战争被后来的国人誉为史上最辉煌、最伟大的英勇之战，但终究还是难逃"草菅人命"的结论。蒙古人三次西征共灭了四十多个国家，先后有两亿人死于非命，仅中国境内就有六千万人死于蒙军屠杀，其惨其烈，即便是以尸横遍野、血流成河这样的语句来形容也不为过。然而，仅仅一百多年之后，这个王国，连同它那些威名卓著的英雄，便统统如曾被其消灭的国家和逝去的人口一样，在地球上销声匿迹了。最后的赢家或得利者，无疑仍然是那些"面"无表情冰冷的"剑"。

此后，喝饱了众生之血的剑，终于心满意足地睡去，一睡便是百年甚至千年。不再饮人之血的剑，不再是宝剑；不再流人之血的英雄，亦不再是英雄。

三

在英雄成尘，宝剑成泥，无数尸骨沦为粪土的大地之上，草一次次滋长，又一次次葳蕤。

那一场铁马冰河的噩梦，并没有让草永远僵硬、凝固于时光深处。醒来，它们依然是草，柔软、单纯如初，生命里所有的欲求不过是温暖的阳光和清凉的雨水。至于另一世曾被谁擎在手里，又如何在血与火中穿行，已经不必再去回想。明知道脚下黑沉沉、比梦还深的大地掩埋着自己的过往，草还是不肯低头瞧上一眼。身世、血统、往昔的荣光……一切又有什么意义呢，如果草不能保持住翠绿的本色？

既然生命的实质如此孤独寂寞，那就期盼着，开出一朵美丽的小花点缀一下自己吧；或期盼着，结出一串饱满的籽实，并逢着一双温柔的手，轻轻采摘或精心呵护。

牛、兰、骡、马等一应牲畜，一如既往地痴迷于埋头吃草，全然不顾也不问在草的身上曾经发生过什么，将会发生什么。因为世代生活在“天经地义”的应许之中，从来没有遇到过难题和困惑，所以，它们用不着去思考。只有人，天生的悖谬，永远不甘于固守眼前的一切，偏要从不变中无休止地求变、求化，总是要把原本静止的石头搬起，直到让它砸了自己的脚；也总是要让自己落在后边的脚超越前边的那只，一直到被自己的脚绊倒。所以，人总是需要思想、发现、寻找甚至反省、反思，也总是要从一个困境解脱出来而进入另一个崭新的困境，如此循环往复，未曾止息。

最早的人类并不知道草中也暗藏着上帝对人类的应许，因为《圣经》里并没有说人类可以从草中得食或以草为食。除了少数的野果野菜，人类主要是与那些猛兽们PK，争食数量更大而体形较小的动物。在那种艰苦严峻的生存环境下，人类不得不在饥饿中结伙奔跑，在恐惧中前进或退缩。直到神农氏从草里面找到可以食用的粮食，将五谷从百草中分离出来，人类的欲望才得以从最基本的生存转向大量繁衍，实现了群体的空前膨胀与庞大。

对于人类这只狡猾的“猴子”，大概上帝也拿它没什么办法，藏在口袋里以应不时之需的东西，竟然让它一下子就猜到、掏出。

在与上帝打赌的第一个回合里，人类成为赢家。人类从草中获得可食之物后，便有了骄傲和自负的资本，依凭着上帝的仁慈与许诺，肆无忌惮地发展壮大起来，数繁量巨，多如牛毛、海沙，并以一种极强的势头将大地覆盖，将其他物种的生存空间占为己有，除了同类甚至同类中的同类，一切都被挤对至边缘地带或无立足之地。

然而，随种群扩大相继而来的病与死，又成为人类的另一个难题和困境。众生芸芸，疫而剪之。但剪到谁的头上，谁又能心甘情愿呢？于是人类再一次想到了“天”，经过反复推理，认定既然上帝造了人就一定不会轻易让人类那么不明不白地灭亡，一定是留有“后手”，只要人们虔诚以求，想必“天”就会用这一手施之以救。

传说，有一种其貌不扬的小草，叫作九死还魂草，不管人死了多久，只要尸首并未腐败，将其含于口中，就会有起死回生的奇迹发生。难道这就是上帝让人类猜度的另一道谜？显然，上帝绝不能把这个秘密直接告诉人类。凭上帝对人类的了解，应该深知人性的自私和贪婪，一旦秘密泄露，这“一手”很可能会被立即作废铲除，所以就只告诉了低调的蛇和有节制的鹿。先是森林里的公鹿从上帝那里得知了秘密，但平时它们并不轻易去触碰这种草，只有当母鹿生命垂危之时，公鹿才会涉过险境找到那种草，带回来救活母鹿。后来，上帝又将这个秘密告诉了蛇，因为蛇受到上帝的诅咒之后，哑而无足，很容易受到伤害，出于悲悯，上帝便许诺它们受到伤害时可找到那种还魂草自救性命。这一切都属于天机，人类只是凭着自己有限的智慧进行了一系列猜测和推断。传说，之所以后来真假难辨，正因为它一开始就来自于推测。

传说传开之后，果真就有人去跟踪公鹿或蛇，顺着传说的线索寻找那种奇异的草。关于其结果，也无外乎两种：一种说，确实有人跟着蛇或鹿找到了那种神奇的草，采回后救了人的性命；另一种说，那只是纯粹的谣传，世上根本就没有那种可救人命的仙草。人类就是这样，已经习惯于以自己的心思去猜测上帝的心思，以自己的境界去推断神的境界，却全然不知上天自有“天意”。

李时珍，这个生于1518年的湖北人，一定是和人类史上并不多见的一些人一样，生来就担负着某种使命，或表达了某种天意。就在神农氏出生或倒下的地方，他站了起来，并和神农氏一样，一头扎进了山野，遍尝百草，“穷搜博采，芟烦补阙，历三十年”，使神农没有做尽的事情得到了有效的延伸，使更多的草变成了为人治病救命的药。最后，那种被传得神乎其神的九死还魂草终究还是没有出现，但一部《本草纲目》中所记录的1892味中药物，哪一味中没有隐含着起死回生的要义呢?

至于到底有多少人因为李时珍和他的《本草纲目》而得救，

怕动用人类最先进的统计系统也没办法准确计算，但这个人、这部书成为了人们惶恐中的安慰、绝望中的希望。这一个回合，人类仍然是赢家，但上帝也并没有输，因为谜底似乎早已经被他悄悄放在了人类手中。

四

从前，一棵草想报齿切之仇，很简单也很直接，只要以锋利的叶片将动物的唇切开或化作剑魂直刺入人或动物的肌体，事情就成了。

后来的事情却变得很复杂。

草改变了策略，它们很乖顺地听凭人类的拣选，一部分种群中的优秀者由草而晋升为庄稼。庄稼又很乖顺地听凭人类的调理，全心全意地为人类服务，由着人类的性子和口味生长，使人类除了粮食再也不相信别的，除了粮食再也无法依靠别的生存下去，情之所依，心之所赖，最后使控制者与被控制者互换了位置。

这时，如果那棵牵着人类命运的“草”不再跟着人类的脚步快速前行，产量不再应和着人类需求的增加而增加；或让自己的脚步明显地慢下来，产量不增反降；最极端的时候，干脆来一个大罢工，颗粒不结或枯干而死，人类就要集体进入饥馑的灾难之中，自然就会有很多人颓如败草，枯萎而死。

或许，这是上帝最后的秘密了。谁能够找到让粮食只增不减的秘密，谁就控制了那棵不好驯服的“草”，阻止它对人类做出最可怕的背叛，谁也就成为人类生存、发展史上最后的英雄，真正意义上的英雄。因为这样的一个人注定会与所有的英雄一样，使无数的生命发生逆转；但他也注定与以往的英雄不同，不会让本来活着的人有一天流血死去，而是让无数很可能死去的人因为他的存在而安然存活下来。

1961年7月的一天，31岁的袁隆平，从一片普通的稻田出发，一步步接近一个改变世界的秘密。

这一天，据他自己回忆："我和往常一样来到农校的试验田里选种，突然，在一块早稻田里，发现一株形态特优的稻株鹤立鸡群，长得特别好。十多个八寸长的稻穗向下垂着，像瀑布一样。我选了一穗，数一数籽粒，竟有两百三十粒，推算下来，用它做种，水稻亩产就会上千斤。"试想，如果没有英雄般的胆略和勇气，谁敢把自然中的一个偶然当作必然？谁敢把眼前的一个奇迹当作未来的现实。对于袁隆平来说，那株"鹤立鸡群"的稻草，也许就是冥冥中的一个暗示，就是关于未来的一个指引。眼前的情景不过是一个醒时的梦境，而梦境从来都是只给出模糊的喻示而不给出抵达的路径，只有笃信的人，才可能按照梦的喻示而行。

十年，对于袁隆平来说，实际上只是在做着一件事情，那就是走遍田野寻找那把打开梦境的钥匙，或开启梦境之门的咒语。1970年，整整十年之后，他终于在海南找到了一株天然野生稻。就是那么一棵草，一棵天赐之草。他擎着那棵野草，像擎着尚方宝剑一样，"咿呀"一声，撬开了自然之门。门缝里，流露出了上帝的微笑和天堂之光。

三年后，他育成世界上第一个实用的水稻雄性不育系及其保持系“二九南1号”，并于1973年实现“三系”配套，1974年选育成第一个强优组合“南优2号”，1975年研究出一整套生产杂交种子的制种技术，1976年开始，杂交水稻在全国大面积推广，产量大幅增加。自此，袁隆平成为世界上第一个成功将水稻杂种优势应用于生产的科学家，并被誉为“当代神农氏”和“杂交水稻之父”；自此，中国仅靠增产的稻谷就可以多养活七千万人，十三亿人口不用再为吃饭的问题而担忧、头痛。

从上世纪70年代至今，中国人依靠着袁隆平和他手里那棵神奇的稻草，一路沿着温饱、强盛之路拾阶而上——改革开放、市场经济、领土交涉、货币战争……并没有谁明显地感觉到脚下或背后有什么力量在支撑。但是，如果时光之轮可以向着相反的方向旋转，让岁月反转四十年，我们会看到什么呢?

当多米诺骨牌慢条斯理地摆到最后，只一个轻轻地反拨，便会有出乎意料的景象显现于人们眼中。

推倒一切屏障，在岁月中回首，站在我们身后的，仍然是那个手持一把稻草的清瘦老者，怎么看都亲切如自己纯朴的家兄和老父，怎么看又都像一个救万千生灵于涂炭的天之使者。当然，在我们这个国度和世界，不仅存在着一个袁隆平，还有很多和他从事着同样事业，做着同样努力的人。这些人，都应该成为我们心中的天使或英雄。

真正的英雄、凡人中的神灵呵，他们并不是要将一棵平凡的草变成所向披靡的利剑；而是要将无坚不克的利剑变成一棵平凡的草；或者，将一棵平凡的草变成一棵意义非凡的草。

月　晕

天空借助秋风的手，轻轻一拂，就合上千帧艳阳和万卷流云，进入了静虚安谧的沉思。夜晚，开始在黑暗里延伸，无数的星星如天河里泛起的水花，次第在天幕上显现，浮现在最前的星星竞相闪耀过后，又有新的更加明亮的星星挤至前排，将原来那些星光遮蔽，使其瞬时暗淡下去，以至于最后消隐。黑暗里，仿佛有光的浪涛在不息地涌动。

月亮，就在这时从东方升起，越过地平线，冲破云霓，赫然运行于幽培的天际，成为遮蔽一切的光芒，也成为夜晚最大的悬念。

那时，我们都刚刚十二三岁的光景，一群懵懂无知的少年，只知道盲目地跟随着邻家的彩霞姐，沿光滑的村路前行。至于为什么要一直向前，走向哪里，似乎我们谁也没有认真去想，彩霞姐的身影是我们唯一的遵循和指引。对于我们来说，一位十五六岁的妙龄女子，已经构成了神秘的吸引和朦胧的向往。如果说月亮里果真住着一位叫嫦娥的美女，今夜她肯定不在清冷、寂寞的广寒宫里，我们甚至怀疑，彩霞姐就是偷偷来到人间与我们共同玩耍的那个嫦娥。因为彩霞姐秋水般的目光、弯弯的眉毛、娇艳饱满的脸庞、挺拔优美的身姿，甚至她的头发、她的声音以及她的气息，都会让我们联想起那个传说中住在月亮里的人。

彩霞姐一言不发，带我们一直走向月亮升起的东方，我们也一言不发，紧紧跟随在彩霞姐身后，心里一阵阵荡漾着莫名的激情。我一边走一边胡思乱想，如果一直那么走下去，说不定能走到那个泛着冷辉的广寒宫呢。

后来，我们走到了与另一个村庄之间的边界，眼前除了一条惨白的沙土路隐约可见，四周已一片幽暗苍茫。那个小小的队伍，骤然停止了前进，黑暗里传来了一个熟悉而又缥缈的声音："天起了月晕，就要刮大风了，我们往回走！"那是彩霞姐的声音。那时我们熟悉她的声音，胜于熟悉自己的耳朵。我们原路返回，尽管满心的空落与失望，但还是亦步亦趋地跟紧了彩霞姐的脚步，很像被一种不可抗拒的力量牵引着。

当我们再次仰望悬挂在空中的月亮时，发现它果然已不是原来的状态，虽然位置仍高高在上，看起来却如同泊在水中。本来清晰明亮的月轮，不知道什么时候变得模糊不清了。月亮的核心部分，怎么看都如一只变了质的蛋黄，体积放大，边缘消散，而外围的那一圈光晕，更是莫明其妙，成因可疑。或许，有一颗石子击中了液态的天空，而月亮正是那个不幸的靶心，中间那一团坚实的光被击散后，一圈圈儿向外扩散的光波最后留存下了一个圆圈儿，成为凝固在外围的一个光环。这个破碎的隐喻，怪异而模糊的意象，映射到我稚弱的心田，给我带来持久的惶惑和不安。接下来到底会发生什么事情呢？难道仅仅是一场大风吗？一种不祥的预感如一团不散的薄雾将我严严实实地罩在其中，推不开，扯不破。

第二天果然起了大风。那是春天里最后一场或是夏天开始的第一场大风。但只见尘沙蔽日，漫天呼号，直刮得牛马不肯上路，鸟儿们展不开翅膀。那天，我曾多次尝试将身体倒向风刮来的方向，以期让倾斜的身体在风中保持一种平衡，但每一次还没等站直，就被猛烈的大风刮到几步开外。上学路上，所能见到的都是一些蒙头盖脸的人。学生们找来各种各样的物品将双眼遮住，否则就没办法睁眼看路。有的同学脸上蒙着纱巾，有的戴着酷似飞行员头盔上的那种四周封闭的风镜，但由于乡村孩子多家境贫寒，所以更多的孩子只能用白的或者灰的“的确良”衬衫把头一包，就冲进了大风里。天空，本已没有什么颜色可言，所以透过各种薄布呈现在孩子们眼中的白或灰，也就没有什么太大的差异了。

彩霞姐出事儿的消息，是傍晚放学时才在村里传开的。据一位目击的老者描述：“眼看着那闺女跟着一个挑挑儿的人顺着风向，一溜烟儿似的走了。”

“挑挑儿的”到底是些什么人呢？无非是那些走街串巷的生意人，货郎、锔锅锔缸的、磨刀的、弹棉花的……这是一些把全部家当和生意都放在一副担子上行走四方的人。他们的生意场主要是那些交通不便、人烟稀疏的穷乡僻壤，每遇村落，他们就要落一下脚，从东街吆喝到西街，做几笔小生意换个饭钱，待生意做完体力恢复之后，立刻挑着挑儿上路。他们似乎永远都要走在路上，从来不会在哪里停息下来。没有人弄得清他们行程的起点和终点，更难以确定他们的行走路线。对于那些赤贫的农民来说，他们便算是富有的人了，毕竟他们手里还攥着或多或少的余钱。虽然居无定所，但比起被死死绑缚在土地上的人们，他们的来去无踪也算多了一些神秘、浪漫色彩。然而，他们给人留下的印象更多的还是诡异，之所以如此，一是因为他们多操持着我们听不懂的方言，南腔北调，匪夷所思；二是因为他们匆匆走过某个村庄之后，经常就会有一些奇怪的事情发生。

半月之前出现过的那个锔锅人，就已经给村人带来了一次不小的惊恐。他的行径，不得不让村民想起一个许久未被提起过的词语——“拍花儿人”。就是那种将手往你的头上一拍，你就会瞬间失去自主意识，乖乖跟着他走的那种人。一般的，“拍花儿人”所“拍”对象多是几岁大的孩子，但那次“拍”的却是彩霞姐。那天，我们正在村头玩耍，突然就不见了彩霞姐。原来，她已经悄无声息地跟着打从我们身边经过的锔锅人走出很远。正当我们不知发生了什么事情，更不知如何是好的时候，忽然看见那个锔锅人和彩霞姐之间发生了撕扯。远远望去，很明显一个在拉扯，一个在试图挣脱，但往复或短暂的僵持并不算激烈。这时孩子中有一个机灵的女孩儿叫三凤，一边大声哭喊着“快救彩霞姐”，一边跑向村头，很快，村子里就有成年人跑来相救。等我们到了彩霞姐身边时，那个“挑挑儿”的人早已经没有了踪影，只有彩霞姐一个人蹲在路边掩面哭泣。问她什么，她只是摇头不语。据有经验的人说，被拍过的人在很长一段时间里都会神志不清的。就这样，村里人经过好一阵关切和疑惑之后，还是为彩霞姐分析、寻找到了事情的原因和合理的解释，一致认为那姑娘是被“拍花儿的”给拍了，由于她年龄稍大，就没有被拍走。接下来，村里的大人们便纷纷以彩霞为例普遍把自己的孩子教育一遍。孩子们被严重警告，不许让陌生人靠近，不许和陌生人说话，特别要防范着那些“挑挑儿”的。

刚刚过去的这个狂风大作的日子，也许暗藏着难违的天意，也许就是彩霞姐命里注定的劫难。不管怎么说，那“挑挑儿”的人或“拍花儿人”终于还是得逞了。这让当时的我内心充满了疑惑，难道彩霞姐事先一点儿防范都没有吗？她一定是被什么东西迷住了心窍，就像月亮被月晕迷住了心窍一样，内心里刮起了狂风。那么大的风，连眼睛都睁不开，能看清什么呢？只是不知道跟着一个陌生人一直前行的彩霞姐，会不会也像我们当初跟在她身后一样，心情愉悦，无怨无悔呢？那个陌生人会把彩霞姐领到哪里去呢？他们会不会像我们一样，走着走着，因为实在无处可去又原路返回呢？一想起走在彩霞姐前头那个黝黑的身影和模糊的面孔，我还是不由自主地打了一个寒战。

曾几何时，遥望群星闪耀、月明如洗的夜空，我还满怀浪漫地联想起一些真正能够发出光亮的思想或钻石般晶莹剔透的文字，还在诗意地认为蓝天、白云和普照的阳光只是一部大书的彩色封面，翻过之后的夜晚，夜晚里的一切才是它的正文和要义；白天的一切不过是一个明亮的表情，而夜晚才是思想和情感的显现。仅仅是一场月晕，仅仅是其后的一场大风，一切都变得混沌、模糊、轮廓不清，“书页”如乱发般失去秩序；“文字”如水浸般丢失了笔画；“意识”或“思想”也如痴如狂般失去了条理与方向。到底是谁在暗夜里向天空、向大地、向整个人类伸出了“拍花儿”的手？

第二天，风终于停了下来，但小伙伴们并没有和以往一样到村头聚集。因为彩霞姐已经不在了，我们还聚到一起做什么呢？晚饭后，我机械地把书本摆在眼前，可是整整一晚也没有看清自己打开的是哪一页书，书上印了什么字。倒是那无心无肺的月亮，一如既往地从东方升起。我隔着窗子端详了它好一阵子，却意外地发现，它已经变得不似从前。空了，空荡荡地空了。不知是因为我的眼睛变得比从前更加明亮，还是因为月亮失去了某种氤氲之气的笼罩，而变得赤裸丑陋了。月轮上的阴影已一览无余，根本就没有什么玉兔、桂树、伐木的吴刚或偶尔飘移而过的女人的身影。所有的一切看起来不过是一团废墟，或残垣断壁或废弃的荒园？总之是一种人去楼空和房倒屋塌的破败景象。

从前，有一些很著名的人写过很多有关月亮的诗，我不但仔细阅读、背诵，还深以为信。看到李白的诗：“白兔捣药秋复春，嫦娥孤栖与谁邻？”就想象着洁白的月宫里果真有一只洁白的玉兔和一个洁白的嫦娥，并每时每刻散发出洁白的寂寞与哀愁。当看到赵翼的诗：“蕊珠宫阙朗，攀折许吴刚。”便深深为那个每天不得不与一棵桂树拼命的吴刚感觉到郁闷和绝望。许许多多夜晚，我沉浸在月亮的光辉里，以自己的想象把那些故事、故事里的人物、每一个人物的形象以及一切有可能的细节逐一勾勒，使其丰富丰满得如同我自己生活的真实经历。然而，那个月晕之夜过后，对我来说，月亮却不再是月亮，而只是月球。再后来，就懂得了所谓的“科学”，开始深信学术上或课文中对月球有过的种种描述：“它是地球唯一的天然卫星，并且是太阳系中第五大的卫星，其直径是地球的1/4，质量是地球的1/81。”仿佛一个梦突然醒来，理性的光驱散了臆想的迷雾。故事消失之后，只剩下一个空无一物的地址；花草树木消失之后，只剩下一片黝黑的泥土。原来，那些对月发出臆语的诗人们也是被月亮的光辉“拍了花儿”，而我则是被他们的诗和故事“拍了花儿”。

数年后，一位抱着孩子的妇人悄然来到村里，在彩霞的父母家逗留了数日，有人认为那就是曾经神秘消失的彩霞，但事情还没有得到证实，那妇人又悄然离开了。此后，人们心中的悬念仍然还是个悬而未决的悬念，村里人再次提起彩霞姐时，仍然只说她是“被拍花人拍走的那个”。是的，不管从哪种可能性上推测，她都是“被拍花儿人拍走的那个”。

在离开家乡之后的许多年里，我再也没有看到过月晕。风，倒是经常刮的，但没有一次能比得上多年前那一场的规模和级别，所以曾被那场大风刮走的一切，也再没有被刮回来过。

回想起那一次月晕，恍若一场凌励而蹩脚的戏法儿。其凌厉在于，我们只是看到有谁拿什么将那月亮轻轻一遮，又轻轻一移，甚至连谁在操作都没来得及看清，一切就发生了意想不到的改变；其蹩脚在于，最终它不过是一场只变了一半的魔术，再也没有让我们看到所期待的下文。

一个好的魔术师，把东西变没之后，总是要在人们快信以为真的时候，再把那些变没的东西变回来，术语中叫“还原”。但是曾经用幕布“蒙”过月亮的那位，只把魔术变到一半，就中途离场了，之后再也没有重返舞台。或许，他也被另一个“拍花的”给拍走了，或许他已经一去难返，终老东南，不得不让失去细节和故事的月亮继续那么空着，把一个无法收拾的残局永久地搁置在那里。

这个中秋，我似乎能够朦胧地感觉到，自己永远不会再有兴致假模假式地“举杯邀明月”了，因为我的心和月亮已在某一个瞬间发生了置换。月在我心，与我不分彼此，我的心便和月亮一样通透明亮却空空荡荡。那里，不再有对往事的缅想，也不再有对某人的牵念，那里有的只是云翳般浅淡却又无法驱散、没有向度的怅惘。在离开地面二十层楼高的地方，我站在这个城市的某一个窗口之后，以月亮的心情和表情，静静地看着纷乱的街衢，看着人群的种种涌动与流向——

有一些人纷纷向月亮伸出手臂、比比画画、指指点点或做着其他令人费解的动作；有一些人着了魔似的奔向路边闪着灯的肯德基快餐店，状态大约很像痴心的恋爱者，表情严肃，心意执着；也有一些人正迅速赶往某一位明星的现场演唱会，车流已经把整整一条街堵得水泄不通，但每一台车的方向是不可变的，似乎有着赴死的果断与坚决……但今夜，没有月晕，没有未来那场大风的预示，也没有“拍花儿”的人。

天堂的隔壁

站在平阔的巴塘草原，仰望玉树的天空，耳边响起扎曲河的水声。

天空开始像河水般流淌。此时，我感觉自己像一只眩晕的鸟儿，已经飞到了某一航程的终点，不得不停落于红尘的杉树梢头。海拔三千七百米的高度，已接近了我的生理极限，再高，我便不再敢打开生命的翅膀，因为那样会让我感到彻底失去大地的支撑和人间的依托，进入上下无着的天界。

世人没有见过天堂，当然也想象不出天堂到底是个什么样子，但看了玉树那蓝得透明的天，我一下子就想到了天堂。天空上，那些洁白的云朵，想必就是天堂里盛开的花吧。我猜不出那些天堂之花由谁，怎样培植出来的，但它们那纯净、纯粹、圣洁的样子，让我内心充满了感动。那一刻，我想到了在几年前大地震的烟尘里飞升的那些灵魂。我相信那些云肯定带着天堂的信息和能量，它们不仅有力量感动我，也有力量感动整个巴塘草原：

草原上每一棵野草、每一朵野花以及和我一样来到玉树的人们。

传说中的伊甸园，有比逊、基训、底格里斯、幼发拉底四道大河流过，滋润了境内的荒芜。与其相较，玉树不过稍逊一河。因黄河、长江、澜沧江几条世界级的河流均出此境，因此玉树一向有“江河之源”的美誉，且有巴颜喀拉山脉、唐古拉山脉、可可西里高地、昆仑山从东南西北四面环抱呼应，又成为理所当然的“名山之宗”。说是自然巧合也好，说是造物主的刻意安排也好，这样的资源配置和山水布局，就算它不是什么“神设之园”，也与真正的天堂相去不远了，或许，它与天堂也仅仅是一墙之隔。

不知距今一万两千年的岁月跨度算不算远古，据考证，从那时开始，就有人类在玉树地区活动。据此，完全可以推测一万两千年前的玉树，其丰饶和美丽一定远远胜于现在，因为远古人类在栖居选择方面，要比现代人的自由度高过百倍千倍。一个地域，如果没有足够的魅力，怎么能够留得住来去无定、自由、挑剔的人类呢？到了两千多年前，生活在玉树周边的部族、国家之间以及他们与吐蕃和中原之间便频繁地开始了人的交往、物的交流、文化的交锋与交融。虽然说高原上每一块水草丰美的绿洲，都是要用水和比水更珍贵的血去滋养，都曾上演过无数的争斗和战争，但短暂的烽烟散去，仍然会露出祥和的底色，从总体上说，还是宁静多于冲突。

几千年来，玉树人一直在这片“流奶与蜜之地”过着优越、富足的生活，在边远中承袭着独有的繁荣；在荒芜里领受着世人所不知的丰腴。直到今天，他们仍能够感受到上天的美意与恩赐，仅仅靠优质的虫草和牦牛、藏獒，就可以过上衣食无忧的安稳生活。也难怪去过并了解玉树的人们不约而同发出感叹：“世界上再也找不出第二块这样的殊胜之地了！”

然而，一切似乎都在悄悄地发生、悄悄地进行。玉树好像一朵被人们忘记、忽略的世之奇葩，很多个世代，它就美妙而公然地摆放在那里；很多个世代，它却如一处敞开着入口的“秘境”，默默无闻地隐身于人们的视野和关注之外。直到2010年4月14日那一场震惊中外的大地震发生，人们才一齐把目光聚集到玉树，这个鲜为人知的地方。

玉树，在藏语里本是遗址、废墟的意思。是天堂的旧址或天堂里的废墟吗？不！据藏文史料记载，在六百年前的明代，玉树首府结古镇镇址之上曾存在着一个繁荣的大城市，藏语里称“宗鄂”。公元1411年9月29日，青藏高原上发生了一场惊天动地的大地震，据《大龙教法史》记，地震发生时，山崩地裂，湖泊塌陷，河流改道，村庄消失，人畜死亡不计其数。有专家考证、推测，玉树历史上的“宗鄂”很可能消失于那次规模浩大的地震及其次生灾害。所谓的遗址或废墟，正是针对那个繁华一时的“宗鄂”所言。那一次灾难过后，只有九户人家最后幸存下来。劫后余生，惊魂未定，哪还有什么勇气延续那个“宗鄂”字号，就叫“结古”吧，藏语里“结古”就是九户幸存的意思。结古，这个镇名，既包含了人类的自认渺小，又包含了人类对自然的畏惧和感恩。可是上天呵，为什么让自己亲手栽种的蓖麻长高长大，然后又亲自放虫把它毁掉呢?

公元1738年，玉树与天堂之间的那道隔墙再一次坍塌。当然，每一次坍塌，“墙”都是要倒向人类这边，于是又有很多人直接去了天堂，而另一些人却要在天堂之外承担着与天堂隔墙而居必须要付出的代价。天堂，也从来都是一个悖论。据说两百多年前的那次玉树地震，有一位活佛头一天晚上得到了梦的启示。第二天上早课时，他问在座的僧人，是一个人死了上百人活着好，还是一个活着上百人死了好。所有的僧人都回答，一个死了上百人活着好。活佛说：“好，你们都到山上去做功课吧。”玄机就在这个“好”字上，因为这个“好”解释起来总会有一百种说法、一千个角度。结果，当晚地震来了，活佛在地震中圆寂，引用佛教里的术语，不知是不是可以叫往生了。当然，另外一百多僧人幸存了下来，仍然在山上或寺庙里日夜苦修。到底是进天堂好，还是在天堂的隔壁继续活着好，每一个人的理解肯定各有不同。关于那次地震，《玉树藏族自治州概况》中有相关记载。虽然书中并没有详细描写灾难现场情况，但还是从侧面透露出那次大地震到底对玉树人、年错人八部族人，造成了巨大打击和损失，以至于清政府最后出台了一条“永行免赋”的赈济政策。

没有人能够悟得准什么是天意，所以在某一具体的事务或事件当中，人类无法确定自己的抗争和放弃，到底哪一个算是顺应天意。然而，回望历史，玉树却从来都没有选择过放弃，并没有谁代表玉树发出过“倒下一千次，还要一千次站起”的豪言壮语，但每一次灾难过后，玉树都完好地保存了梦想的种子，在焦土上重植绿色，在废墟上再筑繁荣，最终从窘迫和疼痛中重新找回幸福和快乐下去的理由和感觉。公元1411年到公元1738年是三百多年；公元1738年到公元2010年又是近三百年，期间两次大灾难损毁的都是人类最美好的物质和精神成果，是鲜活的生命、美丽的家园和平静的生活。其实，每一次都是真正的悲剧。但是，每一次他们都无一例外地在废墟上重新树立了生活的信心、生命的信念，重建起天堂般美好的家园，让世人感知到他们的顽强、达观，感知到他们在精神和物质上那种超强的愈合、修复能力。

2010年4月14日的大地震，以玉树为震中，很快把疼痛和悲伤传递到了全国各地。政府和各地人民纷纷伸出了援救之手，并把情感和关注的重心移向玉树。各种各样的援救、援助和援建行动、四百多亿资金的援助总量，似乎仍然不足以表达全国人民乃至世界各地人民对玉树的关怀和关爱。很长一段时间，人们为玉树的不幸，为了玉树人失去家园和亲人而感到深深的哀痛，更为他们未来的生活感到深深的忧虑。然而，三年后，当那些关注玉树、一直为玉树担忧人们来到玉树的时候，发生在玉树的一切再一次让人们感到震撼和叹服，心为之一颤，眼为之一亮。

灾难与困境，总是把人类与时间逼上同一条跑道。如果在两个世纪以前，三年时间，一个去内地易货的古代商人，离家而去再经过必要的辗转停留，差不多刚刚能够返回家中。人类的脚步稍稍迟缓，时间的脚步就会显得飞快。灾难的尘烟也许会在三年里落定、散尽，但一个伤口来不及完全愈合的残破“家园”，还是无法抚平其游子心中的感伤；但三年的时间用在今天，用在了玉树，却创造出了人间奇迹。如果那古代商人能够借助传说中的“时光隧道”转回来看上一眼，相信他脱口而出的四个字一定会是“恍若隔世”。

仅仅三年时间，原来的玉树已经随那一阵巨响和那一片惊惶失措彻底消逝了，一个焕然一新的玉树又一次在扎曲河畔劫后重生。街道看似原来的街道，却比原来更宽、更平、更坚固，房屋神奇地长高长大了，原有的风格及纹饰似曾相识，但再面世已经不在旧日的门楣、檐下，不一定再属于旧主人。纪念馆、学校、机关、宾馆等各种公共设施宽敞、雄伟，重建的寺庙金碧辉煌。除了零星的收尾工程正在勾画着某一建筑的最后轮廓，绝大部分居民都已经迁回了自己崭新的家……只有一座半垮塌状态的建筑从“4 · 14”那个黑色日子开始，就一直孤零零地守在路边，作为那次大地震的见证，向路过的人们讲述着这座城镇那段难忘的经历。扎曲河的水穿城而过，已经变了形的河道以及部分建筑垃圾的逼仄仍然没有阻挡它的水势湍急，在这缺水的高原，显现出独具一格的汹涌澎湃，像这个小城汹涌澎湃向前奔走的脚步。

威武的格萨尔王铜像，仍然完好如初地挺立在广场之上，大地震并没有对它造成任何伤害。它就像一个古代英雄一样，穿越时空，代表并引领着玉树人的精神。大地震期间，格萨尔广场是一处临时避难所和祭奠亡灵的地方，当惊恐、伤痛的人们，仰望废墟中那尊巍然挺立的“王”。他的英姿、他的刚毅、他挥剑、扬鞭执着前行，所向披靡的气势，为他们正处于暗淡、敏感状态的心灵注入了光芒和力量。于是，他们相信，存在于人类中的某些事物如信念、精神、灵魂等，是不会随时间流逝和物态的变迁而泯灭的。他们看到了万事万物随生随灭表象下的某种永恒。

在玉树那几天，我每天想方设法与玉树人接触、攀谈，想了解一下那场地震对玉树人的心理冲击到底有多大。如果可能，我愿意用我自认为还有一些力量的手，轻拂去大灾后落在他们心头的阴影或尘埃，但实际上每每受到抚慰的却是我自己。从他们生命里散发出的气息、力量一次次将我感染、净化。

且不说官方人士的言行妥帖、收放自如、身体力行，以自己的实际言行向人们传达积极向上的信息和导向本是他们的天职；也不说那些歌者舞者的纵情抒发、慷慨激昂，他们有一些时候就是要挖掘、展现和表达出人们心中所期待的那部分欢乐；也不说那些披着紫红色僧衣手摇着转经筒的僧人，在他们心中，大悲、大喜都是虚妄的“色业”，他们毕生的追求就是心如静水，多数时只是选择性地映射出无色无香的天堂之花；我们只说民间，那些如草一样平凡，但栉风沐雨，体察和体现节候冷暖、炎凉的普通民众。

7月的玉树清晨，清凉如水，工地上忙碌了一夜的施工机械停止轰鸣，而迟睡的建筑工人们也尚未起床，空旷的街上，有一男一女两个老者在忙碌，他们不停地把街上的碎石、泥块儿和纸屑收到塑料袋里，然后扔到街边的垃圾箱。一开始我以为他们是身着便装的环卫工人，但后来看到了真正的环卫工人时，才知道他们不过是普通的居民。我想，他们是在用一个无声的行动表达着他们内心某种强烈的愿望吧。

在嘛呢石经城，我遇到了一个在地震中保持完整的藏族家庭，一家四口，一个老妇人，一对夫妇，一个孩子。四个人挥汗如雨，把一块块硕大的水泥垃圾从坍塌的嘛呢石经城里搬运出，然后把原来的地方清理干净。四个人中唯一能用汉语和我交流的是那个还没有上学的孩子，他告诉我地震时他们家的人都很安全。当我问及他为什么要不辞辛苦去搬动那些垃圾时，他挠头不语，好像我问了一个让人很难回答的问题。许久，他才用不流畅的汉语对我说：“为了别人。”那么别人是指谁呢？是那些在地震中逝去的人们，还是活下来的人们呢？在藏族人的心中，死亡只是一道门槛儿，过了这道槛儿，生命便进入了另一种境界，死不过是生命的另一种形式，没有人会真正地死掉。从这个角度讲，那个“别人”也许就更难以界定清楚了。这个问题，确实难为了一个学龄前的儿童。期间，几个大人都停下了手中的事情，始终微笑着注视着我们。或许，他们也能够听懂一点儿我们的谈话，或许根本无法听懂，但不论如何，和善的微笑总算一种有效的交流。那一刻，我觉得他们有一点儿亲切和熟悉，也有一点儿陌生和异样，甚至有些无法确定他们心里边装的东西比如情感、观念以及其他一些想法等是否完全和我们一样。毕竟，他们世代生长在高原，那些离天更近的地方。

转过身，我突然看到了一个老妇人正俯下身去，从土中挖出一块刻着六字真言的嘛呢石，轻轻擦拭然后摆放到显眼的地方。湛蓝的天是她的背景，洁白的云朵如花，绽放在她的头顶，与她神圣的表情、凝重的姿态、身上黑白相间的衣裙构成一种完美的呼应与映衬。这一幅令人心动的画面，让我想起了米勒的《拾穗者》，但这老妇人手中握着的并不是麦穗儿，而是通往天堂的钥匙。在她身后，是绕嘛呢石城转经的人流，人们并没有因为大地震改变了嘛呢石城的排列秩序和状态而降低对它的信任，每逢农历初一、十五仍然人如潮涌。

其实，嘛呢石经城并没有坍塌，永远也不会坍塌，它在玉树人的心中是不灭的。二十七亿块嘛呢石，是二十七亿个祝福，并没有因为地震的发生而有一块的缺失或减少。相反，它的数量仍然在与日俱增。一块镜子碎了，会有无数个太阳映射出来，一座嘛呢石经城因为受到了大地震的摇撼，所有的石头都发出了声音，更多因叠放而深藏的经文，也将在阳光下折射出神性的光芒。

直到太阳西沉，转经的人们仍然不愿意离去，顺时针一圈圈绕着石经城旋转不停。据说，有个别极虔诚的人，即便是夜晚也要不停地转下去，真是不舍昼夜呵！时光如无声无息的流水，显然，那些转经的人选择的是在顺流而下，所以他们尽管有时看起来像是在争分夺秒地奔忙，但本质却是淡定和从容的。因为他们心中并没有明确、功利的欲求，他们自然就不必焦虑与急躁。

突然想起另一种方向的旋转，逆时针的旋转。小时候家乡有磨道之驴，蒙上“蒙眼儿”后就会绕磨道一圈圈儿旋转，是逆着时针而动，好像它那么一圈圈儿拼命奔跑就能够把痛苦劳累的时光冲销、磨灭掉似的。后来，我发现，世界上所有跑道的设计如出一辙，所有赛场上的运动员，也都必然在沿着逆时针方向奔跑。虽然那些争夺名次的人们，内心里并没有驴子的苦难，但他们永远逃不掉内心的焦虑、紧张与恐惧。

这一点，正是身处高原有着极浓宗教情绪的人们与我们之间在人生观及宇宙观方面的根本不同吧。或许，只有那些住在天堂隔壁的人们才能够正确感知到天地自然的脉搏呵。

时间的下游，才是真正的未来！

离开高原，离开玉树之后，我一直在思考着一个问题：在高原上的各种事物之中，能不能找到其中一种，最能够和那里的人文精神相契合？于是，我眼前再一次浮现出覆盖了山川、大地并为高原上一切生命提供了生存基础的草。

高原上的草，永远都在山坡或平坝上匍匐着，什么时候看见它们都是那个样子，似乎一千年没有长高，一千年也没有真正死去。它们并不像低海拔地区的草，受阳光、雨露以及养分的蛊惑，拼命地向上生长、拼抢。占得先机便在丰衣足食中葳蕤繁华，占不到先机便在贫寒交加中奄奄一息；春来不可一世地昌盛，秋去惨不忍睹地凋零。它们似乎从来也没有把生命的目标放在资源的拼抢与自我膨胀上。如果生的终点必然是死，繁荣的结局必然是衰败的话，作为草，为什么要拼尽气力去生长呢？所以它们并不需要太多的养分，也不需要太多的氧气和雨水，在安守贫瘠和宁静中，保持一份优雅的高贵。春去春来，于别处的草，已经是一度轮回了，而它们不过是睡去了又醒来。醒来后，仍然会以一种不变的生存姿态和心态注视着这个纷乱匆忙的世界。

草一旦活成了精，就会比花更有味道、更有深度。花儿只是装点一个季节，而草却要用生命营造一种境界。我不敢断言，玉树的草都已经活成了精或玉树人个个如成了精的草，但我敢说，不管谁达到了玉树这样的一个高度，就不得不想一些与这个高度相对应的事情。

鸣　禽

惊蛰一到，消隐了整整一个冬天的乌鸦，便从平原的另一端飞来，开始了一声声的鸣叫。

于是，那些略显沙哑似被久久压抑了的声音，像领了春天之命的野草，终于挣脱寒冷的禁锢和冬的咒语，以不可阻挡之势，从乌鸦的歌喉里汹涌而出。

一个难得的好天气——微风和煦，阳光明媚，翻涌的白云高高挂在天边。

白云下有一条横贯南北的林带，清一色高大的白杨，叶片丰厚繁茂，暗绿鹅黄地堆涌成绿色的浪涛，远远望去，俨然一条奔腾的大河。而三三两两傍林而翔的乌鸦，却如绿潮上匆匆掠过的点点黑帆。

“啊，啊，啊啊——”乌鸦们边飞边大声呼喊，声音粗粝而富有激情，长长的尾音在林间草地上回荡。这是个有一点儿孤注一掷的春天，一口气把全部力量和意念都押在绿上，除一览无余而主题鲜明的绿，其他颜色竟都被忽略或忘记了。乌鸦们正是这种狂热情绪的推助者，它们沉浸在亢奋的抒情之中，除了飞翔和叫喊，似乎并没有心情再做别的了。

那么，就“大声歌唱吧！”

上个世纪70年代，我还是一个无知少年，虽然凭着单薄的身体和力量尚且无所作为，但已经传染了那个时代的狂热。所以，那时我也会时不时地清一清嗓子，准备着像春天里的乌鸦一样，为“火热的生活”引吭高歌。

那时，田野一片宁静，除了农人赶牛的吆喝声和耕牛们偶尔发出的愉悦或郁闷的叫声，其他声音似乎还没有完全从寒冷中苏醒过来。乌鸦的叫声就这样成为春天的第一份宣言。

接下来出场的是戴胜鸟。

一只很大的花鸟，在惊蛰与小满之间，张开印满花纹的翅膀，从村头飞掠而过，将“布谷谷、布谷谷”的鸣叫，撒向麦苗儿泛青的田野。那鸟儿的鸣叫，自带着悠扬、旷远的回声，不经意间，就将春天的疆域和含义豁然拓展开来。

早听说有一种能够为人类促播的鸟儿叫布谷鸟，看它的样子，还真像那么回事儿。它不但能用声音提醒人们去播谷，还会以飞翔的姿态去示意。它们的飞翔，看起来并不是飞翔，倒像是在空间或时间的急流里游泳，一起一伏，一次次沉落，又一次次奋力向上，在湛蓝的天空里划出一道透明的波浪状轨迹。它们身体的每一次下沉都让人联想起农民的一次弯腰播种；而每一次奋力向上，又让人想到对某种淹没或沉落的抗拒。

记得小学时的一次语文课上，我们正被老师絮叨得昏昏欲睡，突然传来了“布谷谷、布谷谷”的鸟叫声，仿佛一阵清凉的雨，唤醒了午后萎靡的树叶，我们纷纷打起精神循声把头转向窗外。少顷，便有一只漂亮的鸟儿落在了教室外的泥墙上。只见它披一身精美的羽毛，灿烂的冠羽下，一双明亮的圆眼睛活脱有神，就像一个老朋友似的，不惊不慌地侧过头，与我们对望。语文老师不失时机地指着那鸟儿借题发挥：“布谷是一种灵鸟，它总是准确知道应该在什么时候催促农民及时播谷，而现在它就是来提醒我们，要好好读书，别辜负了大好时光……”从此，那鸟儿在我的心里更加神奇得如精灵一般。

直到多年之后才发现，原来一切都是一场误会，乡间俗称为“臭咕咕”的戴胜鸟并不是人们常说的布谷鸟，真正的布谷鸟是指生活在山地林间的大杜鹃或中杜鹃。

不过那之后，我却当真按照“布谷”的寓意，好好学习，致力于纸上耕耘，并成功地泅出了那个时代、那片土地和往事。渐行渐远矣。匆忙的行进之中，已无法判断自己到底在岁月里走了多远多深，正在走进的是哪一个夏天。

小满一近，北方就迈进了夏的门槛。农谚有“小满鸟来全”的说法，意思是节气到了小满，各种各样的鸟，包括常驻的留鸟和迁徙途中“打尖过站”的候鸟，该露面和该发声的，都将在季节的舞台上登场亮相。

一时间，百花齐放，百鸟争鸣，一派繁荣景象。草原上、树林里、水塘边、田垄间、房前、屋后……到处是鸟的身影和鸣叫。有整天叫个不停的小柳莺，也有体形稍大却不轻易张口言语的伯劳、黄胸鹀和灰头鹀。我知道红喉歌鸲和蓝歌鸲都能够发出清脆而复杂的鸣啭，但它们生性羞怯，很少在人前大摇大摆地飞过或大胆鸣唱，它们多藏身于远离村庄的林子里，专门在清晨或正午时分，以歌声打破原野的宁静。黄鹡鸰一边轻轻细细地啼鸣，一边匆匆赶往湿地水洼，停落时长尾巴不停地上下摆动，倒影映在浅水之中，仿佛地上和水中各有一只黄鹡鸰在比足对望。

记忆中最常见也最令人难忘的鸟儿，当数被乡邻称为“俄乐儿”的短趾百灵。它们灰白色的羽毛具有高度的伪装性。如果它们不动也不叫地站在枯草中或发白的碱土丘上，很容易被当成一个从地上凸出来的土块儿。它们只有悬停于蓝天白云之下忘情歌唱时，才彻底摆脱了土色的遮蔽，人们也才发现那其貌不扬的小东西竟然是个“金嗓子”。但从此，它们也违背了生命基因中暗含的天意，将自己赫然暴露于敌手的视野之中。

这勇敢而又莽撞的小鸟，有时真让我那颗脆弱的心为之震颤。怎么能因为逞一时的意念之强，图一时的口舌之快而不顾及自身安危甚至身家性命呢？用一句东北的土话讲，那叫“显摆”或“嘚瑟”。我虽少不更事，却也深知祸从口出的道理和其现实的危险与恐怖。

我有一个叔伯舅舅，我称老舅，曾上过学，受过系统的教育，回乡后在小学里当语文教师。乡里人常说“好人出在嘴上，好马出在腿上”。老舅是天生的辩才，能说会道，又深明事理，所以深得村民的推崇和折服。他本人也就在一些特定的环境里止不住言说的冲动和欲望，大说而特说，以至于忘乎所以。老舅对着人群口若悬河大讲道理的样子，总是让我联想起短趾百灵煽动着翅膀悬在半空中大叫特叫的情形。

最近看了一些关于鸟类的书籍，了解了禽类特别是有关鸣禽的一些常识，才知道鸟儿在春天里啼鸣原来也是一件很功利的事情。它们美丽的鸣啭下潜藏着极大的野心，往往直指交配权，只要谁叫得好听，叫得动情，谁就能够得到雌鸟的青睐，为它产一窝能够将生命基因传往后世的卵。很显然，说个不停的老舅并不是为了爱情或传宗接代而“叫唤”，我们看不出他真正的目的，感觉他只是为了抒发和表达，满足于嘴上的痛快。但后来细想，事情并不是那么简单，实际上，他潜意识里也有一种将自己生命信息传向永远的激情。

就这样，一个月后，一窝小短趾百灵出飞，两只鸟儿变成了七只鸟儿，而老舅依然还是那个老舅，知道和崇敬他的人并未见多，只是脸上更多了些悲壮，身上徒增了几处残疾。

据说，在遥远的澳大利亚，有一种很奇特的鸟叫作琴鸟，会发出各种各样的声音。雄琴鸟不仅能模仿出20多种不同鸟类的鸣叫声，而且还能模仿出许多它们听到过的其他声音，如照相机的咔擦声、汽车的喇叭声、斧头的伐木声等等。由于模仿得惟妙惟肖，人们或其他鸟类根本就无法分辨真假。说起来，这鸟儿倒有一些像人类中的舞文弄墨者，虽泰然而坐，不动声色，却已将鸟语花香或万钧雷霆运诸笔端，可能感人肺腑，也可能摄人于十步、百步甚至于百里、千里之外，好不令人心驰神往或胆战心寒。

这奇特的鸟类，到底还是让我从内心里生出了一些担忧。将来，会不会有那样一个春天呢？不知道从什么地方飞来了很多很多的琴鸟，却没有一个能够或敢于发出本真的鸣叫，出于某些原因，只是一味吱吱扭扭或叮叮当当地模仿其他声音……若是模仿其他鸟类倒也很好，那样的春天大概也会显得丰富热闹、妙趣横生；但若一群鸟儿全都疯狂地模仿起鹰啸或枪声，那时，恐怕不仅是鸟儿，就连人类也将被恐怖氛围所笼罩。那样的春天，又将是一个怎样的春天呢？

事实上，鸟类的世界不可能如我想象的那样阴森，毕竟它们的行为一向透明简单。如果以阳光、乐观的心态去观察，很多鸟类随着春风而来，不过是借我们的屋檐、树枝、地面歇歇脚，寻一口水、讨一口饭。由于环境优美，气氛祥和，它们可以暂时放纵一下享乐之情，把内心的爱慕表达给钟情的异性，或者，把一路走来积聚于心的种种感触与同伴们分享；当然，这一切我们也都可以理解成对季节或对生活的歌唱和赞美。反正，那些没有定价，不讲销售策略的甜美声音如同清新的空气一样，总可让我们随意取用，尽情享受。

小满过后，大地里的庄稼开始疯长，不消几天，树上的叶子就大过了很多小鸟的身形。一支恢宏的乐曲进行到高潮之后，便注定要渐渐滑向低谷。鸟儿们借助一天天浓密起来的绿色屏障，开始向新的迁徙地进发。

窗外的鸟儿已日渐稀少，连续几个清晨，我都情不自禁地停下手中的写作，趴在窗口聆听此起彼伏的鸟鸣。虽然心里很惦记自己还没写完的文章，却不想回来伏案，索性由着性子尽情地听个够吧。这比朝露更加新鲜也更加容易流失的鸟鸣，在我的心里，远比我的文章美妙、珍贵。一来，我的文章总是显得太长，对于步履匆匆的人们本来就是一种障碍或压迫。都什么年代了，谁还有时间有兴趣去听别人的唠叨?脑袋紧随着屁股，身体服从于脚跟，这时代的道路是用不着刻意选择的，正确与否，只欠一个评价，而评价从来就没有一个固定标准，有人说好就好，有一些人说好就更好，现在的人们需要的是在自己的脚印后边点一个精短至极的“赞”，而不需要在脚印前方指手画脚。二来，我的文章多为郁结的“心气”所凝成，因为对现实及人生看得太冷静、太清楚了，只要照实发出“音”来，就总是有些不中听。尽管我一直注意语言的优美、语音的清脆和语调的委婉，但其清脆嘹亮也还是不及过路山鸟的一声啾啾。对此，我自己也曾在私下里做过比较和反思，其悦耳程度大约只略强于乌鸦，但至多也不会超越麻雀，或者仅接近于麻雀。

麻雀的音调和音质我是很熟悉的，虽不具莺声燕语的娇媚、清丽，也别有一番平实和晓畅，可听起来就是感觉不那么动听，甚至有一些喧闹和令人不快。究其原因，首先是因为麻雀的鸣叫细品起来确实有一点儿粗硬，直戳戳如一截木桩，虽掷地有声，却显然欠了些回旋和委婉；至于另外的原因，怕是不能完全归咎于麻雀自身，要怪也只能怪麻雀离人的距离太近。“身边无风景”，任何两种事物靠得太近都会有审美疲劳，更何况麻雀和人类已经近得如同一家，以至于一直被人们称“家雀儿”或者“老家贼”。

对于同一屋檐下的鸟儿，称其为家里的“雀儿”倒是很好理解，可反过来又称为“贼”就有一点儿匪夷所思。大约还是因为平日里麻雀们进进出出之间，误以为自己也是主人翁，可以与真正的拥有者共同分享这个家和参与家中的事务了，所以就大大咧咧地随意起来，今天不打招呼吃了几粒谷，明天隔窗发现了室中一些隐私，并明目张胆地议论几句。人心无常呵，久而久之，人们心里很自然就生出些反感和敌意来，认为那些贼头贼脑的小家伙们天天在监视或觊觎着自己的生活。

古往今来，大凡那些多受误解之人，认真总结，其性情里一定都有一些不尽人意的毛病和缺陷。比如传统的文人或文士，天性里就有一段难以更改的幼稚和愚痴。自以为“此心可鉴”，可真的谁都有兴致去“鉴”吗？说是“忠言逆耳”，但现实中深晓此理并能够按理行事的人又有几个呢？所以，他们就像不受待见的“叫唤鸟”一样，横跨历史地一叫几千年，自然，也连续不断地被收拾、打压了几千年。这样想来，那些“老家贼”应该都是历代文字狱中冤死文士的灵魂所化吧。它们就那么无穷无尽、挤挤挨挨、自以为是并不可回避地排布或翻飞于人们的视野之中。

野鸟散尽之后，能够传到耳边的鸟鸣也不光是燕子、乌鸦、“老家贼”等几种司空见惯的声音，偶尔，也会有令人耳目一新的啼啭零星来自于巷尾或街头。循声望去，总是能够望见某户人家的阳台或小区的树桠上悬挂着鸟笼。远远地，就会望见一只或几只辨不清种类的小鸟儿，在笼子里蹿上跳下，奋力地叫着，却总是让人猜不出那绵密的声音里蕴含的到底是一种激情还是一种怨愤。

那日，清早散步，恰路过一处鸟市，一眼望不到头的一个大市场。店铺里、街面上到处是鸟笼，到处是鸟鸣，一片翻滚沸腾。这边黄鹂唱罢，那边娇莺又啼……此起彼伏，不绝于耳，很多叫不上名字、平生少见的鸟儿都在那里争鸣，你方唱罢我登场，一个热闹的大戏台，仿佛集中了天下所有的鸣禽。

就那么走着走着，竟被一种难以言说的惆怅缠绕，于是便转身离开了那个市场。很久，仍有尖利的鸟鸣从身后隐约传来，但毕竟已是渐行渐远了，最后终于完全消失。

是啊，一些被关在笼子里的声音，又怎么追得上移动的脚步呢！可就在这时，又有一团困惑的乌云从我心底里倏然升起：人类的思维真是奇怪，为什么极其痛恨的或者极其喜爱的，最后，都要用笼子关起来呢？

步步向东的多布库尔

一

茫茫的兴安岭上，有大小河流三千。多布库尔河，不过是其中很小、很不知名的一条，但在我看来，它却是最独特的一条。

从西边的额尔古纳河，到东边的南瓮河，我在呼伦贝尔地区经过了很多条河流，伊敏河、扎敏河、诺敏河、雅鲁河、阿里河、古里河、那都里河……有的河流一猜就能够猜出它的名字，比如离城市最近、最热闹的海拉尔河；而有的河流，不论怎么猜或去请教谁，都无法知道它到底叫什么名字；有一些河流，只是匆匆掠过，等过了很久才能弄清它的名字，比如甘河与根河；有的河流注定与我的缘分很浅，只能从地图上或别人的谈话中隐约知道它们所在的方位和走向；而有的河流比如多布库尔河和嘎仙河，却与我缘分很深，不经意间就与它们不期而遇，不经意间，就能够感觉到自己与它们在性灵上有着某些关联和难以言喻的契合，有时，甚至会在心中暗暗祈愿，希望一生中有一些重大的事情能够在它的身边发生。

到达多布库尔河流域时，正值日影西斜。迎着太阳望去，有水，宛若一条金色的光带，在森林里穿过，点点波光在幽深的树隙间闪烁，如梦如幻；顺着阳光望去，仍然有水，如一条条钴蓝的彩绸，从不远处的林间草地上伸向远方。我不知道身前身后的那些水是同一条河流转了一个弯儿又回来，还是有几条河同时流过这个地域？我们的车跨过了一道桥，又越过了一道水，仍然有大大小小的水流不断与我们擦肩而过，一时间仿佛闯入一张由水流纺织而成的无法逃脱的网。此时，我已经不再有能力把眼前的水一一分开了，那一带所有的水流，都被我主观地认定为多布库尔河或者它的支流，而每一条水流在我的眼中又都是一样的，安静而透彻。它们一直在清清亮亮、丰饶旺盛地流淌，仿佛无原无始，也仿佛会无止无休，像某种透明的记忆，像某种流淌的情感，更像液化了的时间……

多布库尔河，对于我来说，很像一个时间的节点，或此行的某一个空间上的特殊位置。因为到达多布库尔河流域时，我们狂奔的车轮终于停了下来，虽然还不能真正抵达那河，但所有或实或虚的“焦点”，都紧紧地牵动着我的兴致，让我的好奇心如一部一时对不准焦距的照相机，对着眼前的景物推来拉去，机械地搜寻着无法确定的主题；所有的感觉，也如一只被长期压抑着的猎犬一样，极力挣脱着矜持的绳索，向前，向目力所及的周边，急切张开感知和探寻的鼻翼。多布库尔河流域，已是鄂伦春族世代生息繁衍的核心区域，虽然还没有真正走近一个富有传奇色彩的鄂伦春猎民，虽然还无法领略具有原始文化标本之誉的猎民生活，但我已经抵近了那些从历史深处汹涌而出的流水。

兴安岭腹地的流水，确切地说，它们看起来并不是在流淌，而是在娓娓地诉说。它们并没有直接告诉我，它们从何而来，将流向哪里；有多少往事已经随流水而去，又有多少梦想将随流水而来，但我一直坚信，所有的水都是智性的，它们一定承载着时光与历史中很多的秘密。

据说，多布库尔河原来是两条河，多布河和库尔河，它们在地理上或想象中的某处交汇之后，便成了现在的多布库尔河。但当我打开大兴安岭地区的地图仔细查找时，并不能看出多布库尔河究竟由哪两个支流汇合而成。多布和库尔原来是两个人的名字吗？如果是的话，就应该有一个美丽的传说，一对恋人以心灵和肉体融合的方式，让彼此在对方的生命里消融，你中有我，我中有你，就如两条河流成一条河，这本身就是一段生命的传奇。遗憾的是，关于多布库尔河并没有这样的传说。虽然没有传说，但这条河的存在方式以及这种文字组合的本身也已经像一个传说，通过它，我隐约联想、感知到了一个关于生命以及万物交汇、融合、相生、互动的永恒主题。

后来，渐渐发现，这个地区的很多事情，都是很奇怪的。当我们纵情在呼伦贝尔大草原上驰骋时，实际上正有两个湖泊如两只清澈的眼眸在凝视着我们。呼伦湖与贝尔湖，哪一个更加深情呢？哪一个我们不敢轻慢，哪一个我们不敢辜负；当我们认定自己行进在大兴安岭林区的时候，实际上，有两个兴安岭同时横陈在我们的脚下，一个是大兴安岭，一个是小兴安岭，我们不知道是哪一个兴安岭正在从高度上把我们托举起来；当我们执意要去寻找一个刚刚摆脱原始状态的游牧部落时，这边一个鄂伦春，那边一个鄂温克，当我们在两个部落间徘徊比较的时候，我们并不知道哪一个的历史更加远久幽深，哪一个的禀赋更能够让我们感受到原始的和谐与纯净。

这个地区，不论是山高林密的兴安岭，还是兴安岭外一望无际的呼伦贝尔大草原，都是很容易让人失去方位感或迷失的巨大存在。

上个世纪70年代，我父亲曾经因为生计，只身一个人闯荡过大兴安岭，与这个地区的原居民打过交道，回来后给尚且年少的我们讲了很多“北山里”的见闻。那时父亲就说过，在北山里那个地方，是很容易“麻灯山”的，大概的意思就是迷路。但父亲讲的只是地理上的迷路，并不涉及民俗和文化上的混淆。

父亲当时讲了很多故事，每一个故事似乎都讲述得十分细致，从人物的长相、衣着、生活习性、房屋、家居、故事细节甚至零零星星的语言，都有涉及，至于人物所属的族系大约涉及鄂伦春族、鄂温克族、达斡尔族、蒙古族等多个民族。由于时间的久远以及当时我的心不在焉，能够稍有印象的大部分故事已经模糊不清了，而故事中的人物，在我的记忆中就是一个概念——“北山里的人”。很显然，这其间我已经在人物身份或生活细节上出现了某方面的混乱，在我的理解和判断体系中，他们身体及面部特征、风俗习惯、性情都差不太多，有着很多的共性，我无法进行细分，强行细分，则会更加混乱。

听我父亲说，生活在北山里的人，在山吃山，在林靠林，房子都是用木头做的，虽然形态各异但都简单实用，用父亲的语言表述，就叫作“窝棚”。北山里的人，每一家至少有一个窝棚，有的人家则不止一个。他们为了外出打猎，有的时候要离开自己的窝棚好多天，但窝棚的门却从来也不关，窝棚里的剩余食物也不带走。如果有人在深山里走疲惫了或饥饿了，遇到这些窝棚，开门便可以进去，像到了自己家一样，吃用随意，只是走时要把窝棚里应该留下的全部留下，如果身有长物，最好是取一两样留在窝棚里，以示谢意。出了门去，折一缕草向着自己走的方向，算是向主人示意自己的去向。有不仗义的人，吃喝过，以为窝棚的主人不在可以把里边的东西据为己有，顺手卷走，做了一个可耻的贼人，可是不出三天必然有人从后面追来，用极凶的暴力清算这笔不义之账。也有人离开时，在窝棚里放下许多东西，也不出三天，必然会有人从背后赶来，追着你要做好朋友，有时，便果真从此结下生死莫逆之交。

从那时起，北山里人爱憎分明，疾恶如仇，粗犷侠义的形象就在我的头脑里留下了深刻的印象。

接下来的故事，父亲似乎讲了很多次。

那一次他去一个山里的兄弟家做客，正在喝酒，突然听到外面的马大声嘶鸣，前蹄腾空，拼命地挣脱着缰绳。肯定是发生了危险情况，不料是一只大黑熊在离房门不出五米的地方坐守、封门。其时，那人家有一对小兄妹正在屋内玩耍，小妹妹刚刚十三四岁的样子，顺手到墙上摘下两头带矛的红缨枪，开门直奔大熊而去，像我们在影视中常见的舞狮一样，三下两下把大熊激怒，直立起沉重的身体，就在那一瞬，小姑娘把扎枪的一端对准大熊胸口的一撮白毛，另一端稳稳地扎在地上，然后一闪身从熊的腹侧逃出。大熊惯性巨大，前脚落地时，靠自身的重量把那把扎枪深深嵌入致命部位，倒地身亡。前后不足五分钟的工夫。

这勇敢、机敏的人们！这与野兽周旋的精湛技艺和驾驭环境的高超的本领！若不是天生的自然精灵，这些事恐怕连想都不敢想。

只可惜，现在我已经无法考证，无法确定这些遥远的故事到底属于兴安岭上的哪一个民族了。在我的思维里，从来就没有把兴安岭地区的几个少数民族分清楚过。好在后来通过认真学习，粗略地掌握了一些简易的区分方法，比如说，鄂伦春族住撮罗子，戴狍头帽，常骑马步行在山林里打猎；鄂温克族人善于饲养和使用驯鹿，被称为“使鹿民族”；达斡尔族人打猎时会把自己的孩子挂在树上；而蒙古族人则靠着一匹快马驰骋在草原。很显然，用这些道具式的表象来区别那些情感丰富、性格复杂的人群是十分幼稚和肤浅的。兴安岭地区的少数民族，有时和这个地区复杂的水系、河流一样，就算我们一一寻访过了，也不一定能够叫准和牢记它们的名字；就算是叫准了它们的名字，也不一定能够深谙它们的品格和性情。也许，他们本来就是一样的，本来就属于同一个水系里的不同支流。

这片经常让人迷失的大森林，大森林里的一切，似乎从来都与其外部保持着某种如隔云雾，似是而非，疏淡却又紧密的关系。它正是依凭这种种的出人意料和变幻莫测，保持着它与现实社会及现实生活的超离和自身的神秘。

二

当多布库尔河流经1951年的时候，突然转了一个弯儿。

鄂伦春族的历史便由此而发生了重大改变。那一年，鄂伦春自治旗成立；那一年，多布库尔猎民村也随着自治旗的建立而展开了它最初的建设蓝图。从此，鄂伦春民族，这森林之子、自然的精灵，便开始一步步从兴安岭几乎与世隔绝的密林深处走向林区之外的现代文明。

到1996年自治旗颁发《关于禁止猎获野生动物的决定》为止，这个“流星”照命的民族，再一次完成了社会形态及整个族群的大转移。如果说17世纪中叶，这个族群从贝加尔湖以东地区以索伦人的名号移居兴安岭是一种社会形态的平移，并没有什么时代跨度的话，那么这次他们从兴安岭林区各处集中迁移至定居点儿，则用五十年的时间完成了六个社会形态、两千多年的巨大跨越。也就是说，从多布库尔猎民部落到多布库尔猎民村，中间的时间跨度实际上相当于两千多年。

历史的列车突然来个急骤的大转弯，一下子就把这个民族甩入一个崭新的境界，同时也把鄂伦春人这个并没有太大心理准备的群体甩得前仰后合，姿态各异。有的人，存在与精神同时实现了跨越，有的人却有生命的一个部分被甩出了时空的轨道，从此无法回归，不再完整。

内蒙古的萨仁托亚大姐给我讲过一个的鄂温克族女画家柳芭的故事。

柳芭，听起来很像一个俄罗斯的名字，她1981年考入中央美院，后分配到一家出版社当美术编辑。年轻的女画家美丽而沉郁，却经常在某一个聚会上一言不发，只是悄悄地喝酒，悄悄地流泪或深情地唱她的鄂温克民歌。有时她酗酒，醉倒在文联大楼前的三角广场，很多时候神情恍惚，甚至找不到自己的衣裙。她给很多人的印象是仿佛丢了魂魄，或者说似乎有一把锯在她的心里不停地锯，如果不让自己神志昏沉，她便无法忍受那种来自于内部的痛。但没有人知道她内心的忧伤为什么会那么深、那么重。后来，大约是在1992年，她终于辞去了出版社美术编辑的职务，重新回到了她的故乡，那个驯鹿成群的地方。

在一次接受记者采访时，她表露了自己的心迹，她说，尽管她毕业于中央美院美术系，并有一个好工作，但当她离开那片祖先的森林和她日夜相随的驯鹿，置身于冷漠的钢筋水泥建筑中间，她感受到的是难以忍受的孤单和孤独。不幸的是，当她真正再次回到了故乡的时候，她的狍皮画、她的驯鹿群以及她的大森林已无法安慰她那颗迷路的灵魂。她说，她觉得那里也不再是她原来的故乡，她的灵魂已经找不到归宿。于是，在某个莫明其妙的清晨，她痛苦的生命在她打水的河边走到了尽头。从此，这个敏感的艺术家，彻底摆脱了文化及历史加在她身上的巨大压力。有人说，她的死缘于她的文化忧患；有人说，她的死缘于故乡情结；而我却认为，她是被命运深处那种巨大而又无形的压迫摧毁。

据说，1996年禁猎令的下达让鄂伦春人放下了心爱的猎枪，很多老猎民禁不住痛哭起来。这个痛哭，现在想起来，意味深长。痛哭，基本上不符合鄂伦春民族的性格。也许只有悲哀与不舍发自于他们心底的时候，他们才会流下意义含混的泪水。

小时候，我经常到山上去打鸟儿。看到那些色彩斑斓的小鸟儿，内心十分喜欢，所以绞尽脑汁，想方设法也要把那些羽毛鲜艳的鸟儿活着抓到手，然后，试图放在笼子里把它们养活，但几乎每一次都以失败而告终。有时只那么一两天的时间，有时只过了几天，那些鸟儿就会悄然死去。小时候，我对这件事百思不得其解，总以为是因为自己不会养才造成了最后的悲剧。后来才明白，那些鸟儿，原本是自然的精灵呵，离开了原来的生存环境和生命支持，它们是没法儿活的。

曾有朋友跟我讲，生活在大森林里的人，忍饥挨饿、趴冰卧雪或与猛兽厮杀，甚至摔摔打打、流血流汗都在所不惧，但若是因为某些原因把他们关进监狱，不出三年，保证那人会在郁闷中死去。对此，我深信不疑，因为森林里的那些人也是自然的精灵呵，他们终究是离不开自然的。

由此说来，鄂伦春人真的不适合彻底告别大森林。

然而，当历史和自然演变到今天，不管是谁，都必须面对那个必须面对的现实。

在这里，把新生活的召唤放在一边，不去想未来五光十色的现代生活有多么美好，而仅以森林资源锐减、林中的猎物越来越少这一简单的事实来推断，完全可以得出一个残酷却难以改变的结论：鄂伦春人已经不能不离开大森林了，不管他们内心有多少的不甘和不舍。

那么，这种局面的背后，那个牵涉命运的真正原因又是什么呢？或许，正是他们那“比老婆还要宝贝”的猎枪，正是他们那让人叫绝的狩猎技艺和精准的枪法。设想，森林里的居民们，始终以驯鹿、快马、棍棒、扎枪、弓箭或简陋的火器对付林中的野兽，尽管他们的温饱会朝不保夕，旷日持久地在温饱线上挣扎；尽管寒冷、疾病、野兽会不断地夺去他们脆弱的生命，“生”永远跟不上“死”的速度，族群永远也无法扩大，但他们照样会坚韧、顽强、乐观地生活下去，决不会流下不争气的泪水。

自动猎枪，这个现代元素正式进入鄂伦春人的原始生态圈时，最后的结局就已经注定。它就像多米诺骨牌的起点一样，迅速而又不可遏止地改变着鄂伦春人的生活和森林里的一切。那些杀伤能力越来越强的枪，已经远远超出了野兽奔跑与繁衍的能力。当猎人的数量越来越多，枪法越来越好，技艺越来越精，猎杀的激情和欲望越来越高时，森林中的猎物却迅速减少，最后少到多好的猎人、多先进的猎枪也打不到猎物时，原始生态才用事实向人们证明了现代因素的危险和虚妄。但一切都已经来不及了，原因已经造成了结果，结果已经酿成不可更改的命运。

接下来的事情，便只有接受和面对了。这时，一个叫白色柱的鄂伦春人进入了视野。面对命运，白色柱选择了主动顺应。这让他看起来更像众多“莫日根”里的智者。当禁猎令下达时，很多人正沉浸在交枪的痛苦之中，他却先知先觉地意识到了一个时代即将结束，而另一个时代即将临，所以他带头响应了这个禁令。当有人问他愿不愿意放下猎枪，他是这样回答的：“像我这样的，不打猎能愿意吗？但动物实在是越来越少了。我希望最后这些动物，不是我们打光的，保护资源，保护环境嘛，我带头缴枪不杀。”要知道，他可是扎敏乡最有名的“莫日根”。然后他就去学习种地、养木耳，然后克服重重困难把收入提到一个别人望尘莫及的高度，然后披红戴花，当了全国劳动模范。有人因此而赞美他，说他才是新时代里真正的“莫日根”。

也许，这就是鄂伦春族的必由之路了。

沿着这条路前行时，我又遇到了一个叫和平花的女人。凭外表，我们看不出她到底有多大年纪，但大家一致认为，她是一个非常有活力的人。在她的字典里，似乎天生只有积极、乐观、快乐等等同一类词，不论如何也找不到忧伤、忧虑、忧愁等另一类词。她会唱歌也喜欢唱歌，说唱就唱，细细尖尖地吊着嗓子，唱鄂伦春民歌，我们没有一个人能够听懂她在唱什么，却因为她陶醉的表情而深受感染。她看出了我们似喜似忧的表情，便开始给我们唱流行歌曲，一曲接一曲，像多布库尔河的流水，不知疲倦。有人问她会多少汉语歌时，她说可能会唱很多，因为她正在学，每天都会一两首，所以不知将来到底能会多少首。未来，对于她来说，更像是一场莺歌燕舞的盛会，至少是对于一场盛会的期待。

当她和每一个人说说笑笑，兴致高昂地轮番拍照时，我感觉她离我们很近，无论在心理上或时空上都很近。有那么一个时刻，我甚至不知道她到底是鄂伦春族人还是汉族人，甚至很恍惚，不知自己到底是哪里的客人从山外而来，还是那里的主人要代替和平花在那里住下来。

三

多布库尔河，在我的感觉里，它就是鄂伦春民族的一种映射或象征。我说不清，为什么有这样的感觉，但我能够确定，这感觉是可靠的。

我并不知道判断一条河流的大小应该遵循怎样的标准，但在我的印象里，多布库尔河的规模实际上并不比一条小溪大多少。然而，它丰盈旺盛、不肯止息的生命状态，实在又让我感觉它并不比任何一条河流小。那满河、诺敏河、托河、奎勒河……在我的心里，都是有着某种共性的水系族群，它们本是一样的河。

同样，如果把鄂伦春族与北方各民族进行比较，在群落规模上，它差不多也是最小的。2000年官方统计的数据我不知道是否权威，但除此我实在找不出更加可信的数据了。八千一百九十六人的一个民族，仅仅比拥有四千六百四十人的赫哲族大了一点点儿。然而，在有如繁复水系的民族之林里，仅有八千多人口的鄂伦春族，不论在森林部落之中还是在整个中华民族之中，并没有给人以“小”的感觉。相反，它所具有的悠久历史和神秘生动、丰富多彩的文化，还让我们感受到这个民族的优秀与伟大。

虽然曾经的兴安岭之行是那么匆忙和草率，但庆幸的是，我仍然在那短暂的停留中结识了很多的鄂伦春人，粗略地探访了他们的生存故事和内心世界。回头盘点，终究算作自己见识或感性上的现实支撑。凌云的典雅、阿芳的爽快、敖荣凤的温婉以及孟涛的粗豪直率、林杰老人的机智幽默与放达、敖长福老人的淡定、深邃……尽管他们所代表的并不是鄂伦春民族精神典型的全部，但他们所具有的文化元素，亦如一把清香的茶，一经理性之水的浸泡，便散发出属于那个民族的共同芳郁。

蓦然，我眼前又闪现出与那些与鄂伦春兄弟敞开心扉相互交流的情景。草地上，森林里，小河边，篝火旁……当我向旗文联主席敖荣凤问及鄂伦春民族的民族性格及文化特征时，她很简洁地向我说出了几个抽象的词汇：团结、协作、勇敢、坚韧、崇尚自然。她说，鄂伦春人最尊重的就是“乌力楞”（部落）中的“莫日根”（优秀的猎手）。作为一个被公认的“莫日根”不仅要勇敢机智，肯付辛苦，还要熟悉、掌握一整套野生动物生长、活动的自然规律和狩猎经验，也不仅要射击熟练准确，直击动物要害，更重要的是他的心要善良、宽广，不管比别人多打多少野兽，都愿意和别人一样平均分享。别人请他讲述自己的狩猎经验，他都毫无保留地传授。我想，“莫日根”大概就是鄂伦春人所崇尚的精神典范吧。

鄂伦春族由于没有自己的文字，语言交流应该是他们最重要的沟通方式。在每一个凉爽或寒冷的夜晚，篝火燃起，他们就会坐在一起边烤火边开始漫无边际的语言盛宴。但说得最多的一定是有关打猎的话题。老年人、优秀猎手和家庭中的兄长，那些最有经验、最有发言权的人都会把他们的打猎经历和一些眼前或久远的故事讲述给新猎手和孩子们。据说他们的话题涉及极广、极细，比如对每种野兽的习性和打法；哪种山川地形窝藏什么野兽；每种弓箭和枪支的性能；如何寻找跟踪追击和射杀野兽以及打到野兽后如何剥皮、开膛和割肉等，都能讲得非常细腻而生动。就在这旷日持久的讲述中，鄂伦春人心里的英雄、尊者以及观念、行为准则等便一点点儿地确立了。

其中有一种行为准则，让我沉思很久。这条狩猎时代的行为准则，几乎所有的鄂伦春人，不论男女老幼无人不晓，那就是猎人不能射杀怀孕母兽、野生动物的幼仔以及交配中的野兽。尤其是不打交配中的野兽这一点，多了些人类所特有的悲悯情怀。交配这件事本身，就应该被理解为生命传递的一种仪式，是一种神所特许的神圣礼仪，是万物在接受上天的恩情，也是万物对上天的感恩。它不但涉及物质，更涉及精神，不但涉及欲望，更涉及情感，它的含意是我们一直难以说清、难以悟透的，所以我们应该回避和尊重，当然更不可贸然加害。仅凭这一点，我便断定，鄂伦春族是一个令人感动的民族。在他们的精神世界里，有很多敏感而柔软的领域，也许我们永远也触摸不到，永远无法真正抵达。

我曾很认真地读过鄂伦春族作家敖长福的作品，并被他的一些文字深深感动。但我感动，并不是因为他的文采，而是因为一位鄂伦春族作家的情怀，更多的是一个鄂伦春人的情怀。

“库烈！突——”

猎狗听到主人发出了冲击命令，它抖擞精神，伸展虎腰，龇着牙向公猪猛扑过去。公猪闪动着长长的、月牙似的獠牙，旋风般扫过去。

“喀蹦！”一声，猎狗库烈哀号着倒在地下打滚，在这千钧一发的时刻，枪响了。野猪向上跳了跳，身子一歪，重重地倒在地上不动了。

猎狗库烈疲倦不堪，身子一阵阵抽搐，它忍受着伤痛，卧在死猪旁，舔着被野猪獠牙挑断的后腿。舍勒门根拖着坠着铅蛋似的双腿，走到猎狗库烈身旁，他蹲下身子，双腿一弯跪在地上，颤抖着用双手捧起猎狗血淋淋的断腿，伤心地呜呜哭起来，捶胸顿足地哭喊着："完了，我的库烈！" 猎狗库烈用它那毛茸茸的嘴巴拱着他的头，不时还舔舔舍勒门根的手，安慰着他……然而，从那噙着泪水的眼睛中，似乎流露出某种怨恨、悲痛、困倦和茫然期待……

这是一段关于人与动物之间、生命与生命之间配合与交流的文字。文字虽然不多，却蕴含着森林部族的很多生命信息、生活信念和价值取向，几乎可以作为鄂伦春族的一个典型生存侧影，定格于这个民族的文化和生活史上。

仔细思量，除了北兴安岭的游猎民族，谁能够像他们那样，对同类以外的其他生命给予如此深刻的体恤和理解，谁能在与异类相处中感受、体会到如此真切的忠诚与温情？这种珍贵的情感就如从未干涸的多布库尔河流水一样，在那个地域的一条狗和一个人之间，在一条狗与另一条狗之间，在一匹马与一个人之间，在一个人与另一个人之间，在许多人之间，在一个世代与另一个世代之间流淌不息。

这些天以来，我虽然已经远离了兴安岭，远离了它高高的山岭和广大地域，远离了生活其间生动活泼的人们，但那个地域、那个民族的精神轮廓和某种精神特质，一点点儿在我的脑海中显现出来。那里的人，那里的事，也从此成为我内心的牵挂，关心，也关情。

当我放下从兴安岭带回的各种资料，独自站在夜风轻拂的窗口时，竟然不由自主地思索起一个看似重大但并不需要我去思索的问题：鄂伦春族，这个民族会富有特色生存多久，将来它到底会走向哪里？

俄而，我感觉到有一袭凉意正从脚下或远处的什么地方慢慢向我逼近、包抄，并一点点儿把我淹没。最后，感觉整个人都被浸泡在一条沁凉的河里。这时，我又想起了遥远的多布库尔河。

我开始借助想象和记忆，从它那细细小小的源头开始，一直向前追索。

起先，它就是照我所知道的样子，清清亮亮地向前流淌。夜幕下，它显现出的银色，让人误认为它是一条金属质地的河流。但很快它就从属于自己的流域里消失了，一闪身汇入了滔滔的嫩江。这时也许我们还能勉强记住，嫩江的流水里有一些来自于多布库尔河。

嫩江继续向前，弯出兴安岭，穿过松嫩大平原，然后与另外两条大河黑龙江、松花江在平原的某一个低地汇合，手拉手继续向东，最后一起投入大海的怀抱。当水到了那里，便不再有自己的民族、出生地、姓名和其他特质，但它们并没有消失，这时它们已经到了不问谁大谁小、谁东谁西、谁始谁终的境界。这是水的归宿。这时，它们都拥有一个共同但更大的名字——海。

孤独的蜘蛛

这几天清晨，在我睡房的天棚上，总有一只小蜘蛛，从一个角落出发，慢慢地爬向另一端。对于一个身量那么微小的蜘蛛来说，跨越一片直线距离足有几米长的天棚，应该算是一次远行吧？那么干净的一片天棚，白茫茫的像沙漠一样空空荡荡，它天天要横跨过去干什么呢？

几乎在我发现它的同时，妻子也发现了。这一次她并没有像以往一样大呼小叫，见我平静地看着那只蜘蛛，她也貌似平静地问我："你在看它？"我说："是。"于是她向我提出建议："把它打死吧。"我没有动，内心里却突然生出一丝近于怜悯的恻隐之情。

本来，我也是很害怕、很讨厌这种动物的。

小时候住在乡下，整天和各种各样的昆虫及小动物打交道，其中有毒的无毒的、丑陋的漂亮的、有趣的无聊的、祥和的以及怪异、凶险的，各从其类，无计其数。很多品类似乎都有可能激发起我的兴致，让我久久驻足或耽于玩耍，但只是蜘蛛，每次见到，我必远远绕开，避犹不及。虽然也隐约知道当地有很多种长相和习性迥异的蜘蛛，由于无意关注，最后只是对两种最常见的蜘蛛还有着比较深刻的印象。

其中一种，常居室内，灰白色的一个小东西，身体不大却长着一丛细细长长的腿，那些腿比起它自己吐出的丝并不粗壮多少。说到它们的细丝，确实可以用“极其”来形容，甚至纤细得难以察觉。如果不是特殊留意，根本就发现不了它到底在哪里布下了迷阵。只有日深月久，房角和檩木间渐渐结出了一串串“塔灰”，人们才知道原来它已经在那个角落里活动许久。或许是因为它们过长的手脚不够协调吧，它们织出的网并不像其他蛛网那样规则而漂亮。它们的网，看起来不过像透明的棉花糖一样乱糟糟一团。每逢年关或假期，人们腾出时间来一次大扫除，一把扫帚在棚顶一划拉，所有的新丝、旧迹及那些细小的动物，便一同化作一团灰泥被丢弃到垃圾堆里了。

另一种蜘蛛，则主要活动在人类的居室之外，或林中或檐下，总之是离人不太远的地方，每天布起强劲的大网，等待着那些由人体吸引来的小昆虫们兴冲冲而来或扬扬得意而去时，落入它事先设好的机关。因为这种蜘蛛往往体形巨大，如一粒肥硕的巨丰葡萄似的悬在空中，所以常常引发人们有关危险和恐惧的想象。尽管它常常在房前屋后以“现事现报”的方式将刚刚叮咬过人类的昆虫逮住，客观上正是替人类报了一叮之仇，但人们仍然对它毫无好感。有时，匆忙行走的人们因为不留意，一头撞到它的网上，弄一脸黏糊糊的蛛丝，这时谁会有心情念及它结网的辛苦呢？沮丧之中，一定是一边用手在脸上一阵狂乱地拂弄，一边在心里恨恨地骂：“这该死的东西。”

对蜘蛛的态度，差不多已形成“人际”共识，基本都对其怀有厌恶之心。蒲松龄老先生那么热爱动物，修养那么深厚的一个人，在《聊斋》里也还是忍不住说了蜘蛛的坏话。《绿衣女》中，那只体大如“弹”、躲在檐下伺机行凶的蜘蛛，大约就是我刚刚说过的那种蜘蛛成了精。对绿衣娘子那等温柔美好的事物都忍心痛下杀手，足可见那物儿是多么的恶，又是多么的如巫如魔般阴森。那时，我还没听说过有一种叫“黑寡妇”的蜘蛛，如果知道的话，恐怕对蜘蛛的憎恶之情就会更加强烈了。想象一个人正在若无其事地行走，突然就被一个莫名其妙的小生物咬上一口，只是有一点儿微微的痛和微微的痒，一时还搞不清到底发生了什么，数分钟之后，就已经轰然倒地，痛苦万状地死去。试想，谁能不对此心生恐惧、毛骨悚然呢？堂堂一灵长类高级动物，七八十个春秋的大好年华，竟然悄无声息地断送于一只看上去猥琐得不能再猥琐的小毛贼之口，就是死，怕也难以瞑目呵。

然而，世界上的事情没有一件是绝对的。如果换一个角度看，很多事情便发生了奇妙的变化，看山不是山，看水不是水。当然，再看蜘蛛也不再是原来的蜘蛛。有一则流传很广的故事《佛祖与蜘蛛》，说有一只蜘蛛因为在圆音寺的梁上结网，积年累月就有了佛性。有了佛性之后，它就不再关注物质而关注起爱情，并用了三千零一十六载的时间参悟了一则爱的谜题。故事演绎和推论出的哲理自不必细说，无非是告诉人们要把握和珍惜目前能够拥有的快乐与幸福，但这个故事，却让我想到了某种爱的实质。

蜘蛛这种古老的生物之所以能够历久不绝，并在时间的流程里维持住了自己的生存空间，最起码得依赖于它们与众不同的生存哲学。总之，它们是成功的，这一点已经由物竞天择的生存实践证明。同理可推，如果爱，以蜘蛛的方式，其结果肯定也会是成功的。这是一种横向类比的行为智慧——用自己生命里抽出的丝去结一张网，让所有挨上这张网的猎物都不能自拔，这应该叫作苦心经营吧。然后，不管风吹雨打，不管白昼夜晚，时刻保持网的完整，千方百计，永不懈怠，随时修补其任何破损和漏洞，哪怕一旦被彻底摧毁，也要有千百次摧毁再千百次重建的决心和信念。一旦猎物入网，必须及时、坚决地抓住对方，并倾尽生命里所有的“毒”，将猎物麻醉，让其完全失去抵御和逃脱的能力。然后，以感恩、赞美的心情和方式将猎物完全彻底地享用和消化……

我有一位作家朋友曾说，所谓幸福，不就是把爱人当成美味，一口接一口，吃到连渣儿都不剩吗？恐怖的表述，潜隐的激情。或许，也只有血与火的照耀才能够成就爱的绚烂。爱情本来就是一种献祭、一种牺牲、一种消融，本来就是生命之于生命、灵魂之于灵魂的相互消受和相互滋养。就如花开是色彩的暴力一样，爱，有时是一种情感的暴力。

妻子再一次催促：“快把那蜘蛛打死吧，我害怕。”

我没再说什么，也没动。其实，那不过是一只小小的蜘蛛嘛，到底有什么可怕的呢？比之于我们人类，世界上最凶残的兽类、最剧毒的毒物恐怕也是小巫见大巫了。

想一想那些被残害至死的人类，有多少伤害来自同类之外呢？包括传说中的妖魔鬼怪、魑魅魍魉、洪水猛兽以及虫蛇之毒等等，这些想象之中以及实际存在的“杀手”所害死的人加在一起，恐怕也不及同类相残致死数量的十分之一。一场接一场所谓正义或非正义的战争已尽人皆知，有多少尸横遍野，又有多少血流成河当无须赘述。相对于每年超过三百万非正常死亡人口的总数，动物伤害或中了蛇毒、蜘蛛毒的人数完全可以忽略不计了。有人类的种种恶行在前，再看动物，不管是凶恶的温顺的有毒的无毒的，特别是那些小动物，都显得那样的和善、温柔。

能够在人群里生活而不知恐惧，更不知戒备和防范的人，如果不是愚钝的就是勇敢的。我决定把自己的定位调高一些，因为我一直乐观地认为人类大面积堕入丧心病狂的时代或时期离自己还很遥远，所以就经常不知道害怕。你想，连人都不怕，还有必要怕一只弱小的蜘蛛吗?

当那只蜘蛛独自在空无一物的天棚上踟蹰前行时，我甚至能够感觉到它内心的绝望和忧伤，或许，它远行的目的并不是为了食物，而是为了爱情。为了在这个清冷的冬天里找到一个真正的同类，执子之手，相携同游，让一颗心温暖另一颗心，让两份孤独融合为一份快乐，然后，按照蜘蛛的法则，在激情里把自己的身体或对方的身体，化为爱的养料，化作生命和爱的能量，传承给即将降临的新生命和未来无限的时空。尽管动物界的事情有时有违人类的常情常理，但经过认真思考，还是可以理解的，因为我最终还能够在它们的行为中看到某种壮烈的凄美和神圣的使命。

其实，人类一直在像蜘蛛一样，每天忙着结网。有人结网是为了获得利益；有人结网是为了获得安全；有人结网是为了获得信息；有人结网却是为了“捕杀”同类。在看得见和看不见的网上，人们无时无刻不在忙碌。最近网上——显然，这个“网”是尽人皆知的——风行爆料各种各样的“性丑闻”。不是某市一群官员，因为一个女人的设计、诱惑、摄录、曝光而纷纷落马；就是某级别很高的领导，包养情妇，因为没有帮情人实现愿望，后来有一则数万字长篇性爱日记成为其被免职的有力证据……凡此种种，不一而足，令人作呕的意象和导向，只让人感受到某些人本性的败坏与丧失。

上天将“性”赋予动物，第一要义就是为了让其接续种命；其次大约是顺便慰藉一下注定要历经凄苦艰辛的生命本身。在诸多物种中，没有哪一种胆敢违背上天的原旨，擅自改变了身体的用途。唯有人类，自作聪明，利用上帝的礼物做起了可耻的交易。阳光、空气、性，这些人类无权定价的事物，怎么可以交易呢？一交易就会进入秩序的紊乱和不可避免的纷争，要么最终倾向于主动一方的胁迫，要么最终倾向于被动一方的讹诈，闹来闹去，便把一件美好的事物变成了罪恶的根源。我想，棚顶上那只蜘蛛一定不知道人类社会的事情，如果知道的话，那个早晨它就不会那么毫无自信地四处乱爬，很可能居高临下，以一种轻蔑、高傲的目光俯视起我和我的同类。

在《夏洛的网》里，那只叫作夏洛的蜘蛛曾说过这样的话：“生命到底是什么啊？我们出生，我们活上一阵子，我们死去。一只蜘蛛，一生只忙着捕捉和吃苍蝇是毫无意义的，通过帮助你，也许可以提升一点儿我生命的价值。谁都知道活着该做一点儿有意义的事。”当然，世界上不可能存在着一只会说人话，并且能够把话说得这么好的蜘蛛，但这些话如果真的加给我家棚顶的那只蜘蛛，似乎也并无不可。也许每一只蜘蛛都是吃苍蝇的，但每一只蜘蛛又都是不吃苍蝇的。那些美好的愿望和善良的想法，并非荣耀，任何事物都配领受，都可以领受；而领受之后的践行，却又会神奇地使其成为一种真正的荣耀。虽然蜘蛛外表很丑，它仍是造物主的杰作，它的身上定然带着某种启示，它夜以继日地纺织、悄然无声地等待或寻索，定然也蕴含着我们无法解读的深意。

我无法确定我注视着天棚上那只蜘蛛的情形是不是与上帝注视着我们的情形一样。并不完美的我们，在上帝眼中是不是也如同一只蜘蛛在我们眼中一样？丑陋、笨拙、毫无生气，偶尔看上去还有一点儿邪恶。但是上帝并没有因为我们的不完美就将我们消灭在一段赶往某地的路途之上，因为他知道，我们此去正是按照他的心意去完成一件令人称赞的任务或使命，我们正走在通往完美的路上。是的，对于一只蜘蛛，我们无法像上帝了解我们一样，知晓它们要去做什么，但是它们和我们一样行在路上。难道说，它们的路和我们的路，不同样是上天所预备的吗？路的另一端所连接的那个难下定论的结果，难道不是同样也寄予了天上人间的某种期盼吗？但此时，它们的路并没有结束。

我决定不伤害那只蜘蛛。

就让它按着命定的轨迹自来自往吧。我不知道它从何而来，也不问它将去哪里，但我相信，它既然有必需的来处，就一定有必然的去处，我并没有权利决定它的去留和生死。

数日后，那只蜘蛛突然从天棚上消隐了，我特意在房间里四处搜索，却没有发现它的踪影，不知道它去了哪里。但清晨的微光里它那徐徐爬行的样子仍历历在目。如今，它就像一个柔软的善念，只在我的意识里轻轻移动。

牛 不 语

牛拉着犁走在田垄之间，或拉着轮毂巨大的勒勒车走在路上，口中很少能发出声音，一只用铁丝编成的“箍嘴”死死地限制了它们嘴巴的活动，行至吃力处，只有粗重的气息“突突”地从鼻孔里喷射而出。身后偶尔传来一两声吆喝，反倒像它们自己紧锁于喉咙里的一段呻吟，短促又模糊，自远处传来，总似隔着一层凝固的光阴。

牛在人类面前，一以贯之的常态就是这样无语。

虽然平时它们嘴里也经常会发出一些声音，诸如“咔哧咔哧”咀嚼草料的声音或偶尔“哞”的一声长鸣，但都不是人类所认为的语言。这种动物虽然已经和人类打了数千年的交道，却始终不像其他动物那样，会主动与人类进行语言交流及信息沟通。

特别在“语言”方面，它们似乎有一种骨子里的笨拙。

倔强，最直接、具象的注解就是牛。

牛的行为和性情，无疑让我们在解释这个词的时候省下不少的周折。“打掉了牙往肚里咽”，不情愿、不躲避，也不服输……对于任何一项人类指派的劳役，它们都持有不积极也不抗拒的态度，不慌不忙慢悠悠地走过去，毫不上心的样子，却每每毫无保留地用尽了全身力气。为此，人类竟一时难以辨别它们真实的意愿，对于牛到底是被动地受人驱使还是主动地自觉担当，到底是木讷还是不屑，便很难做出结论性的判断。

牛不语。或许，它们是天成的一段深沉，只因笃信生命与生命之间的那份默契，一切都悄然存放于内心深处，便无意为一些似是而非的表达而劳动口舌。也许它们比人类想象的更加睿智、透彻，早就默认了自己难逃的命运，知道一切努力都注定徒劳。既然人类早已经明确表态，不屑于“对牛弹琴”，那么还有什么好说的呢？鞭子和缰绳握在人的手里，就算浑身是口，又怎么能辩论过这两样不容分说的东西呢！看来，牛能做的，也许只有以无语阐释命运，以沉默阐释力量。

不需要劳作时，人与牛之间那种驱使与被驱使的从属关系便告解除，二者之间，即变成一种相对独立，自由平等的关系。一旦没有了皮鞭与套索，牛看上去似乎比人更加威武，也更有尊严。它们庞大、健硕的身躯融入自然的背景，总让人由衷地想起伟岸、从容、稳重等一些美好的词语。

它们静静站立或卧伏于草地上吃草，总如一帧具有油画效果的静物。草地上的风、天上的白云、时间、阳光、碧绿的草，一一从画面上掠过，而牛却始终如一部咀嚼的机器，泰然而专心致志于自己的咀嚼。在牛的身后，草色淡了，岁月短了，风与流云也渐渐显得疲惫……当阳光由强而弱，由热烈而暗淡，最后竟然变成了冷冷的一抹清辉时，牛仍然在咀嚼。静夜里，牛口中随时钟的嘀嗒而同步作响的，并不是草，而是几缕淡淡的月光和缥缈的往事。

对于人类从早到晚没完没了的唠叨，不知道牛持怎样的看法。在一切抒发和表达方式中，牛似乎只相信自己的咀嚼，于是便将心中的爱、恨与不平，统统都交付于横跨日夜的咀嚼。它们一定是相信，只有咀嚼才能把所有沉闷的时日嚼成齑粉，把所有艰苦的岁月嚼成细渣儿，把不如意的前世今生一节节地磨碎嚼烂。

诗人艾青曾有诗："为什么我眼中常含泪水，因为我对这片土地爱得深沉。" 但泪水并不只是人类的专利，也并非只为爱而流，有时，它具有更加深刻、丰富的内涵。作为生命间流露、表达情感的共同媒介和通用语言，泪水，也时常回旋在牛的眼中。牛有四胃，通过不断的咀嚼和发酵，早已暗暗将天赐的那把青草化为成分和味道十分复杂的泪水。

我曾不止一次听人讲过牛流泪的故事。其中一则说，有一个屠夫一直以杀牛卖肉为生。有一天，他和往常一样，挥起刚刚磨好的屠刀准备屠杀一头事先指定的母牛，动手前他无意间看了一下牛的眼睛，不料却看到了牛眼中流出的泪水。屠夫感到很奇怪，难道一头牛也会有很丰富的情感吗？但杀牛卖肉是他的生计呀，他总不能因为那两行莫明其妙的泪水就把饭碗丢掉吧，他的心虽然有些犹豫，但手依然是坚决的。当他再次把刀挥起，那头牛突然跪了下来。这个动作不能不让屠夫深感震惊，但他和所有刚愎自用的人类一样，早已经在一意孤行之中失去了反思和敬畏的能力，并不愿意为一些奇怪的感觉或事情而改变自己的行为，于是，他硬下心将刀插入牛的身体。然而，当牛腹被剖开时，他被眼前的一幕惊呆了，在牛的肚子里，还有一个裹着胎盘的小牛。原来，牛流泪、下跪、苦苦相求，并不仅仅是因为自己依恋生命，畏惧死亡，更主要的还是为了那头没有出生的小牛。

尽管这故事立意很好，也洋溢着让所有人类都为之动容的母性之光，但实际上仍然有可能是人类对牛内心世界的轻视、贬抑和某种根深蒂固的误解。牛是多么倔强的一种动物啊，谁敢肯定牛流泪一定是在以某种软弱的方式为自己的命运企求呢？

我一直认为牛是一种不同凡响的动物，而牛的不同凡响又是从降生那一刻就有所体现的。

小时候，我们的牛或马等大牲畜都集中饲养在生产队里，没有一头是属于个人的，但没有一头和我们一点儿关系也没有。这种似是而非的从属关系往往让人们能够在行为和情感上随意取舍，而我们自然是避开那些费心劳神没意思的部分，只捡一些有意思的部分加以关注，比如马生驹或牛生犊等。每遇那些好玩的事情，总是有一些小伙伴凑到一起成群结队去看热闹，但每一次的热闹我们都看得很不轻松。确切地说，都会被那种艰难的生命仪式狠狠地教育一番。每次看那刚从娘胎里落地的小牛要靠自己的力量挣扎站起，我们都会攥紧拳头，默不作声，暗暗地运足全身力气给小牛加油。一个稚嫩、弱小的生命就那样开始它第一次生命的舞蹈：颤巍巍地一次次努力着爬起，一次次无一例外地重重跌倒，跌倒，爬起；再跌倒，再爬起……这种天性中的顽强、刚毅和自强不息，不由得我们不心生崇敬。这样的动物，怎么可能轻易低头、服软、流泪呢？由此，我不禁联想起人类初生时的情形：仰卧于床，四肢乱踢，哇哇大哭，至少要躺几个月才能一点点儿地爬起然后一点点儿站立、行走，便自觉有一些两耳发烧、双颊灼热。

说起软弱而诡谲的人类，也真是神奇。凭什么，怎么就“噌”的一下蹿到牛背上成了主宰者呢？更奇怪的是，那么倔强的牛果然就很顺从地接受了人类交付的套索，并给予了无怨无悔的担当。当人的力气不足时，牛就献出一身力气，替人担起沉重的担子，把人或货物载向远方；当人没衣没鞋子可穿时，牛就献出自己的皮和毛；当人缺铁、缺钙、营养不良时，牛就献出自己的一腔热血和骨头。只要吆喝一起，只要鞭子一摇，牛就会很乖顺地走在人类想走而自己又懒得走或没有力气走的路上。从老子骑青牛西出函谷，到杏花村头的童子牛背上倒吹横笛，牛已经背负着从老到小的人类，天上、地下地走个遍。当初，鲁迅先生写“俯首甘为孺子牛”的诗句时，大约也算是代表人类的良心发现，对牛进行一次曲意的赞美吧。

若按佛家的六道轮回之说，此一世的牛很有可能就是上一世犯了罪孽或欠下重债的人呢。前一世宿债难偿，恩怨交织，这一世当牛做马，愿赌服输，老老实实地做一个清偿和了断。果然如此，此一世的牛就应当比此一世的人平添许多反思、悔悟的自觉和能力。也难怪牛面对命运优胜者们的喋喋不休、滔滔不绝、指手画脚或生杀予夺，只选择了默默流泪，或无言地悲鸣。

上个世纪80年代福建省的一个小村庄，曾发生过这样一个奇特的故事，不知道是否千真万确，但流传极久、极广。据说，有一个牧童很疼爱自己的牛，当大人要将牛卖到市场宰杀换钱的时候，牧童把这个不幸的消息提前告诉了牛。他拍着牛的脸对那头公牛说，你知不知道你明天就要卖给屠户啦？牛就现出一副悲伤的神情。既然牧童已经对牛说了话，就证明他和牛在言语和心意上是彼此相通的。于是牛就流着泪给牧童跪下了，其实牛也不用说什么，意思都在那行动当中。牧童正愁找不到什么借口去解救他的牛，就对大人们大肆渲染起牛的神奇，并四处相求，让村民们想办法救救这头“通人气”的牛。于是人们动了恻隐之心，集资把那头牛买下来，送到了寺庙里放生。牛进了寺庙之后，最喜欢的就是听经礼佛，一听到僧人的诵经声，就呆立不动，看似很投入也很出神，好像它真的能够听懂。后来，牛活得已经足够老，似乎已经预知自己的时日已尽，便在一天清晨独自走到旷野卧倒，半日后殒命。

这样的牛，算是牛中的“高士”、智者或开悟者了，是所谓的“知天命”吧？再活，怕就要成精了。这样的牛，前生今世的事情有什么是它不知道的呢？三界六道里的因果报应之理，又有什么是它不明白的呢？面对屠夫无法、无力收回的屠刀，面对自己本应面对的结局，它会因为恐惧害怕而流泪不止吗？它的泪难道就没有可能是为手执屠刀的人类而流？

生命的中止或被无端折断，固然令人惋惜，但取而代之的总是另一种方式的重生，所以达观如庄子的先哲们，即使是自己妻子死去也会“鼓盆而歌”。他们的心里不是没有悲伤，而是因为总是有一种希望让他们战胜悲伤。说来，也只有任何情感都软化不了的残忍，才是一团永不透光的黑暗，它会让一切的生命都看不到生机和希望，所以它才是悲伤里的悲伤，才是不借助悲悯都无以化解的沉痛。一刀下去，对于一头牛来说，不过是瞬间的疼痛，而人类的手却沾上了洗不去的罪过，并如一摊凝血一样，随着时间的推移将越来越暗，越来越黑。紧接着，又是一场生生死死的轮回、恩恩怨怨的交替、善恶果报循环往复的悲哀。

很显然，在熟视无睹的屠宰以及对生命的割裂过程中，人类并没想到要去流泪，也不屑于对自己的旧迹进行涂洗，因为人类并不认为除了自身之外的生物值得为之流泪，何况是那些任由处置的家畜。但人没有意识到的事情，不一定牛就意识不到，只是牛流了泪水之后并没有表明，那泪水到底是为了自己，为了人类还是为了所有的生命而流。牛不语，人类也无语，只是胸中那颗不知满足和感恩的心，仍然躲躲闪闪地期盼着，牛，最好能把最后一次的祝福和功德也奉献给我们。

就这样，牛真的说了话。

牛说，我死后你就剥下我的皮吧，在最危难的时刻披在身上。

于是，有一个识破天机的放牛娃，真的听懂了牛的话。

他先是哭了。泪水，真是一种奇妙的东西，人一流泪，感恩的情态就凸显出来，心也就会变得通透一些，就好像树叶儿滴过了露水。原来，人心上多已蒙了灰尘，总是要用什么洗一洗才会变得清明。放牛娃开始与牛以兄弟相称，管那头说话的牛叫大哥。其实，那牛对他所给予的就是舍死忘生的父爱呵，除了父，谁能为你牺牲得如此彻底呢？但牛并不计较，生命都舍了，还会在意一个虚词？

放牛娃披上牛皮之后，果然就从牛那里承袭了另一份血气和力量，牛气冲天地挑起箩筐追寻着仙女的足迹一气跑到天河岸边，成就了一段千古佳话。

尽管此故事纯属虚构，却也不能说这故事没有切中人与牛之间关系的某些实质。这是一个基本遵循了情感真实原则而只在细节上进行了铺排、演绎的文本。按理说，牛与人的关系都已经处得如此之近，人类应该对牛相敬有加、感恩戴德才是。但实际上人们一放下书本儿就彻底忘记了书中的故事，一忘记故事也就忘记了编织到故事里的温情。

人类史上最泥泞的路，已经由牛背负着人类走过；最重的苦役也已经由牛替人类服过；就连升天追月的想象，牛也帮人类完成了。当现代化的高速列车达到了每小时300公里的速度；当一台大型农用机械每天能干出500头牛的农活儿；当航天飞船真正实现了载人登月，牛的一身力气和一片忠实已经对人类没有任何意义了。往昔那些牛与人同行共舞的日子，都已经成了一去不复返的回忆，而回忆，却是不能创造任何价值的。

当世界史再一次演绎到十字路口时，牛与人都陷入了迷茫，一时不知道该如何是好，前边的路到底应该以怎样的方式行走，又能够走到哪里呢?

有一天，我翻开一本画册，指着上边的一头牛问四岁的小外甥女，那是什么，小女孩儿柔指一点，嫩声嫩气地说："牛。"机灵的小眼睛边说边露出得意之色。

我又问："牛是做什么用的？"

"七（吃）又（肉）。"

我恍然大悟，此时的牛，早已经排着无休止的长队，一头接一头走向一条我们并不熟悉的路上——屠宰场窄窄的“牛道”。那情景，我有一个写《肉联厂》的朋友是这样描述的：“哀声由一个小牛犊的呜咽引起，瞬时传染了整个牛群。那无数头牛哞哞的哭声，时而凄厉，时而低沉，震动着寂静的旷野。工厂的地面在颤抖，车间的玻璃发出嗡嗡的回响，天空之下，巨大的牛群变成了一条悲伤的莫日格勒河……”

然而，更多的牛，仍然在山坡上或草原上埋头吃草，在踏上“牛道”之前，正抓紧最后的时间将牧草转化成可分割、可称量的肉或可供自己使用的泪水，攒足最后一笔“债款”、最后一段祝福或咒诅。

花山一日

鸟儿的鸣啭如光，轻轻丽丽，潺潺，以渗透的方式，以浸淫的方式，一尺一寸地把清晨照亮——

一种久违的柔软与感动，就那么汹涌且温婉地越过窗口，弥漫了原本静默的房间和原本静默的心。鸟儿们说的是古语。古音，古韵，古意。虽然内容总是不太好懂，语调却蕴藉悦耳、似曾相识，如娓娓的吴侬软语，从皓齿红唇的江南女子口中脱颖而出。亦悲亦喜，千回百转。似有关爱情，似有关桑麻，又似有关生命的种种传奇或艰辛。

从前听起来是这样，现在听起来仍然这样；在北方时听到时是这样，在南方听到时也是这样。所以，鸟儿们一叫，时间的坐标就消失了；一叫，空间的方位就倒错了；一叫，人的方寸也就乱了。恍然间，竟不辨身在何处何时，也不知是在梦里、梦外。

若在北方，百鸟啼鸣，一定就是春天来了。整整一个漫长的冬季，除了雪花飘落的声音，除了冰河迸裂的声音，苍茫的天地之间，一切都是沉寂的。漫无边际的、单调的、白色的沉寂。只有春天来临，声音和颜色才如蛰伏的虫儿一样，不知从什么地方都钻了出来。春天里，人心会如泛青的原野，荡漾出风云，萌生出各种“花花草草”的念想。近于哀愁的喜悦，风一样扫过心头，本来纯净的心灵便被吹得纷乱如麻，青春啊，爱情啊，人生呀，未来呀……如一幅找不到重心的图画，被一支画笔随意涂抹，无序横陈——含苞待放的花朵、倒垂的柳丝、双飞的燕子、如绿如蓝的春水、和暖而明媚的阳光……

然而，当我起身打开窗户，映入眼帘的却是一幕缠绵的江南烟雨。哦，这已是江南的苏州，是苏州城外的天池花山，是花山脚下的客舍。粉墙黛瓦的房屋、小巧精致的苏式院落，碧绿的荷池、长长的回廊……一应景物恰好被迎面的一树桃花掩映，更显其错落有致、隽永、幽深。

鸟儿依然在不知疲倦、不明缘由地叫着。尽管目光在树丛中搜寻很久，终究没有找到那些声音的出处。但我知道其中有一种鸟儿应该叫作杜鹃，古代的南方文人称其为杜宇。相传，这鸟儿是古蜀国隐居“西山”的“望帝”所化。每逢春天，终日哀鸣不止，直至啼血成花。因其声凄厉动人，常常激发起人们丰富的遐想：一说是因为其心系子民，提醒人们惜春、惜时，莫误布谷；一说是因为其心有冤屈，难免要终日诉说自己内心的哀怨；三是说其生性多情，执意为自己心爱的女人，苦苦地相思，不停呼唤。唐代诗人李白曾在《宣城见杜鹃花》诗中赞叹：“蜀国曾闻子规鸟，宣城还见杜鹃花。一叫一回肠一断，三春三月忆三巴。”但不论如何，每每想起这种鸟儿，心中总是难免会生出几分恻隐之情，毕竟，此鸟并非无情之物。

虽然苏州并不是蜀国，“花山”也不是传说中的“西山”，但凭“花山”的清幽静雅，确实堪称难得的消闲、隐居之所。山中子规不通文字，看不懂人类的文字记载，去留与否，也许只凭着生命与自然之间的那种奇妙的感应或对某个特定环境的记忆。子规天天执着地叫，人类也并不是谁都不解其意，于是就有“心有灵犀”之人在这个子规不愿离去的地方做起了隐居的文章和事业，不仅建起了别致的客舍，还立了一块别致的牌子——“花山隐居”。

有关花山，清代诗人王珏有一首七言绝句是这样说的：“姑苏名山无多少，唯有天池形势好。四面山光施彩色，松柏常被白云绕。”诗未见得有多好，稍强于“打油”而已，但对山色风景的描摹却颇为传神。诗咏的是“天池山”，是一座山的一个侧面。只因半山有一潭碧水故而名曰“天池山”。实际上，这座承天目山余脉而独立的小山，还有另一个名字叫“花山”，因山顶有峰，状若莲花，故而得名。直到最近几年，它才有了一个全面而稍显啰嗦的名字——“天池花山”。

未识此山之前，一直望文生义地认为，这是一座径满花香的名山，待身临其境之时，却发觉花并不是山中最有代表性的风物。比起花草树木，山中的石板小径、奇峰秀岩、曲水流泉以及侧目即见的碑、亭、石刻似乎更具特色。沿着“花山鸟道”深入其间，人与环境的互动即已开始。渐行渐远，不消半日，深藏于此山此水中的“隐”意，即已显现出来。不知不觉间，一颗曾归属于“浮生”且被紧紧缠绕的心，就远离了红尘。行至力疲、气躁之时，刚好遇有小恬之处。一张四方“八仙”木桌，可二人对坐，可四人合围。讨一杯以“寒枯泉”水所泡的碧螺春，轻摇慢饮，人生的种种况味，甘甜的也好，苦涩也罢，便随茶汁由唇而舌，由舌而喉，潺潺而下，最终在心胸中化为一缕舒和之气，随如雾如岚的水汽消散于空。

再起身时，是不是还要拾阶而上，一直攀到顶峰，已经无关紧要。人生的至境也并非是目摄八极把万事万物尽收眼底。那么多的过眼云烟，那么可望而不可即的事物，说到底又与自己何干？看或不看，让远处的风光在眼中停留片刻，或没有停留，终究又有多少差别？索性，就折返回来，在林间寻一块干净、平整的石头重新坐下。刻着字的也好，不刻字的也好；刻着“仙人座”的也好，刻着“水石佳处”的也好，随意选一处坐下，就让自己坐成静物之上的另一种静物。任由潺潺的水声从身左而来，经过身体，再由身右而出；任由清风扑面，经过身体，又由身后而走。生命，就在反复的洗涤之中，一点点儿通透、轻盈起来。

由花山西行十公里，即到达了号称“八百里太湖”的大水之滨。古时，这片大水被称作震泽、笠泽或五湖。本来“太”在古汉语里就是“大”的通假，所以，称太湖为大湖也未尝不可。天气晴好之时，放眼太湖，亦是浩浩荡荡，无边无际，更何况时值雾水迷蒙的4月！一艘小船刚刚还在不远处左摇右荡，不多时，已经在烟波里消隐得无影无踪，一切可以追溯的踪迹尽被波涛抚平。

古有圣者云：“仁者乐山，智者乐水。”想古今主动避世而消隐的人，都应该是大智之人。那么，像太湖这样神秘的大水，不也是“隐”去的理想之地吗？传说，古越国的一代名相范蠡，帮助越王完成了“平吴霸越”的大业之后，就从这湖中隐去。

史料记载，春秋末年，吴王夫差打败了越王勾践，将越王俘至姑苏，事奉夫差。后来，范蠡献计，把美女西施献给了吴王，使他朝歌夜舞，沉溺于酒色，丧失了斗志和警惕，终于败在越王手下。大功告成之日，范蠡便决然向勾践请辞：“请大王允许我辞去，从此不再脚踏越国之土。”范蠡的借口很充分：“我听说，做人臣的，君忧臣劳，君辱臣死。从前君王受辱于会稽，而我之所以不死，就是为了辅佐君王成就霸业，现在君王的事业已成，而我该接受在会稽使君受辱之罚了。”话是这么说，实际上他是深晓“鸟尽弓藏，兔死狗烹”的道理，主动让自己从君王眼里，从这一国知情民众的视野中，从人性的黑暗之中消失，以免罹患杀身之祸。于是，范蠡悄然离开了勾践，离开了越国。据说，曾有人看见，范蠡携带着西施，驾一叶扁舟，出三江，泛“五湖”而去，杳然不知所向。

五湖即太湖。果然，古往今来的许多事物，都借助这一片广大的水域悄然隐去了。岸边的柳毅井和柳毅亭还在，但通往“龙宫”的大门却紧闭着；美丽的爱情故事仍被世人传说，故事里的柳毅和小龙女却再也没来湖边的草地上执手漫步或偶入亭中相对欢饮。一艘很现代的机帆船从码头启航，像犁，迅即在水面上划开一道V形波纹。远去，再远去，遂如射向烟波深处的箭矢……最后，小如一枚树叶，小如一粒尘沙，直至在视野中完全消失。

世界上最为彻底的隐，莫过于让渺小的事物融合、溶解在伟大的事物之中。转眼间，曾在湖上穿梭往来的樯帆与画舫以及画舫中的峨冠博带、丝竹管弦、欢声笑语，已然销声匿迹。没有人能说得清楚它们消逝的真正原因，是主动的隐藏还是被动的融化。三三两两的苍鹭，从灰蒙蒙的天水间翔过，似来自悠遥的时间，又似来自渺远的空间，形迹十分可疑。先是慢慢向东，然后又突然想起了什么，折身向北，越过高高大大的桂花树，越过成片成片的丁香丛，最后在几树盛开的梨花背后突然遁去。

此时，花山脚下的春意已浓。海棠水粉，碧桃艳红，如发丝般倒垂的柳丝，在微风里轻轻摇曳，不停地撩拨着流水的心。是去是留，是停是走，突然成为一个十分难以回答的问题。流连、品味、忘情于这清幽、神秘的山水之间，有那么一刻竟然突发奇想，能否也效仿古人，择一良辰吉日，毅然从红尘里抽身，驾一叶扁舟或披一身蓑衣，倏然消隐，如向晚树影后精灵般突然遁形的灰蝉？但实际上，由于我们双脚粘着太多、太沉重的泥土，终究还是无法轻盈，无法空灵。

临行的那个早晨，心中突然升起莫名的怅惘。一个人无语，枯坐于床边，满眼的书籍、杂物，一样也不忍拾掇，怕容纳过我的房间因为这一物不留的粗暴离去而变得空空荡荡，又因为没着没落的“空”而充满感伤。莫名，就是不知为什么，但最终我还是想明白了。那与我气息相和、心意互通的小小空间呵，竟是烟雨江南、温馨花山许予我的一片心呢！

如果，“五里桥”有雾

纵然，“天下无桥长此桥”之誉非这座石梁桥莫属；纵然，八百七十多年的历史和两千二百五十米的总长也堪称世界“独一无二”。在这样晴好的天气里，它仍像一句名不副实的“牛皮”，看起来竟显得有一些狭窄、短小和粗陋，宛若一段庸常的条石小径。站在“水心亭”前放眼，石桥以光速向两侧展开——瞬间，左侧的晋江安海镇、右侧的南安水头镇以及对面窄窄的海湾和林立的高楼便尽收眼底，一览无余。

或许，正是因为这通透的视野和清晰的映像，骗过了我们的眼睛，耽于表象的眼睛才骗过了我们自己的心。这样的桥，本是我们短浅的目光和狭小的胸怀无法测量的，如今它又避开我们的目光，将无限的深远和广阔深藏于斑驳而光润的石板之中，不呻吟，也不摇晃，就更像一个具体、静默、有限且没有太深经历的存在。其实，我们的“眼见”，有很多的时候并不一定为“实”。

如果，有雾笼罩了五里桥身和我们浅薄的视野，桥上的每一块条石都将成为一道时间之门——

两千三百多条巨大的石板，缄默着，严丝合缝地挡住了时间的空白。石头与石头的并列，却在实质上构成了时代与时代的交错。来自于不同时代、色泽不一的石头，从八百七十多年之前的南宋绍兴八年（1138）一路铺排过来，永乐、天顺、成化、嘉靖、万历、雍正、乾隆、嘉庆、道光……直至上世纪的1980年，很多个朝代或年代都把时代的信息编进这无声的长卷，再以桥的面貌横陈于我们眼前。于是，桥已不再是桥，而是来自于不同朝代、不同岁月凝固的记忆。在桥上行走的人，并不知道自己的脚一步跨越了几百年，但沉睡的石头却都会因为这隔世的敲叩，而响起几百年以前的回声。借助那迷津一样的浓雾，人与石、现实与历史，正可以穿越时空，感应互动，共同走出岁月的迷津。

因为脚下那些石头的缘故，两个人在桥上并肩而行，你就会觉得，心会一会儿很近，一会儿很远。近时，如在时光森林里迷失、流落他乡、相依为命的眷侣，相吸复相惜，唯恐一脚踏空，昔日之缘便随风而逝；远时，便如隔世隔代的陌路人，各想各的心事，各用各的心思，“宋桃”“明李”，各有所钟，各有归愿。然而，时间的分割，最终还是屈服了空间的整合。一桥飞架，如一条结实的连线将散落于岁月之河中的珠子，穿缀成一个完美的整体。数百座船形桥墩，共同负载着晋江八百多年的历史，总会在雾气的掩护下悄然起锚。八百多年的岁月里，它们总是沿着时间之轴，在不停地驶向一个方向。

如果有雾，桥下的海水会发出异样的涛声。涛声将带来时光深处的嘈杂和特殊的腥咸，那是“五里桥”在晦暗中醒来，波翻浪涌地回想起自己的身世。

绍兴八年，正是中原大地战火纷飞的年代，兵灾四起，民不聊生，女真人在挥舞着战刀四处掠杀，龟缩于临安的南宋政权置民生于无暇顾及。生逢乱世，不甘沉沦的晋江人却没有放弃对梦想的追求和恪守，士农工商齐心协力，建设这座跨海桥。那么浩大的工程，即便在太平盛世也是需要一些雄心和胆识的呀！这座桥最终能够建成，不仅反映出当时晋江地区的经济繁荣、发达，更体现出这个地区民众的文化基因及其群体所拥有的心气和精神。

最早动了建桥念头的是僧人祖派。今天已无法考证他当时是否考虑了国家的政治、经济形势，但就建桥这件事本身倒也很好理解。宗教本来就可以抛开任何政治、经济方面的因素而特立独行，人在什么时候还不需要有一个坚固、可靠的精神支柱呢！更何况，在波浪翻滚的海湾之上建一座桥以代“舟渡”，不仅可以救众生脱离跋涉的苦厄，而且本身也具有某种“解困”“破茧”的象征意味。人间路绝，才是天路的开始。从“中亭”附近一块有“浯州屿颜达为考妣施此一间”字样的碑刻可见，当时的人们无疑已把修桥、建庙这类事情都视为世俗的“宗教”了。只可惜最后“僧祖派始筑石桥未就”（《晋江县志》），才使这项工程紧接着由“上界”坠入“红尘”，一搁就是数年。

“五里桥”的主要出资方是当地有名的富商，名黄护。据史料记载，黄护生于公元1086年(北宋哲宗元祐元年)。从小读书习文，本来有志于仕途，17岁时参加科举考试，但是名落孙山。后来改行习商，20岁时随姑丈高纪昌到广东经商，后又渡海到渤泥(今文莱)发展。30岁时衣锦还乡，在安海街坊上开了十二间商铺，主营米粮、蔬果、杂货，次营饮食、海鲜、山珍，成为安海当地首富。黄护博览群书，善篆隶、棋弈、诗谜，喜欢结交高僧，并热心公益，造福乡里。除了捐资建设这处俗称“五里桥”的安平桥外，还捐地兴建了石井书院，捐资整修了安海龙山寺等。不幸的是，工程进行到一半，黄护于1144年(绍兴十四年)病逝，后赠封为荣誉县长“晋江县尉”。黄护去世后，儿子黄逸继承父志，继续主持安平桥的兴建，至1152年终于全桥完工。后代安海镇桐林村黄氏一族，奉黄护为一世祖，郑芝龙的伯母黄慈慎和继母都是黄护的后代。

雾霭之中，会有隐约的歌声传来。《爱拼才会赢》！

不会有谁想到，这首家喻户晓的歌曲就出自晋江。这里是它真正意义的故乡。有谁会想到，一首歌曲要经过近两千年的孕育和酝酿，才能变得如此扣人心弦。从遥远的晋朝，从传说中的“衣冠南度”开始，晋江人就再也没有停息过奔波“打拼”的步履。向南，入马来、印尼、菲律宾，开辟了“南洋”海上丝绸之路；向北，直指琉球，开辟了北线“海丝”；留在本地的，也没有停滞不前，而以智慧和辛劳创造和丰富了熠熠闪光的潮汕文化。

翻开史册，历代晋江人在这个弹丸之地留下的印记简直辉煌得令人震惊。中国的科举制度始于隋炀帝二年（606年），止于清光绪三十年（1905年），历时一千三百年。自唐贞元八年（792年）欧阳詹首开闽南登科及第之风后，千年间，晋江才俊辈出，共涌现出文武进士一千八百五十三位，其中文武状元十一位，文状元八位、武状元三位，文科榜眼十三位、探花三位。科举所选，自然为人中之杰国家栋梁，所以在此基础上所出的历代十六位宰相也就不足为怪了。及至商道，历代可圈可点的“大腕”就更不计其数。2000年，《华尔街报》评1001—2000年世界五十巨富，中国共占有六席：成吉思汗、忽必烈、明朝太监刘瑾、清朝和珅、清末伍秉鉴、民国宋子文。盘点下来，真正不靠占，不靠贪，只靠自己打拼的巨富只有一位伍秉鉴，他就是晋江人。其实，堪与伍秉鉴比肩的晋江富商还有很多，唐朝的林銮，南宋的黄护，明中期的李五，明末的郑芝龙、郑成功，清末民初的黄秀烺，民国的陈清机……个个都是商战英雄。时至当下，一个面积刚刚占到国土面积万分之一的“小市”，竟然创造出占全国生产总值二百分之一的成绩，自不必说，也还是奋力打拼的结果。

很多名字，很多现实之外的人，隔着时间的雾霭，在我们的眼前或意识里一一闪现，又忽然逝去，如忽浓忽淡的雾气一样，摇曳着、变幻着，凝聚又消散。只有脚下的石梁桥，宛若大地的脊梁，坚实、稳固，似紧贴着我们的身体，又似乎无始无终地延伸着——

如果有雾，回过头去可能看不见那幅“天下无桥长此桥”的楹联，但“心”会更清楚此桥的真正长度。它可不是仅仅联通了海湾两侧两个乡级小镇，从这里出发的人，已经走过了古泉州，走出了“八闽”，越过了南洋，走到了到处无桥又到处有桥的广阔世界。

如果有雾，回过头去可能也看不见另一片“世间有佛宗斯佛”的楹联，但你会看到此乡历朝历代之人心中的信仰。几十种宗教遗址的完好保存已经证明，十几种宗教曾在此地此乡甚至此民心中和谐共存，儒教也好，道教也好，佛教也好，基督教、天主教、伊斯兰教、犹太教……也好，不管当初种下过什么植物，最终都开出了一样的花朵，结出了一样的果子——善良与慈爱，以及对生活和故乡那份美好的愿望。一代代晋江人告别了这一片“风头水尾”的贫瘠之地，相继投身于一切未知、深远无底的远方，却总也没有断掉故乡的血脉和根系。多年之后，这些身如飘萍的游子，却纷纷掩藏起曾经的悲伤、疼痛和苦难，把以性命拼得的鲜花与果实、财富和荣光甚至最后的心愿都捎回故乡，以血、以泪、以命，成就了它几百年持续的繁荣。

然而，那天的五里桥上确实无雾。也好，就让我们的目光穿越光的栅栏，深入那些石头的本质。最后还是发现，这座桥本不应归在物质类的文化遗产之列，因为它更接近某种精神，所以更适合做一个精神标本或成为一个精神坐标。

十 只 羊

一

我的羊丢了，所以我必须四处去寻找。

在我10岁那年一个春天的午后，我像寻找丢失了的兄弟或自己的性命那样，焦躁而悲伤地寻找着那些刻意躲开我的视线，藏在暗处的羊。我几乎找遍了它们可能去的一切地方，只差了碧落黄泉，却仍然不见它们的踪影。

当我翻上村南的那道沙岗时，心情变得更加绝望。站在这样的一个制高点上，一眼就望尽了大平原。放出目光，似乎连哪一片青草的芽尖长得更长都能够看得一清二楚，更别说那些肥硕雪白的羊啦。但是那一刻，我的视野里却空空荡荡，杳无一物。

情急之下，便觉有潮湿的水汽如雾，从空落的心底里升上来，一点点儿模糊了双眼。

再抬头看天上的流云，就怎么看怎么像浩浩荡荡的羊群。从天边到天边，无始无终、无尽无休的样子。到底是谁在放牧着这么一大群羊呢，我的那三只羊会隐藏在那里边吗?

就那么看了很久，也想了很久，终究还是没有一个结果。最后竟听到了仿佛千军万马一齐奔腾的隆隆响声，仔细辨别，却是那天上的流云，如受了惊的羊群一样，凝聚到了一处，由原来的银白变成了铅灰，由原来的疏朗有致变成死死的一团。

再后来，便有泪水一点一滴地落了下来。起初，我还不清楚到底是谁在哭泣，是天上的羊还是躲在羊群后面不让我看见的牧羊人，可最后发现，哭泣的竟是伤心绝望的自己。

我在内心里一遍遍地自责，我真不是一个好牧人，或实在一点儿说，真不是一个好羊倌儿。如果是一个好牧人，就应该与自己的羊同在，甚至当羊遇到危险的时候，宁可自己迎上去或做出牺牲，也不能让羊直接面对危险，就像当时小学课本里所讲的那对儿“草原英雄小姐妹”一样。

如果，仅仅是自责，仅仅是流泪就能够免去内心的懊悔和悲痛，倒也没什么，悔过了，哭过了，站起身回到家中也就烟消云散了。但是那一次我真的无法站起身来就若无其事地回家，因为丢羊的事情关系重大，几乎是人命关天，况且那时我也真的找不到家在哪个方向了。那一次，我几乎心如死灰，准备同羊一起丢掉或消失。

但天黑时，父亲还是把我从沙岗上找到了。看到父亲的一瞬，我的心如乱箭穿射，伤痛难忍。我知道我多么对不起父亲，对不起他对我的信任，对不起他对这个家的苦心经营和日夜操劳，更对不起我的弟弟，因为这些羊紧紧地和我弟弟的命系在一起呀。

父亲性情火爆，但在我小的时候，他却很少对我进行责打，因为我一旦犯了错误，经常会很深刻地反思自己，经常能够在很短的时间内形成较高的认识，并及时加以改正。我知道，当儿子的如果懂事和顺服，体谅父母的苦心，世上有哪一个父母会忍心让自己的孩子受苦呢？但这一次所犯的错误与以往不同，这一次错误几乎是上一次错误的重复，如果我不在牧羊时看“闲”书，那些羊怎么会走丢呢？这一次，我还能够躲过责打吗？就算是能够躲过，我的心又怎么能够安宁呢？想到这里，真盼望着父亲能够劈头盖脸地痛打我一顿，也许那样我会更好受一些。

但那一次，父亲并没有打我，甚至没有说什么责备的话。他只说了一句：“别哭了，回家吧，羊都好好的。”原来，那三只羊吃饱之后，已经很懂事地自行回到家中，只有不争气的我，把自己弄丢了。

我知道，羊好好的，就意味着弟弟会好好的，弟弟好好的就意味着我们家会好好的。

二

其实，弟弟本来也是好好的，就他那个排行是不好的。

在我们家族的传统里，有一点儿宿命色彩，曾很深地忌讳着“三”这个数字。据说，从古至今，本族中凡行三的男人都是生性怪异，命不久长。更远的例子怕是没有人说得清楚了，但从我曾祖的那辈到我祖父那辈，两代行三的男人，却真都是孤零零地长眠地下。末了，连个伴儿都没有，因为他们都是在20岁左右的年纪，还没来得及娶妻就离奇地辞世了。

曾祖三爷，据说是一个天才的画家，从未从师，却能画什么像什么。他的怪处是整天不说一句话。人问，谁教你的画，他不吭声，只是埋头画；人问，你怎么不吭声，他也不吭声；后来问的人不耐烦，说，你哑了吗？他仍旧不吭声，只是埋头画画。我问过爷爷，曾祖三爷是画什么的，爷爷也说不清楚，反正就是“画什么像什么”。我问这个问题的目的是想确定一下，曾祖三爷到底有多大的艺术天分和成就，是一个天才的艺术家还是小有灵性的乡村画匠。透过那些追问，或可窥探一点儿冥冥中我们无法接近的天机。但不管怎么说，对于曾祖三爷那个时代的人来说，已经不容易了，如果不是有一份难以说清的力量在他的生命里翻腾不止，他为什么偏偏要走绘画那条路呢，干什么不可消磨那灰暗如雾的人生？

大概，这样一些人在人世间短短的生存过程，总不会与平常人负有相同的使命，他们有他们的路途；他们有他们的时刻。一个普通的农民来到世间，他的使命就是要长成一个健壮的体魄，与锄犁为伍，侍弄土地，然后娶妻生子，传宗接代，以至于这土地能被世代耕种，永不荒芜。而如曾祖三爷这样的人，来到世间，也许就是要找到一件临时的营生，而这营生却绝不会让他自己进入到正常人的生命轨迹，周而复始地运行不息。他们是这世间真正的过客，他们埋头做着一件事情，只是为了迎接或等待着某一个时刻的到来。所以，不到20岁，曾祖三爷便手握画笔，在某一个寂静的夜晚悄悄离开了人世。

我的三爷，就是我爷爷的亲弟弟，不仅短命，更是一个有一点儿传奇色彩的人。在他21岁辞世之前，没找到过一件正经的营生，他就那么整天游荡在草地和树林之间。当他的脚步走过或脚步声响起，所有的爬行动物便纷纷如中了咒语，顿时失去行动能力。蜥蜴和蛇立时“放白”，肚皮朝天；而林中那些成堆附着于树木表皮上的大、小毛虫们纷纷如雨般落在地上，年轻的三爷便从容地从地上捡起那些我们看了直恶心的虫，大嚼大咽起来，有时竟会有绿色的汁液从嘴角流出。那时，家里因为出了这样一个人物而愁云不散，也有人把三爷视为妖怪。但平日里的三爷温顺腼腆得如一只胆小的猫，从来不与人争执，也不找任何人的麻烦，偶尔有话碰到他内心的敏感处，还会有红晕浮上脸颊。后来族里有稍通巫术的人说，只要给三爷娶上一房“八字”制衡的媳妇，这些怪癖便自然会被“降”住或被“冲”掉。于是我家全族动员，给三爷物色对象。第一个说媒的刚到，三爷便如中邪一般，躺倒在床上，一病不起，直到对方主动退掉亲事，他才从垂危中好转过来。当第二个媒人到来时，他又病倒了，通巫术的人说：“别理他，一切都是伏在他身上的妖孽在作怪，等媳妇迎到家时它就再也伏不住了，谁坚持到最后谁就能够取得胜利。”但迎亲的日子一到，三爷就不行了，还没等天亮，便已经一命归西。

后来又有更高的术士到了我们家，说一切都是一个数在作祟，如果族内男子能够有效地避开“三”字，便可逢凶化吉，安然无恙。就这样，从父亲那一辈人开始，族里就不再有行三的男人了。虽然我本族的叔叔、大伯十来个，却没有一个人被唤作三叔或三大伯的。

小弟弟降生时，天赐了一副浓眉大眼的俊相，把父亲母亲欢喜得连嘴都合不上，爷爷却长长地叹了一口气，说这孩子命相不济，赶上了行三，又逢上了属羊，真是弱呀，如果长得丑陋些倒好，会冲一下命相，更加好养一些。本来这些话一般是不轻易说破的，一说破，全家人的情绪马下就降到冰点以下。接下来的很多日子，父亲便冒着“搞封建迷信的”风险开始四处暗访，去寻找能够破谶的先生。直到现在，我还依稀记得，那一个时期，父亲消瘦而又奔波不止的身影，什么时候看上去都是一副疲惫而沮丧的样子。

先生终于请来了，却是一个形象十分可疑的人。来时匆匆忙忙，走时也急急火火，举止言谈总有些躲躲藏藏的意思，所以看起来就有那么一点儿鬼鬼祟祟，他在临出门前只丢下了一句话，却让我们全家人奋斗了好几年。

先生说，避开行三，在家里养十只羊，平安地过了18岁就能安享天年。

三

从那天起，弟弟就被唤作“老五子”。

接下来要解决的问题就是羊。

那是遥远的上世纪70年代，生活在那个年代里的人们，是不允许有个人财产的，每一分私财都要被当作资本主义的尾巴坚决割掉。有一些地方，由于社员们的日子光靠“公家”那点儿有限的分配，实在是无法维系，便采取了宽松一点儿的政策，允许社员们自行种几垄地，养几头猪、几只鸡或几只鸭，以补充生活的不足。但这些私有浮财的前面都要冠以“自留”二字，证明这些财产虽然是私有财产，却是“公家”允许的。

看样子，父亲是横下一条心要按照先生的指点，一干到底。很快，他就找到了当时的大队书记，提出养羊的要求。大队书记十分不解，断然拒绝，理由是没有人可以公开破禁，发展个体经济。而父亲的理由似乎也十分有力，父亲强调，我们养羊并不是为了发展经济，而是为了自己的家用，别人家可以养猪养鸡我们为什么不可以养羊。大队书记说，养猪养鸡是当地的习惯和传统，而养羊却不是人人可以理解、认同的传统。父亲说我不管是不是传统，我们家就是想养羊，只要别人养猪我们就养羊，我们可以不养猪不养鸡，但必须养羊。事情就这么僵持着，三年之内没有一个明确的结果，但父亲并不死心，他不想放弃，虽然这件事情对别人很微不足道，但对我家来说却比泰山还重。在父亲反复坚持，不断要求下，最后大队书记还是让步了。三年后的一个夏天，父亲把家里仅有的五只母鸡杀了两只，请大队书记喝酒，酒酣之后，大队书记说：”你爱咋整就咋整吧，就是别整出矛盾。”

事不宜迟，讨到“尚方宝剑”后，父亲立即进行了实施，第二天，就用两麻袋玉米从舅爷家换回了两只山羊。

起初，两只母山羊被一个木桩两条长绳同时拴在房西的草地上。尽管它们不断地左冲右突，四处乱跑，但总是出不了一个不大的圆圈儿。没事儿的时候，我们就围着那两只羊看“新奇”，看着看着就对大人们生出了敬畏，觉得大人真了不起，真有办法，只用了那么一个木桩子就解决了羊的圈舍问题，不用垒墙，不用盖房，羊却眼睁睁地巴望着远处无法逃脱。但有时候又觉得羊很可怜，虽然它们不用天天干活儿、写作业，但也还是不如做人好。做人有房子有家，而它们就只有一个木桩子；做人脖子上不套绳索，而它们的脖子上却要套上绳索。虽然我们是一样的不能走远，但有绳子套在脖子上和没有绳子套在脖子上，是自由或不自由的重要标志。

其实，只要有草吃，羊基本上也不怎么挣扎。钉木桩的地方是爷爷选的，都是些野草茂盛的所在。一开始，羊就啃食身边的野草充饥，但对于两只正在生长的羊来说，那点儿草是远远不够的，于是家里的人便轮流去割草喂养它们。羊像吃草的机器一样，一筐草放在它们面前，不用抽支烟的工夫就被它们吃得精光。在一筐草与下一筐草的间隙，两只从来不曾停止咀嚼的羊，就很卖力气地继续啃吃周边残存的青草及树枝。不久，在以两条绳子为半径的圆圈内，便再也看不到一星半点儿的绿色。最后，连蹄下的草根都让它们刨出来充饥了，原来的绿草地就变成了一个撒满粪便的土坑。没办法，爷爷只好在稍远一点儿的地方再钉上一个木桩。然后，前边的那一幕再一次重演。

两只羊在闷着头不停吃草的时候，我常常坐在它们对面，痴痴地看着它们。不知道它们天天那么不停地吃，到底为什么，因为它们无时无刻都感到饥饿吗？如果它们不停地咀嚼，并不只是为了吃，那又是为了什么呢？大约只是让它们的胃维持蠕动吧！就像我们人类一样，脑子虽然在不停地转，但也并不一定就是为了思考，只是保持一种转着的状态罢了。从它们的表情和眼神中，我什么线索也捕捉不到。它们的眼神里似乎总是有着深深的疑惑和迷茫，同时也似乎有着不尽的傲慢与漠然；有时看起来充满了悲悯，有时看起来充满了哀怨。我曾经试着和它们说些什么，但它们似乎并没有与我交流的想法和意愿，所以也就作罢。

两只羊不断地制造着土坑，不断地把自己的肚子吃圆。终于有一天，似乎不再吃什么食物，它们的肚子也是圆的了。爷爷说，这两只兰已经吃胖了。

对于长肥了的羊来说，常常会让人忘记它们身上肩负着某种隐秘而神圣的职责，而想起口感鲜嫩、泛着香气的羊肉。在那个艰苦的年代里，农民的餐桌上很难见到肉，就更别提羊肉了。那些日子，我一看到那两只羊，就想到热气腾腾的羊肉，于是，就能够感觉到自己的心在动，就像看到了漂亮姑娘和美丽的鲜花一样，心里扑腾扑腾地跳个不停。大约，人的罪性正是体现在这随处可见的贪欲里。

当那两只羊在吃草的间隙，偶尔抬起头咩咩叫的时候，我便很奇怪地想起了那首童谣《十个印第安小男孩儿》：“十个印第安小男孩儿，为了吃饭去奔走，噎死一个没法救，十个只剩九；九个印第安小男孩儿，深夜不寐真困乏，倒头一睡睡死啦，九个只剩八……”

我说徥奇怪，并不是由羊那带着颤音富有感染力的叫声里，一下子想到了某一首古老神秘的童谣。我奇怪的是，为什么我会由十只羊一下子想到十个印第安小男孩儿。虽然十只羊和十个印地安小男孩儿在数字上重合，都是十个，但十个印第安小男孩儿是要历经生活的磨难和不测一个接一个不幸死去的，而我们的羊却是要一只接一只地养下去，一直到养满十只的。十个印第安小男孩儿的结局是黑暗而凄惨的，而十只羊的结局应该是光明而祥和的，这应该有本质的区别。难道说，在我的潜意识里正偷偷地盼着羊一个接一个地死去，我们好一个接一个地把羊吃掉？但是理智地想一想，如果真有这种念头，或潜或显，都是可恨又可悲的。再馋那羊身上的肉，也不应该盼望着那两只羊因为吃得太多而撑死或因其他的什么行为而遇有不测啊，与弟弟的命比，个人的小小馋欲算什么呢，太卑微了。从那时起，我尝试用一种高尚的情感或思想把内心里原有的一切覆盖掉，这应该叫作克制或净化吧。

两个月过后，木桩不见了，羊脖子上的绳索也不见了，我也不再把它们看成肉的化身了。如今它们和我们一样，都围着我们的房子打转转。羊不说话，但我相信羊终于明白了，对于它们和我们来说，那房子的意义是等同的，那就是我们共同的家。

为了表达我对小弟弟的疼爱和自己不馋羊肉的高尚，我每天利用课余时间拼命地割草喂羊，以期转年会有更多的羊降生，以期最终凑够十只。如果说那时候我就有了什么理想的话，十只羊就是我的理想，当然也是我们家的理想。

四

第二年的残雪还没有化净，两只母羊便双双产仔，一只一胎生下了两只小母羊，一只生下一只小公羊。两只变成了五只，这是一个好兆头，这就意味着弟弟的安全有了进一步的保障。

可是为什么有了羊弟弟就有了安全保障呢？自从羊来到我们家，我便一直在想着这个问题，而大人们的解释，总是闪烁其词，基本不叫作解释。直到后来有一件事情发生，我才隐约感觉到了一点儿养羊的好处。

盛夏的一天，久旱后终于有一场像模像样的雨降了下来，全村的大人小孩都兴奋地趴在窗台上看雨。傍晚时分雨终于停下，但天并未见晴，空气中仍有浓重的水汽四处弥漫。看样子这只是一场雨上下段之间的一个小小空当，说不定什么时候仍会有余兴未尽的雨水再一次倾泻下来。但困在圈舍中的禽、畜和屋子里边的孩子们早已经耐不住性子，立即吵吵嚷嚷地出现在院子里和村路上。这时，突然有一个蓝紫色的光团像一只彩色皮球一样从房山角那边飘过来，缓缓地移向院子中心的方向。5岁的弟弟这时正站在院中，兴奋得几乎要张开两手跑过去将那光团捉住，而那光团似乎也有意向他的方向移动。接下来的一幕让在场的所有人都目瞪口呆，当火球正在加速移动时，被一只跳上板车吃草的羊撞上了，只听一声暴响，那只羊立即倒地，同时，两角之间有丝丝烟缕升腾、扩散……

父亲冲到院子，从泥里拾起呆若木鸡的弟弟仔细查看，并未发现有一丝半点儿的损伤，而那只产下了小公羊的大母羊却做了弟弟的替死鬼。父亲放下弟弟，开始心疼起那只已无气息的羊，反复摇晃、扶持，却怎么也无济于事。这时，爷爷说话了：“别再摆弄了，怎么摆弄它也活不过来啦，再者说，它如果不死的话或许要出大事了，它们不就是为了给孩子搪灾的嘛。”那时，父亲才如梦方醒，而我，似乎也明白了一点儿什么。

这件事，在村子里引起了很大的轰动，一时间，议论纷纷，流言四起，原来长期受着无神论教育的村民，这时又突然旧病复发，开始出现浓重的宿命情绪，前世今生地感慨起来。为了拨乱反正，制止不良情绪的漫延，当时的生产大队针对那团莫明其妙的火球，特意请了一位县里的什么宣传员，讲了一次雷电知识和预防事故发生的措施，用科学的解释清除村民的疑惑。

那只羊死后，父亲把羊肉分成了三份，一份给了大队书记，感谢他为我们家养羊提供了庇护；一份送给了舅爷，他曾慷慨地让出了自己的两只羊；一份留下来给自己家和左邻右舍，请那些因为各种事情需要我们说一句谢谢的人来家里共同大吃了一顿。而那张羊皮，让父亲扔给了前来吃羊肉的张皮匠，求他在干生产队里的皮活儿时顺便把皮子熟一熟，好在冬天的时候做一副套袖或皮坎肩。

接下来，父亲进行了更加宏伟的筹划。他说出自己的打算时，就是在那场乡村酒局之后，趁酒劲儿一口气说完的。他说目前虽然剩下了三只母羊，那不要紧，可以想办法，如果秋天时再弄两只母的，转年和队里放羊的说说，借队里的公羊配配种，再加上自家那只小公羊，一下子就变成十多只了，以后再有增加就可以宰掉吃肉。尽管这些话让我们听了感到了振奋，但接下来的话锋一转，却让所有人都哑口无言。父亲正说得高兴，突然眉头一皱，说，但我们的粮食怕维持不到年底，看样子那两只羊一时没法弄了，以后吧。

在以后的两年里，我们家的养羊事业急转直下，到了冬天，不但一只没有增加，反而因为缺少食物和天气寒冷有一只小羊没有撑过去，乍根儿不到就死掉了。剩下的三只羊由于生产队的羊倌儿不同意借公羊为那两只母羊配种，自家的小公羊又不中用，直到入冬，羊的数量仍旧是那一公二母。

第二年冬天，突然有了转机，北屯有一家人因为儿子娶亲要把手中的羊变成钱，便由中间人撮合把羊转到了父亲手里，两只羊，一公一母，虽然极便宜，但父亲还是有一些愁眉苦脸，因为他们心里清楚，这个漫长的冬天，到哪里去搞那么多的食物，搞不好又要让它们白白地死掉。现在我家的羊加起来又到了五只。为了这五张等吃的嘴，我们家几乎是全体动员，一有空就到收割过的田地和草甸子上去，收集可供羊充饥的秸秆和杂草，我们宁可让自己的手脚疼裂，也不让羊有一天吃不到食物。全家人像供养神明一样，供养着那几只羊，全力保证了那些羊每一天吃饱栖暖。那个冬天，应该是羊们最幸福的一个冬天了。

那时，由于我瘦小无力，无法准确地驾驭那些锋利的农具，致使劳动中不断地要付出流血的代价。直到现在，我的手上、腿上仍然残留着深浅不一、各种各样的大小疤痕，如早年的记忆一样难以磨灭。

那个冬天，就那么艰难而又顺利地过去了。第二年春天，三只母羊各产下一只羊羔。当爷爷赶着这一群羊走向草甸的时候，远远看去，已经有一点儿浩浩荡荡的意思了。

接下来就是夏天，那是养羊人家最好过的时节，因为田头、草甸到处都有可供羊啃食的青草。每天只要清晨把羊赶出去，傍晚再把它们赶回家，其他的就什么也不用管了。作为一个牧羊人，把羊带到一个指定的地点，与其说是自己在劳动，不如说是去看着羊劳动。羊不停地吃草的时候，表情总是那么庄严、神圣，态度总是那么虔诚、一丝不苟。不知不觉中，一天天就那么过去了，每一次按原路把羊赶回家中时，它们总会悄悄地攒了一些肉藏在身上，等着有一天集中向它们的主人奉献出来。这是多么好的一种动物啊，如果在各种动物里评选，我始终愿意把羊评选为最圣洁的动物，它们干净、顺服、不计较得失，如好孩子一样，如传说中的英雄一样。

五

8月的草原，正是草美羊肥的时候。生产队社员和养有私畜的农户都在这个季节里纷纷奔向草甸，开始一年中很重要的一次农忙——“打羊草”。这实在是一件令人愉快的劳作，打草时，二三十社员汇集一起，每人一把扇刀，拉开横排，在平整的草甸上轮动，随着一阵阵清脆的切割声，厚实的羊草被成排放倒，空气中则有一股青草浆汁的香气在四处弥漫。

这是一种奇妙的清香，不仅仅开人心窍，愉悦心魂，而且又能时时给人带来梦幻般的向往。很多年之后，再回忆那种清香，仍然有一种陶醉和沉迷在心中激荡。

我想，如果羊在那种气味儿里行走，定会更加心旷神怡的。但不幸的是，在这样的季节里，总会有一些羊没办法将高兴进行到底。因为这个时候，人们总是要杀几只羊来慰劳那些打草的人。某一天清晨，当羊们刚刚用眼神交流过梦里的温情，并以额相抵，以颈相交，预期着一天的好心情，突然就有几个彪形大汉闯进羊群，把同伴从身边带走杀掉。替羊想一想，那该是怎样的一种际遇呢？好在羊并不像人一样，总是把喜怒哀乐挂在脸上，羊从来不为自己和同伴争辩，羊甚至不像牛那样在自己被宰或同伴被宰时流下泪水，尽管它们从来都清白无辜，但它们从来不哭着吵着争取生存的权利，也不向人类表露悲情。这样，就让操刀和吃肉的人类心里好受多了，或者说心安理得多了。有时，羊在垂死的那一刻甚至会对围观的人群流露出一丝怜悯的情绪。按理说，那情绪不应该出现在被杀者的情绪里，但羊是不同的，羊也许是一种人类永远都理解不了的动物。它们对死的看法，可能从来也无法与人类达成共识。

打过羊草不久，生产队来了工作组，要对农村的公有化程度进行调查。村民的想法是你们愿意怎么调查就怎么调查，反正这日子穷得叮当山响，怎么折腾也不会比现在差多少，所以，愿意说就说点儿什么，不愿意说就什么也不说，而大队的领导却希望工作队回去后多说好话。

然而，工作组也并不是只吃饭不干活的货，关键时刻还是能够抓到一些问题的。那一天，他们就到了我家，调查那一群羊的情况，父亲一如既往地理直气壮，还是别人养猪我们就养羊那一套。这可把大队书记吓坏了，赶紧把工作组的人拉走，说到大队详细解释。傍晚，大队书记一脸苦相，说你们什么都不要对人家说了，就破费一下吧，杀一只羊犒劳一下工作组，这事就算过去，否则不但你的羊养不成，我的书记也当不成。交涉的结果是把那只从后屯买来的公羊杀掉，供工作组的人品尝人民公社的集体经济成果。剩下的七只羊，必须在年底前自行处理掉两只，保持总数不超过五只。

吃饭的时候，小孩子和狗不许上桌，小孩子坐在敞开的窗口前盯着肥软的羊肉，闻着随风传来的阵阵香气，并不动声色、温文尔雅地咽下一阵阵涌出的口水。而狗则远没有孩子们有修养，很直接、很丢人地蹲守在地下，两眼直直地看着炕上的人大吃大嚼，偶尔从喉部发出些似有似无的呜呜声。这时，有工作组的人发现了问题，从桌上扔下了一块骨头给那狗，于是那狗像得了宝贝似的又是摇头又是摆尾，感激得差点儿没哭出来，赶紧叼着宝贝去一僻静地方独享。路过我们脚下时，我对那不争气的东西狠狠地踹了一脚。

其实，狗这种东西，我从来就没对它有过什么好感。我一直认为，狗是一些庸人的朋友和宠物，而羊才是人类真正的朋友或恩人。想一想，这些年这些狗，从它的祖先狼开始，到底为人类带来了什么好处呢？它们除了没节制地狂吠和乱咬还做了什么有益的事情？哪一个真正的贼是它的叫声制止的，哪一个误入院中的朋友没让它胡乱咬过？如果有谁出门时多留了一手，带一块骨头在包里，天下哪有几只狗不能成为他的朋友呢。所以民间常以“狗性”形容势利小人那种见利忘义、仗势欺人的嘴脸。而羊，吃的是最廉价的草，奉献的是最洁白的毛、最温暖的皮、最肥美的肉，在最紧要的关头又要英勇赴死，为人类挡灾，为人类摆平那些说不清道不明的问题。然而，它们却从来都是无怨无悔的，没有对人抱怨过一句，伤害过一次。反过来，人又对羊做了什么呢，有过足够的尊重和理解吗？有过对狗那么宠爱吗？人吃了一口狗肉时觉得罪孽深重，而吃了羊肉却心安理得。唉，这忘恩负义的人啊！

后来，轮到孩子们吃饭的时候，我就什么也吃不下了。看到盆里的肉颤动一下，就想起了“咩”的一声羊叫，每听到一声羊叫，就想起羊那温顺而又有一点儿忧郁的眼神。

多年之后，当我再一次回想起羊叫声，就想到了某种语言，一种我们还没有能力听懂的语言；当我再一次回想起羊的眼神时，便想起了奉献、祝福、拯救几个词意较远的词，但只要在羊的眼神笼罩下，我就无法辨别它们的词意，说不清它们之间的差异，就如同在某种宗教情绪的笼罩下一样。

羊真是一种很奇特的动物，它总是会带给我们一些无法理解的神秘且神圣的信息，尽管那些信息遥不可及。

六

弟弟8岁那年得了一场奇怪而重的肾炎。说奇怪，明明是肾炎，却怎么用药也不见好，越治越严重，刚开始还能行走，到后来连床都起不来了。

父亲把家里能够变成钱的物件都变成了钱，把能借到的亲戚都借遍了，仍没有把弟弟的病治好，后来，连县里的医生都冒汗了，因为按病理并没有什么不对，但不知道为什么越治越严重。再后来，他们干脆就不留人了，几个大夫轮着劝父亲把弟弟转走，否则，出了人命他们也担待不起。

这期间，父亲连那些巫医都偷偷找过，但仍旧没有人说得清楚。

最后家里人还是听从了爷爷的建议："把那几只羊卖掉吧，去更大的医院给孩子看病，不管看好看不好，我们已经尽了全力。"

于是父亲与大队书记谈，能不能用羊做抵押，借钱给孩子看病。书记犹豫再三，但谁也不能见死不救啊，最后事情就那么定了。

一个月后，弟弟随着父亲像没事的人一样，蹦蹦跳跳地回到了家中，但父亲从大队借的钱被一扫而光。回来后，父亲站在窗前向羊栏的方向呆看了许久。我能够猜出父亲的心思，他可能还在惦记着那一群曾花去他很多汗水和心血的羊。但是，那笔债务在当时看，已经太多了，如果没有什么意外之财的话，五年内别想还上，也就是说，那五只羊只能作为抵押物充公了。看来任何事情都不是人力能够完全控制的，以后的事情就不能想得那么多了，一切听天由命吧。父亲长长地叹了口气，不再提及养羊的事情，也不再敢提及弟弟的安全问题。

1978年以后，很多事情都发生了变化，农村的经济体制开始改变，高考制度已经恢复并连续实行两年，全国上下都开始崇尚科学，旧有的一切虽然刚刚翻过去不久，但已经恍如隔世。当我从省城的一所高校放假回家再提及前些年养羊的事情，父亲仍不无遗憾地感叹，到底也没有把该养的羊养到十只。

母亲说，迷信那东西你信就有，不信就没有，如果一切注定，人生又怎么能改变呢，如果不是一切注定，你又怎么能够算得清楚？几只羊怎么就能解决了人的生死运势。

母亲说这些话时，我看出爷爷的神色明显不对，他是从来不赞同这种说法儿的。但这一次爷爷并没有大声争论，他开始一只只计算着养羊以来羊的总头数，最后他大声宣布，我们家养的羊连死带活总数正好是十只。也就是说，最后卖掉的那五只羊，救了弟弟之后，便完成了它们的使命，从此我们家就可以不再养羊，而弟弟的平安也再不用担忧了。

爷爷的话，没有人反驳，不管他说的是不是事实，都正是全家人所期望的，谁愿意为了一个不知是对是错的道理而毁掉美好的生活呢？如果事情不像爷爷所说的那样，我们全家人那么多年的努力不是尽付流水了吗，说起来岂不更加令人懊悔和沮丧？所以大家最后都点头称是，于是十只羊的往事便成了一个真相不明的悬案。从此，许多年不再有人提及，许多年不再有人想起。

弟弟果然就平安地度过了那个令人心惊胆战的18岁，参加工作，娶妻生子，进入平顺祥和的人生轨道。现在，就连他自己恐怕都不记得很多年以前的那段往事了。

那天，偶尔读到《圣经》，有这样一段文字：“耶稣拿起饼来，祝了福，就擘开，递给他们说，你们拿着吃，这是我的身体。”于是我又想起了那十只羊，想起了它们奇怪的眼神。

柔如情色

巴尔蒂斯已经很老了，但仍然喜欢画一些柔美的少女和猫。

怎么说呢，关于他把少女与猫组合到一起的那些画布和凝结到画布上的情感与思想?

稍显暗淡的猩红，似乎总是必不可少的，有时是背景，有时却是一种重要元素。这颜色让人很自然地想起燃烧后渐熄的火焰、激越后尚没有完全平息的潮水、藏在暗处的欲望以及褪了色彩早已不再鲜艳的岁月。这时，浮现于画面中心位置的少女，便让人有了老枝上暴出新梅的感觉。少女裸露的肌肤、冥想或沉醉的表情、浅色或干脆没有的亵衣则隐喻出花瓣柔嫩的质感和涌动着的暗香。

而猫，则现身于画面的最前方，仿佛从梦境中的某个角落突然蹿出，羞涩而机警，随时可能准确扑向盛放食物的盘子，又随时可能跳出画面，消失得无影无踪。

似乎一切都发生在瞬间。短暂与永恒、真实与幻象，在瞬间显现又在瞬间消散。只那么倏然一闪，便如电光划破夜幕，撕裂，然后弥合。柔情、欲念或一只在夜色里觅食的猫，从来就是那么轻盈、迅捷、难以捕捉。

到底是从哪朝哪代的什么人开始，把猫和女人联系到了一起的呢？面对这两件同样柔软而又同样飘忽不定的事物，谁有足够的勇气说自己真正懂得了女人或真正懂得了猫，谁又有足够的智慧在某一个特定的瞬间把她们融合得如此天衣无缝？在这方面，巴尔蒂斯无疑是一个高手。最后，他总是通过一种特殊的表达方式让我们相信，那一团有时如气，有时如云，呼吸着的绒毛，就是少女出窍的灵魂。

于是，为了深入那个比夜色更加神秘、比意念更加幽深的境界，我们便有了一万条理由丢开那假寐的少女，跟随猫的脚步，疾进或徐行于每一个秋天的正午、冬日的黄昏或初春的夜晚。

猫在行走时，说它在走也可，说它在飘也可，如果不是某段雪后的路上留下它们花瓣般的足迹，那些轻灵无声的脚步定会将人们引向感觉的误区，以为它们单薄的身体只是一袭柔顺光滑的皮毛，美丽的谎言一样，里边根本就没有裹着重量。偶尔的驻足回首，如一阵微风的回旋，让人不由得联想起那些凄切无助的孤女或内心充满了渴望的鬼魅。正当你满心疑惑，猜度着它究竟要将身后之人引向何处时，它却突然一个侧身，兀自消隐于路边的暗影之中，像极了少女善于躲闪的眼神。

在白昼，猫是很少走在路上的，它们习惯于深居简出，如古代仕女怕见男人一样地怕光，多数时候它们只是静伏在案几之下或蜷曲了身体睡在主人的床上。对于一只猫来说，过多的阳光总如某种超出想象的热情，凭着它们敏感而羞怯的天性和娇弱的身躯，是没有太大勇气也没有太多力量去主动承受的。它们便将灵魂仅仅打开一条窄窄的缝隙，如一道半遮半掩的门。一只身在正午的猫，目光之所以看起来如此神秘、如此迷离，正是因为它们瞳仁对于阳光的躲避。

其实，它们并不是真的怕光，而是怕自己积习难改，在阳光里一味地沉迷、堕落下去吧。因为极喜，所以极怕。只有仔细地观察一只正在窗台上沐浴阳光的猫，才能够知道猫对阳光到底是怎样的一种拿捏与态度。看它们如何将身体舒展开来，百分之百地放松与交付，辗转翻滚，尽情享受阳光温暖的抚慰，沉醉销魂，并呈现出一派“但愿长醉不复醒”的情态，你就会发现，猫的本性并不懒惰，表面的慵懒不过是恣肆放纵的另一种表现形式罢了。不管是否能得到主人的娇宠，猫，首先学会的是娇宠自己。

一声娇滴滴的“喵——”，充满了道不尽的曲折幽怨。也只这一声，它们就让自己成为了自己心中理所当然的公主，世间百般的荣华富贵和万般的快乐愉悦，有什么是它们不可以享受的呢？ 所以，它们在追求起自己的快乐时竟然是毫无顾忌地狂放和大胆。

猫在春天的夜晚里大声喧哗，用与自己小小体量和淑静形象极不相称的音频表达着内心的欲望和渴求。

于是便有人从中听出了凄恻。一只成熟的母猫，身体里充满了情欲的流水，每隔半月有余就会泛滥一次，它是多么渴望有一只同类的异性来为这一泓蓄足了能量的静水搅起激越的浪花？那份迷茫的期待和深浅难测的煎熬，或许就是一只任性母猫内心里一波波汹涌的苦楚与疼痛。

有人则听出了快慰与淫荡。也许，欲望的表达和实现，本身就与人类的文化和观念有着完全相反的指向。对于那些不受压抑的率真或毫无掩饰，所对应的人类词汇往往就是放浪甚至是淫荡。然而，只持续一两个夜晚的猫叫，却在一些人类的心里激起经久不息、无法抑制的波澜。“叫春”声一起，少女少妇们免不了耳热心跳，或于床榻之上辗转反侧，久不成眠；或用余光飞快地扫一下周围，迅即躲进自己的隐秘空间。而血气方刚的男人们则像有一只猫在手脚难以触及的内里乱挠乱刨，空余一身蛮力，到头来也只能手足无措，恨恨地咬紧牙关，挺过那尴尬的时刻以及那时刻过后心绪的混乱。唯有寺中老僧，忍听窗外一片热闹，情不自禁发出凄怆的感叹：“猫叫春兮春叫猫，老僧一声也不敢在人前叫，阿弥陀佛。”

我有一位朋友，曾养猫十年，从小猫降生一直到寿终正寝，全过程地见证了猫的一生。而这十年与猫之间纠缠出的种种快乐与烦恼、种种厌倦与不舍、种种无奈与情愿，竟让他感慨万端，把丰厚的心得写成一部规模可观的纪实小说。平日里朋友相聚，他时不时就会抱怨起那老猫给他带来的诸般牵扯与麻烦，好像那老猫是他生活里无法摆脱的累赘，而当老猫一朝终老逝去，他却哭得泪人一般，不论电话或面谈，逢人便没完没了地追忆起老猫在世时对他的百般依恋、撒娇与谄媚。推演起那段人与猫之间的往事与情感，仿佛并不是主人与宠物间的一段生活纠葛，而更像是夫妻间那段既爱又恨，既喜又烦的无奈情缘。

具有万物灵长之称的人类，平素里是多么的骄傲与自负呵！除了同类中的志同道合和心有灵犀者，有多少事物能让他们如此用情又如此深陷其中而不能自拔呢？也不知一只猫到底身怀多少绝技和手段，能够像控制老鼠一样，将主人的心牢牢地抓握于脚掌之间。传说中的精怪，充其量也就不过如此吧。

少不更事之时，多缺少慧根与善念，全然不懂对其他物种或生命的珍惜与善待，家居乡间且闲极无聊之际，也曾偶尔与小伙伴们干一些招猫逗狗的事情。比如说随一群淘气鬼围攻两只正在交配的狗，“欣赏”它们各奔一个方向拼命挣扎又难以分开的痛苦情形；比如说把一只进了谁家灶房偷嘴的馋猫捕到，打得没有了一点儿气息抛在院中，但及至次日天明，却惊奇地发现昨夜“死去”的猫，居然从院中消失得无影无踪。多日后，复见它从某一个胡同口箭一般射向墙的另一端。难道猫真如传说那样，有九命在身，可以九次死去又九次重生？

也曾听到过更加离奇的传说，说当猫活到第九个年头就会长出另一条尾巴，此后每九年长一条，一直会长至九条。当猫拥有了九尾之后，再过九年就会幻化成人形，成为九命妖猫，混迹在人群之中实施各种各样的蛊惑。对此，我们虽然心存疑惑不敢轻易认同，也没看到过哪只乡村的猫一口气活过九九八十一年，但某日看到一个好吃懒做浑身洋溢着妖媚之气的女人，还是忍不住将之与九命猫妖比对、联想一番。

不管公猫母猫，一律将其与人类中的女性类而比之，这本身看起来就有几分荒诞无稽的意味。但如果把中国传统的阴阳五行理论推移至物类之间，大而化之，一些看似不合理的事情也就变得顺理成章了。阴阳，原本就是既对立又统一的一对矛盾，应运而生，随形现化。把世界上任何两种事物放在一起比对，都会自然而然地形成阴阳两极。因为猫类从存在到性情总体上呈现柔软、柔韧和柔媚之态，比之善变的人类，它们更加善变，所以相对于人类，它们在物性上必然要归于阴柔之列。阴柔，如山阴之水。

就这样，猫仍将在路上行走，以一种人们无法企及的叙事方式，演绎着生命的承转启合。

猫在路上从容行走时，其形态本身就如行云流水。而这种不露破绽的“流淌”或“流动”，总是让人们忽略了有关它们出门入户、觅食捕鼠、生儿育女、凡烟俗尘的庸常与沉重，而深深感慨于它们的生命如水一般不可拘束，它们的精神如云一样轻盈、自由。

民谚里有“来猫去狗越过越有”的说法。就是说猫虽然寄人篱下，靠充当人类的宠物过活，但也并不一定会“一棵树上吊死”，从一而终，有时它们也会“无缘无故”地离弃旧主而另就新人，做出自主的选择。

我们说无缘无故，其实也未必就是无缘无故，缘故总是有的，只不过人不懂猫语，猫也不与人说罢了。同样的事体，成语里也有“良禽相木而栖，良臣择主而仕”的表述，说的就是不管为人、为鸟，求职、谋食或栖居都得优选一个好主儿或好地儿。所谓的不忠或背叛，不过就是第一次选择时不够心明眼亮，后来又因故重新做了一次选择。人类往往刻意强调这个原因、这个“故”，便把一样的离弃划分成两种类别，有的叫变节背叛，有的就叫弃暗投明。而猫，既然没有能力改变人类的现实和命运，大约也不用恪守人类的一些固有理念，只需依照自己不受约束的心性，在人类间做着来来去去的选择与行走，哪里能过上好日子，待在哪里舒服、舒心就去了哪里。

果然，在某一个夜幕初临的傍晚，猫的原主人突然发现，每日里身前身后纠缠环绕着的猫不见了。久待而无归，整个屋宇和夜晚便无趣地空落下来。他不知道究竟发生了什么事情，猜想那猫一定是遭遇了不测，所以忍不住把所有不祥的事情从头到尾想了个遍。但万万没有料到的是，那只猫此时正在另一个屋檐下对另一个人流露出十分的楚楚可怜和娇媚可爱，以其轻盈的身体一遍遍在那人的两腿之间蹭来蹭去……这一类行为，人类往往称之为“水性杨花”。

原本这句话是用在女人身上的，其大概意思是希望世间的女子们安贫守道，莫做杨花逐水流。但实际上，人类对女人及猫这类温柔乖巧的事物一向是宽容有加的，有时甚至有一点儿纵容，毕竟，她们的去留一般无碍大局。所以，古往今来，一样的更门易主，英雄和美女的下场、名声总不一样。看那些所谓的“沉鱼”“落雁”“闭月”“羞花”，哪一个不是猫儿一样，半推半就地在强势男人间漂来漂去，但到头来并没有谁追究她们当初内心真实的意愿，也并没有气急败坏地给她们中的任何人加一个叛臣贼子的恶名。

表面上，人们痛恨女人的水性杨花和猫的奸猾不忠，其实内心里却并没有真正地痛恨或讨厌过，恰恰相反，有时还隐隐地怀有不可告人的期待。通常，痛恨是有条件、有选择的，痛恨也只是针对那些曾经的爱物对自己的背弃；而喜欢却是真正的喜欢，而且还夹杂着庆幸，庆幸那不幸的遭遇终于落到了别人身上，而自己却正是那背弃行为背后的原因。

人类总是这样，在评判和处理事务时实行双重或多重标准。口头上天天都说势利小人可恶，可一旦自己被泡在“势利”的糖水里，却也难免沉迷、陶醉，直至不思清醒。这一边，捡了猫的人们把小猫捧在手里，心安理得地享受着温柔的猫儿给自己带来感官上的愉悦，同时也享受着那句“来猫去狗”的咒语给自己带来的心理上的慰藉和刺激。那一边，被猫“去”了的人们，便开始对猫说三道四。两千年以前，孔圣人曾说：“鸟择木，无木择鸟。”我想，他说这话时倒不一定有意为那些“趋炎附势”者找什么理论根据，但他说出了人事、物理中的某种真相，鸟与木之间的辩证关系。

从来不对人说三道四的猫，也未必就是不想说什么或不说什么，原来，它们只是习惯于并坚持用自己悄无声息的脚步去表达意愿或评判人类。

老子在论道谈水时说“处众人之所恶，故几于道”。猫亦属水，但它们的道，最浅显、直接的表现就是能够让自己的身体和生命始终保持着完美无缺的柔软与协调。走走停停的步履、急缓得当的节奏，无时无刻不在透露出它们天生的一段自信、优雅与从容。

尽管这只是只鳞片爪的外在，到底还是让心有灵犀的人类女性们窥到了几分天机，于是便突发奇想，把猫的行走方式和行走路线当作一门艺术竞相模仿，从T型台到生活的路，再从生活的路到T型台。有时女人在前猫在后，有时猫在前女人在后，当行至某道特殊的关口，一道门、一颗心、一个梦的跟前，突然就有一道白光或一条黑影从那细小的缝隙里一跃而入。

定睛时，猫早已经没有了踪影，只有女人孑然伫立于原处，却不知那白光或黑影自女人内心而出，还是由猫的身形所化。

当时光之水流过合川

行至合川，百转千回的嘉陵江终于闯出了一个开敞顺畅的境界，恰好又牵住了涪江和渠江两条著名大江之手，自然又增添了几分底气和力量。再向前，三川六岸间的洋洋大水便合而为一，汇入长江，以一种更加浩大的声势奔向东海。然而，在行至草街电站大坝时，它却变得凝重、迟疑起来，稳稳的一江碧水，微澜不兴，安然宁静，呈现出一派心事浩渺的样子。难道说，这样一条义无反顾的大江也会因为有着太多的感慨和思绪而沉吟徘徊吗?

初到合川，并不了解它的身世和历史，清晨或黄昏，临水沿江而行，往往沉迷于这一弯静水的安恬与美丽，艳羡于造物主对这“一方水土一方人”的偏爱。可是，在那些古街老巷、遗迹旧址之间，走着走着就走进了幽暗的岁月深处。那日，随人流沿覆满青苔的小径登上钓鱼城，站在古城垛口间向下瞭望，但只见众水环绕，苍苍茫茫，仿佛眼前那片汪洋恣肆的物质并不是水，而是足足沉积了八百年的时光。

这时，恰巧有一只雪白的鸽子从身边的黄桷树上一跃而起，乘江风扶摇直上，远至水天相接的云端，并渐渐消融于云的洁白之中。至此，视野中便彻底没有了现实的依凭。从远处江轮航行的方位，传来一声悠远、低沉而又苍老的汽笛，听起来很像响自水底或时间深处的一声号角。于是，云水之间的距离顿然被拉得很近，近至几欲重合。

突然就下起了雨。密密麻麻的雨点儿打在江面上，也打在山坡、山顶光滑的石头或石坪上，宛若层出不穷的士兵，呼喊着，奔跑着，将躲在雨伞或石门下的人们团团包围。我不禁打了一个寒战，想起七百多年以前，那场旷日持久的战争。

钓鱼城从1243年筑城到1279年降元，到后来的物是人非，再到眼前的一城荒草，人去城颓，期间那些长长的超越生命长度数十倍的岁月以及岁月中种种的变幻更迭，早已抽去了人类日常生活的情感和血肉，将一切都简化成一副空荡荡的骨头架子，这就是历史。当我们脚踏现实的泥土回望历史时，因为隔着重重烟尘与雾霭，已有太多的事情让我们难以明辨，难以评断。有关正反、黑白、内外、远近，甚至是非、善恶的评说都会让我们不知应该从何入手。七百多年以前的那一场战争，缘何而起？它的发动和推进，一定如史学家说的那样，是历史发展的必然或推动了人类历史的发展吗?

或许，历史本来就只有一个不变或不曾变动的方向，因为时光如永逝的流水，一直在不停地向前，所以不得不在时光中漂流的一切就别无选择地面对一个方向和一种宿命，向前或一直向前。争斗与杀戮，这个与人类共生共存且从来没有治愈的痼疾或嗜好，自然也随着人类的脚步一路向前而被打上了“英雄”“英勇”“壮烈”等闪光的印记。

据说，最早的巴国是由五个氏族部落联合形成的一个大型部落集团，本有五姓：巴氏、樊氏、日覃氏、相氏、郑氏。皆出于武落钟离山。其山有赤黑二穴。巴氏之子生于赤穴，四姓之子皆生于黑穴，没有君长，俱事鬼神。于是几姓人约在一起，以掷剑之技推选首领，结果只有巴氏子务相击中目标，众人无不叹服。接下来，又比试驾船本领，约以能浮者为君，结果又只有务相坚持到了最后。因此，众姓共立务相为廪君。为扩大领土，务相率众乘土船向上，从夷水至盐阳。盐水有神女钟情于廪君，对他说：“此地广大，鱼盐所出，愿留共居。”堂堂一神女竟然放下架子，以身相许且陪送领地，多么难得！但廪君志不在美色，而在疆土，更不愿意前面挡着个人，哪怕她是自己的女人，执意不从。盐水女神为了留住廪君，就使了一点儿女人的小伎俩，一边诱惑，一边阻挡。晚上陪廪君共度春宵，早晨化作小虫集结无数同伴飞上天空，以身体蔽掩日光，致使“天地晦暝，积十余日”，让廪君找不到前行的道路。不料，这廪君是天生一颗帝王之心，没什么能让他改变自己的志向，情急之下想出了一个“绝”招儿，趁夜晚与盐神幽会之机，找个理由把自己的头发系在盐神身上，第二天，当盐神再次化作小虫，廪君就弯弓拾箭，瞄准那只系了青丝的，一箭将其射杀。立时，虫云消散，天开日朗。故事的结尾就是廪君“君于夷城，四姓皆臣之”。是啊，连情人挡了他的路都要杀，谁还敢挡他的路呢！这就是人类价值体系中“伟大”的含义。

当时光流转数千年之后，性质相似的游戏再一次发生在这片素有“巴国别都”的土地上。不过，这一次的主角和布景都发生了变化。攻方不再是志在小小“夷城、四姓”之地的廪君，而是雄心或野心更大的蒙古军事集团；守方也不是一个稍有一点儿神通的女人，而是一座城，一座由石头砌成并有十几万生灵驻守其间的“钓鱼城”。

1243年的蒙古大军，经过了近半个世纪的整合、壮大以及两次西征的磨砺和锻炼，已强大到“睥睨天下”的境地。几十个亚欧国家都被他们的马队踏平，更何况一个软塌塌的南宋？其时，所谓的“上帝之鞭”正一分为二，破成两股，一股由忽必烈统领继续在西方横扫，一股由蒙哥大汗统领，重重地抽打着一息尚存的南宋。让骄傲的蒙古大军没有想到的是，南宋这块“提不起来”的软豆腐里，竟然藏着一块那么坚硬的骨头。为此，他们一啃就啃了三十六年，久嚼不烂，不但硌掉了蒙古国最险要的一颗“门牙”，把蒙哥大汗的命断送合州，还让蒙古国从此患上了“肌体失调症”，从此，内部分裂，国运渐衰，西征停止，东征失利，竟然于六十五年后土崩瓦解，黯然退出历史舞台。之后，江山姓过“明”，又姓过“清”，但就是永远不会再姓回 “宋”和“元”了。

钓鱼城，从战争的意义上讲，是中国战争史上的一个奇迹，也是世界战争史上的一个奇迹，但从社会学和人类学的意义上说，可能就不太容易下定论了。尽管曾有人认为：“向使无钓鱼城，则无蜀久矣，无蜀则无江南久矣。宋之宗社，岂待崖山而后亡哉？”但说到底它也只是拖延了一个必亡之国的灭亡时限，终究看不出有什么更大的意义。也许，在从不刻意追求“意义”的历史进程中寻找意义，确实需要的是比历史本身还要高明的远见和智慧。当时的蒙古人包括他们的首领——大汗孛儿只斤·蒙哥，冲到钓鱼城下的时候，也只是看到了眼前那座城——挡在他们前行道路上的一块石头、在他们大快朵颐过程中一根卡在喉咙里的刺、在他们展望无极大国未来疆土时飘在眼前的一块云翳——并不会预料到在未来的某一个国家里，自己这一族只是一个占比并不很大的“少数民族”。城里的、城外的，围困的和被围困的，杀人的和被杀的，一干拥拥攘攘之众，更是不可能想到几百年后两族人竟会握手言欢，互称兄弟。当时，城外的人为了自己的统治和荣光，城里的人为了自己的主权和尊严，似乎只能用厮杀、苦斗、鲜血、白骨以及代代相传的仇恨进行一番血腥的求证。

三十六年，在历史长河里只是微不足道的短暂瞬间，而对于当时当事的人则是一个一眼望不到尽头的深渊。烽烟四起，战火连绵，对于站在空间或时间中的隔岸观火之人，充其量不过是饶有意味的一个谈资，其意义或者在人们内心引发的震动并不会大于一场争夺激烈的足球比赛。如果将历史的情节回放一遍，看来看去，也就是那几个大大小小的“回合”。先是蒙古人从北到南一路快刀切瓜一样砍掉了无数要塞和城池，“川西北府州俱陷”，然后来到了合州来到了钓鱼城。“蒙哥遣降人晋国宝赴钓鱼城招降王坚。王坚执杀晋国宝于钓鱼城内阅武场。”从此，钓鱼城之战拉开了序幕——

开庆元年（1259）正月，蒙古军屯兵距合州百里的武胜山，命宋降将杨大渊率后突袭合州，俘男子万余而去。二月，蒙哥大汗率军渡渠江鸡爪滩，驻跸距金钱城五华里的石子山上。初三日，蒙古军攻钓鱼城新东门、奇胜门、镇西门、小堡，均被钓鱼城军民击退。四月，蒙古军偷袭护国门，为王坚击退。二十四日深夜，蒙古军偷袭出奇门伸延嘉陵江的一字城得逞，但又被王坚率精兵力战击退。宋王朝下诏嘉奖："守合州王坚，婴城固守，百战弥坚，节义为蜀列城之冠。"六月初，蒙古元帅汪德臣，夜袭钓鱼城外马军寨，杀寨主与守城者。继而又击退南宋四川制置副使吕文德援钓鱼城的水军，因之汪德臣于初五日晨，单骑至钓鱼城下高喊："吕文德援军已被打败，王坚，我来活汝一城军民，宜早降。"钓鱼城内军民以飞石回击作答，汪德臣被击中，回营后死去。蒙哥大汗怒极，命人筑台于脑顶坪上，亲临脑顶坪台下指挥作战。钓鱼城主将王坚下令炮击台楼，蒙哥受重创不治，遗诏："我之婴疾，为此城也，不讳之后，若克此城，当尽屠之。"二十三日，蒙哥大汗死于合州城下，蒙古军队大撤退，"史天泽与群臣奉丧北还，所经沿途，有两万多宋人被杀"，上半场结束。

蒙哥死后，忽必烈从鄂州撤军，回草原争夺汗位，西征蒙古各军也纷纷撤归。下半场开始时，南宋政权假借"天助"获得了难得的喘息时机。遗憾的是，这一群昏头昏脑的浑人不但没有把这点儿精力用于整固国体，恢复国力上，反而花在了蝇营狗苟的内斗上，腾出手来将王坚从钓鱼城调走，解除其兵权，调派庸碌无能的马千换守合州。后王坚又被奸臣贾似道所害，郁郁而死。

这时蒙古驻守青居的南征都元帅钦察，乘机再向钓鱼城进逼。宋廷不得已，于景定四年（1263）十月，撤马千，任原钓鱼城统制张珏为主帅。能征善战的张珏又带领钓鱼城人民坚持抗战十二年，屡建战功，1275年调任重庆知府。王立继任安抚。书上记载："立至任，益严守备，兵民相为腹心。声息稍缓，即调兵讨捕邻邑之降北者。取果州之青居城，复遂州境土，攻铁炉城堡。承命旌赏，擢授迁秩矣。至元丁丑（1277年），北兵攻围甚急，加以两秋大旱，人民易子而食，王命不通三年矣。戊寅（1278年）春正月，渝城守门者，叛献城门，制置张珏死难，而鱼城孤无援矣。北军毕至攻城，且曰：宋已归我国久矣，汝既无主，为谁守乎？"

这个蒙古军队向钓鱼城喊话的细节，让我想起了儿时的那些游戏。那时，小伙伴们经常聚到一起分成两伙儿玩打仗或捉迷藏，攻守、抓捕、囚禁、藏匿……种种花样不一而足，玩得身心投入，不亦乐乎。但在玩类似的游戏时，双方能力不能相差过多，否则，"不战而胜"就成为定局，游戏就会变得很没意思。若遇到此种情况，多半会有一方在无望中自行解散，回家去吃饭或做功课，而另一方则毫不知情，仍傻傻地坚持或守候，直到家长找来，拎着耳朵一顿臭骂："游戏早已结束，你还在这儿傻挺什么？"这才从不甘与遗憾中醒悟过来，抬头看天，天都已经快黑透了呵！

其实，钓鱼城最大的奇迹并不仅在于那个漫长的战争过程，还在于它的结局。按照大汗军队当时的习性和游戏规则，玩急了眼，是一定要屠城的，更何况此役绝非他役可比，蒙古军队已在长期与钓鱼城的敌对和仇恨中达成共识："我等攻守此城十余年，战而死者以万计。宪宗皇帝亦因此城致病而崩，临崩遗诏，"来降必因攻困致毙"，令屠城剖赤。今当上为先帝雪耻，下为亡卒报仇。游戏进行到这里，结果似乎已无悬念。也无怪乎"城之民惶惶汲汲，危如累卵、釜鱼，知其祸在顷刻"。那么，这个危局到底应该如何破解？关键时刻，守城将领王立终于流露出人之"软弱"，想到了城中无辜的百姓："某等荷国厚恩，当以死报。其如数十万生灵，何今渝城已陷，制置已死，将如之何？"一念定乾坤。恰恰是这一被后世诟病的柔软之念，让那场血腥的游戏有了一个人性的结尾。之后，上帝那只持鞭之手才借助一个妇人的出现松垂下来，不再愤怒地挥舞。

熊耳夫人，原来是元朝将领熊耳的夫人，熊耳率军驻守泸州时，熊耳夫人随军到了泸州。1276年，王立趁泸州空虚将之收复，熊耳被王立击毙，熊耳夫人被宋军俘获。她在混乱中没有暴露真实身份，谎称姓王。因为姿色绝伦，宋军带回钓鱼城后为王立所得。王立对外说是他的"义妹"，让其照顾老母，实际成了王立不公开的宠室，她还有一重身份是元朝安西王相李德辉的同母异父之妹。1278年底，南宋临安朝廷已经覆亡，成为"孤城"的钓鱼城不再具有坚守的意义。这时，可能所有的人都要思考一个必须思考的问题，当历史的磨盘飞旋到不可逆转的境地，一定要把一些如谷粒般脆弱的无辜生命塞到磨眼中辗得粉身碎骨吗？难道说，生而为民的天命就是为了那个已经死亡的朝廷一直坚守到最后，直至殉葬吗？关键时刻，一个漂亮的女人冲破男权的遮蔽登上历史舞台，熊耳夫人公开了自己的身份，以"义妹"、情人和一般百姓、普通生灵的身份开始劝说王立放弃抵抗，并与之共商保住合川十万军民性命之计。

三十六年的时光。一个婴儿从喊杀声和兵器撞击声中诞生，一点点儿在烽烟和战火中长大，娶了妻生了子，然后看着自己的孩子又在喊杀中降生，又看着他小小年纪就不得不拿起武器参与战斗，每天担心着他在某一场厮杀中死去……几代钓鱼城的百姓过的是怎样的日子呢？哪一个朝廷和将领敢说他们有权力让自己的百姓一生或大半生置身于战乱和死亡的威胁之中？钓鱼城这三十六年的浴血抵抗，与其说是钓鱼城人民的自豪，不如说是无能政府的耻辱。到了这样的境地、这样的时刻，作为亡国之朝的最后一位将领，王立还有别的选择吗？如果真的是为了一己愚忠携全城军民以求“玉碎”，他很可能被万世歌颂，可是那十几万无名而又无辜的百姓又由谁来体恤和怜悯？百姓的生命，可由自己做主用于奉献，但不可以由他们的拥戴者、统治者做主用以剥夺！看来，王立也早已想到了后人对他的评说，所以之前有过激烈的思想斗争与挣扎，曾犹豫再三而难以决断，但最终还是以全城军民性命为念，决定向西川军投降。那就任由后世评说吧，如果，后人最后真的愚蠢到分不清致十几万人于死和救十几万人于生哪个更该咒骂哪个更该感念，那也就更无所谓了。熊耳夫人立即写了绝密书信并“乃作一鞋以奉兄”，让王立派人带往成都。李德辉得信后大喜，一来得知妹妹还在人世，二来钓鱼城终于要开城投降了。这最后的战斗和最后杀戮如果真的发生，定然势同屠牛杀马，对于一支堂堂正正的军队来说，也不能算作一件体面的事情了。他一面准备接手事宜，一面请示忽必烈不要屠城。此时，忽必烈已建立元朝八年，政权已经稳固，此时他需要的并不是震慑，而是安抚，他需要有更多的人为他的新政权出力、卖命，人都杀光了，他去统治谁？继续杀人即为残暴，网开一面即为仁君，能靠自己的脑子和本事当上皇帝的忽必烈又岂是草莽！所以，以他的胸怀和韬略，最后做出放过钓鱼城的决定亦在情理之中。李德辉亲自率领五百人马赶赴钓鱼城受降，城内军民的职位、编制、财产、日常生活等等按原貌完整地保留下来，秋毫无伤。

事情就这样成了。历史的结论也就这么定了。看来官家出钱建设的“忠义祠”里是不会有王立的位置了，因为在王立和熊耳夫人策划的行动里，不论如何也甩不掉一个“降”字，所以就一直为历朝历代的不少官员所诟病。但时至今日，合川的普通百姓仍然众口纷纭，发出相同的声音，在口头和心里为熊耳夫人和王立鸣不平，喊冤屈。看来，世道自有公正，人心自有良知，人之为人的善念和天性绝不会因为某一些生硬的理念而有所泯灭。在深深的看不见的内心和灵魂深处，每个人都树有一面丰碑，至于要刻上谁的名字，那就要看天意与己愿，谁有多大本事能干预到那个地方去？

近八百年的岁月，倏忽间逝去，一切事物俱在时光冲淡中虚如梦境，真幻莫辨。当初的攻城和守城人早已销声匿迹，化为灰烬和轻烟，当初的爱恨情仇、功过是非自是无人认领，就连一代代的后来者也都在无法考证的年代里以无法考证的方式悄然隐没，除了那些长满了青苔的残垣断壁以及在杂草间暂居的狐鼠、过往的燕雀，不再有什么生命对这座当年的“要塞”进行看护和守候了。若干世代之后，当那些石头也觉得无聊和疲倦的时候，所谓的遗迹，也将随时光远去，和所有没有什么现实意义的废墟一样，归于人类无法知晓的暗处。

然而，三江之水仍然在不知疲倦无休无止地流淌，因为它们既善于记忆，又善于忘却；既善于拾起，又善于放下，所以它们就拥有了时光的某些属性，总是显得古老而又年轻，沧桑而又单纯。当它们日夜流过合川，流过这座历史名城充满杀气的历史，不仅带走了河底的泥沙和水面的浮萍，也带走了过往以及波及后世的沉重与虚妄。

牡丹呵牡丹

生在南方的牡丹，早在4月里就已经连天怒放，而我，却只能在寒冷将息的北方小城觅得几束气色灰暗的苗木带回家，急急埋入门前的花圃。之后，便每日三看，盼着那“勾萌”细碎的叶苞快些舒展，快些生出点儿颜色来。

本来，素有国色天香之誉的牡丹是生在温暖富贵之地的。最早是长安或洛阳，后来是曹州即今日的菏泽，再后来就有了扩散之势，遍及大江南北，但很少流落到塞北苦寒之地。

大约也只是近些年，因为气候的转暖和栽培技术的进步，东北地区才渐渐有了一些耐寒品种被零星栽种，但市面上也并不常见。幸运的是，偶尔的一次闲逛，竟然与那几株待售的牡丹不期而遇。

转眼月余，栽于圃中的牡丹花枝一直没有大的起色，初见时即已微隆的叶苞，如今只微微吐出一丝淡绿，看情形，它们总算是顺利闯过了成活关。然而，让我始料不及的是，这名冠古今的花种，竟然如此地能“端架子”。或许，这花也和那些有一点儿身份、地位、名气的女人一样，都要靠行动缓慢、迟疑而彰显自己的矜持和与众不同吧！白居易在《琵琶行》里说的那个琵琶女是“千呼万唤始出来，犹抱琵琶半遮面”。在《长恨歌》里描写杨贵妃也是“云鬓花颜金步摇，芙蓉帐暖度春宵”。说的是人，但我想到的是我那些迟开的牡丹。

其实，这“架子”也并不是随便什么人或事物想端就能够端得成的。不可否认，有一些“架子”是自然而然和浑然天成，一个人或一种事物，生来就已经把“架子”带在身上，“架子”就是其生存姿态和言行方式，就算本心想“放”又如何放得下，能放到哪里？而多数的情形，那“架子”并不是与生俱来或非“端”不可。这时，要想把“架子”端得让人心悦诚服，就得有一点儿“端”的理由。如果没有什么“端”的“资本”又没有什么“端”的必要，只是刻意而为，只为引起别人的重视或注意，有时尽管能够“端”得惟妙惟肖，那也不过是一种浅薄、拿捏的做作之举，自然不足为道，也更不值白居易、李白那个级别的大诗人为文、为诗以记了。我理解，很多架子实际上都是不得已而“端”的。对于一个凡尘女子来说，所谓的“端”多起因于对未来命运的疑虑和担忧；而对于花，则可能是源自对冷暖炎凉的敏感以及防范上的慎重和小心。

今春气温回升早，差不多提前一个月就一惊一乍地温暖起来。但天经地义的节气毕竟还没有真正来临，所以纵然热闹，也不过是一时虚假的热闹和表面繁华。好景不长，没过几天气温又骤降了十至十五摄氏度。这就相当于让心有不甘的寒潮杀了一个回马枪。一些反应冲动，耐不住寂寞，提前放出叶片和花朵的植物立马吃了大亏，有的被害得“花钿委地”，有的叶片卷曲、残疾，另有一些弱小、单薄的干脆就一命呜呼了。

人们经常说世事难料，那么花事又何尝不是同样的难以预料呢！看来，那些早早落地却迟迟引而不发的牡丹，这一次算是把“架子”端得恰如其分了。正因为它们入春以来一直没有从将醒未醒的半休眠状态中彻底醒来，所以才侥幸躲过了这场逆袭的寒潮。它们是怎么知道有一场骗局和灾祸等在前边的？莫非它们身有异能，能够先知先觉吗？

高贵者自有高贵的缘由和禀赋。其实，牡丹从来都拥有着一种高度恪守时间节律的自觉和天性，善于在严谨、刻板中坚守着某种不变、不移、不随波逐流的品质。

当初，因为它们姿容俏美、气蕴吉祥，自隋朝炀帝时起，即被批量引入宫廷园林。那时炀帝在洛阳建有西苑，“诏谕天下进奇石花卉，并从易州进牡丹二十箱，植于其间”。自此，牡丹正式登堂入室。及至唐朝，更是风靡一时，宫廷与民间竞相栽种，大为推崇，牡丹在花界的名气和地位遂变得无以复加。唐代的皮日休有诗：“落尽残红始吐芳，佳名唤作百花王。竞夸天下无双艳，独立人间第一香。”就当时的情况看，绝不是文人不负责任的信口夸张。可偏偏到了与花儿阴柔同性、同属一“科”的武则天那里，牡丹的命运发生了一次重大改变。据传，天授二年（691）腊月初一，西京长安大雪纷飞，武则天在御花园中饮酒作诗，一时兴起，借醉意给园中的百花写下一道超越职权范围的诏诗：“明朝游上苑，火速报春知，花须连夜发，莫待晓风吹。”

霸气呀，女人们往往因为理性不足而表现出超越于男性的豪情。反观这浪漫而任性之举，若不是出自于对那些温柔、美丽事物的妒忌，故意找碴儿刁难，就一定是当皇帝当得太顺了，以至于忘了物类有界，各从其限的天地自然之道。但百花慑于此命，果真连夜开放，唯独牡丹不领人命，不违天时，闭蕊不开，专心致志等待着“天”的旨意——“晓风”的吹拂。武则天盛怒之下，将牡丹贬出长安，发配洛阳，并施以火刑。烧就烧呗，生死自有命，花开自有时，世间哪一种尊严、哪一份高贵不是咬着牙、豁出命“担当”出来的？若美丽而无主、无见、无气、无节，岂不要随波逐流而最终陷入为婢为妓的境地？

所幸，天不灭这花中之魁，劫难过后，虽体如焦炭，却花魂不散，根心不死，并不负春风，一经吹拂便再一次萌芽开花，娇媚依旧，灿烂尤胜当初。

这一劫，不幸也幸，它们的国花地位得到了进一步的确立和巩固。不管国人在行为上是不是真能个个讲求品格，但在观念上还是崇尚品格，敬畏高尚的。那么庞大的一个人群，就算仅仅从内心到眼神，也足以形成强大无比的气场以及摧毁或托举之力。从此，看谁胆敢再把牡丹看轻看贱？

于是，人们对牡丹的珍重、珍惜之情也油然而生，且与日俱增。先有李白在《清平乐·牡丹》中咏道：“名花倾国两相欢，常得君王带笑看。”后有薛涛在《牡丹》里吟哦：“传情每向馨香得，不语还应彼此知。只欲栏边安枕席，夜深闲共说相思。”最是一代戏曲大师汤显祖，竟然实话实说，来一句通俗易懂又惊世骇俗的抒发：“问君何所欲，问君何所求，牡丹花下死，做鬼也风流！”

本来，我每次去看望那些牡丹时多是倒背双手，引颈凝视，但一想起古人曾有的这“阵势”，心便“虚”了下来，不由自主地进入了屈身以蹲的状态。这样，我的头便差不多与牡丹保持等高，虽然还没有达到仰视的状态，但最起码已不再有俯视之嫌了。

我想，人与花之间的那些事情，大概也与人类的男女之爱相类吧？虽然说“爱”与“慕”总是相伴相随，但如果没有敬慕在先，爱就没有了依凭和根基，自然也就没有情的迫切与爱的恒久。果真不依靠敬慕也有了几分内心的涌动和激情，怕也只是与本欲靠得更近、更紧，高尚与否且不妄谈，至少会如晚烟、晨露般易消易散。如此看来，对面前这迟迟不长也不开的花，还真不能急功近利或心浮气躁，只能耐住性子，无怨无悔，心怀景仰地等。如果说等待和期盼的过程本身就是一种享受和陶冶，就是一次心与灵的寻访，那么，何不在心安意静的等待中多下些侍弄、感化之功呢！

什么叫“精诚所至，金石为开”呢？世间的奇迹，皆由人的精神或内心所出。只要一个人把心力、情怀全部凝聚到某一事物或某个领域的某一点上，矢志如一，坚持到底，甚或成痴成迷，终有一天是会“感天地、通鬼神”的。

据说，曾经有一个爱花之人，尤其痴迷于牡丹的国色天香，忽一日听闻曹州的牡丹好，就特地跑到曹州去观赏。当时正值牡丹将开未开之际，他便天天去园中守着那些牡丹的叶芽、花苞，盼望着一朝花开，并每日沉湎于等待过程中的兴奋与消沉，在不断交错的情感冲击下，为那些未开的牡丹赋诗百首有余。终于等到牡丹花开之时，怎奈盘缠已尽。为了不让自己抱憾而归，他竟然下定决心典衣卖马，继续在牡丹花丛里流连。不料，这份情义与痴迷，竟然深深感动了园中素有“曹国夫人”之称的一株牡丹。于是，那牡丹便化作“异香竟体、纤腰盈掬、貌若天仙”的美人，设计了一个顺理成章的细节与那“花痴”“邂逅”于牡丹丛中。接下来的事情，便可想而知，软语调情，深夜私会，相互依恋，一往情深，以至于互定终身，双双私奔，回老家过起了结婚育子的幸福生活。总之，依情依理，一波三折地往下推进、演绎出一段甜蜜、委婉的爱情故事。

人们之所以愿意相信并传诵这样的故事，并不是天生喜欢“瞎话”，实在是因为深知自己平日总是戴着一层厚厚的面具，很多愿望和情感不能表达，无以排解。正好这故事情真、理真，意深、意切，吻合自己的心意，权且借其一用吧。事实上，人们也是打心眼儿里希望并愿意看到付出心血、情感和努力的人得到相应报偿，也一直希望并愿意看到万物有灵、有情，能够彼此呼应，互酬互动。

某天清晨，那些灰白色的牡丹枝干上，果然就冒出了一束束密密匝匝细如线头的叶尖。暂时，它们仍然被紧紧地拘束于碗状的芽苞之中，相信过不了多久，它们便会沿着“线头”所指的方向，拓展开自己的空间，演绎出一场爆发式的生长魔术——枝繁叶茂，蕊绽花开。但我心里清楚，此时，还不是得意忘形的时候，未来，仍然需要一个难定期限的等待。

然而，等待却又如时间设下的迷宫，并不是每一个人从入口进入都能够顺利到达那个预期的出口。回想自己这半生，关于等待的经历太多了。等待成长，等待机缘，等待某件事情过去，等待某件事情发生，等待着一个季节或一个日子的到来，等待一个人的出现……尽管有一些愿望因为耐心等待而终于实现，但也有一些时候很不幸，等待的尽头直接连着虚无——时间到了，等到的却不是当初心中所盼；期限过了，自己失去了以往的心境或心情，于是发现这样的等待原来竟然毫无意义和必要。

从前那个在瓶子里等待了三个世纪的魔鬼，人们是知道的，如果不是经历了漫长得无法承受的等待，情况也不至于变得那么糟糕。

在第一个世纪里，他的心情还很平和、理性，甚至有一些优美的成分。他不仅相信机缘，也遵守善有善报的规则，他相信一定会有一个人为救他而出现，他想的是："对于这个人我要善待他、报答他，让他感受到我的能力和真诚，我会让他拥有很多很多的钱，多得一辈子都花不完。"但一个世纪过去之后，救他的人却没有出现，这时，他变得有一些急躁，恐惧与焦虑让他孤注一掷，在心里做出了以全世界的宝藏换取自由的疯狂承诺。

在第二个世纪的等待中，也许他心里一直都在重复着一句话："难道这还不够吗？"然而，一切的挣扎、一切的交锋、一切的对话都在他自己的内心里发生，并没有人能够了解、倾听，也没有人为此所感并付出行动。

到了第三个世纪，他在无望的等待中坏了心境，彻底绝望和崩溃了，愤怒与黑暗重新降临，他又成了真正的魔鬼，他决意要把见到的人一口吃掉，不再考虑那人是否该死，是否对自己有恩。

故事讲的是魔鬼，却终究没有超出人性的外延。实际上，魔鬼原是从人而出，他就藏在人的身体或心里。当一个人失去耐性的时候，自然就会显现出无端的焦躁和愤怒，误入了情绪和情感的歧途，转着转着，那个找不到出路的“魔”就会在我们的内部扯去蒙在脸上的面纱，原形毕露。

等待是透明的雾，是看不见的黑暗，死死地遮挡着人与目标之间的视线。

等待一个人，一开始就是很明确的一个人，你会承诺要等她或他一辈子。可是等待常常会挑战一个人耐性的极限，等着等着，你就会觉得自己等待的并不是一个人而是只属于自己的幸福和快乐，是一种对愉悦的期待，于是，便中途丢失了目标，或自行实施了目标替代。而另一个人却牢记当初的约定，沿着时间之轴顺流而下，直抵那个相约的时点，但事到眼前才发现，空荡荡的河岸上杳无人影，只有时间流动的声音，只有另一程期限不定的等待。

花圃中的牡丹终于抽枝放叶。

一片片还没有完全舒展的花叶如一只只翠嫩的小手，向天空，向圃边的看花人，微微张开着，一派羞涩的神情，似躲闪又似拒绝。时至今日，眼前的这种花对我来说，仍然是陌生的，我并不是很了解它们的性情，正如它们也不熟悉或了解我。曾有人说，所谓的懂得，首先要懂得其需要什么，但对于这些花，它们什么时候需要肥，什么时候需要水，什么时候需要阳光和温度，我都无从知晓，更谈不上如何满足它们的需要。如此推断，我也只配在无边、无际、无期、无限的期盼和等待中徒生焦虑。一想起这些与花有关的现实问题，我就有一些动摇，开始怀疑自己从前的一些想法是否正确。

是不是呼唤就一定有回应，等待就一定有结果呢？

你在专心致志地等着一丛花，它就一定会为你而开吗？

从前我曾问过一个人：“你知道我一直在等你吗？”那人一边表情木然应酬：“是吗？”一边把目光移向远方。于是我知道她也和我一样在等待着一个人，但不是我，她的心在远方。我恍然察觉，自己每天用目光探询牡丹时的心情竟与当年问另一个人时的心情那么相似。这迟迟不开的牡丹，是不是也在忽略掉我的期盼而沉湎于自己的期盼和等待之中呢？那么它到底在等待什么？一缕温暖和煦的风、更加热烈的阳光或一个心力更加强大的人？

现在，面对这些牡丹，我已经不再像从前那样切切地盼着什么，我并不想急于知道，它们到底开与不开，将开出什么，姚黄或者魏紫。

戈　　壁

7月，浩浩荡荡的风，成群结队地越过天山的垭口，像透明的海水，像沉默的羊群，绵绵不绝地涌流而来。

很快，这支勇往直前的队伍就越过了山谷，越过了森林，越过了草原——

过奇台县城时，面对它们不解的另一种繁华——纵横交错的街道、熙熙攘攘的人群、林立的高楼和各种各样高深莫测的“设计”——稍事迟疑，最后仍采取了一种亘古不变的方式，像掠过一切人类文明一样，将这座准噶尔盆地东缘最著名的重镇一掠而过。

对于已经在路上行走了几百、几千万年的风来说，所经过的一切都太过短暂。短暂，如即兴即灭的海市蜃楼。千年以前的古道、古城、驿站、马队，百年以前的商行、店铺和曾经趟起冲天烟尘的四万峰骆驼……那么多人类以为漫长、久远的事物，风都没有来得及细细抚摸、感悟，便都已在岁月的淘洗中销声匿迹了。风，并不需要仔细感知或一定要参透什么，因为微不足道的旧事匆匆而过之后，很快就有新的一切生发出来，取而代之。但新的一切也依然，微不足道。

风继续向东，向北。几十万亩茂密的农田铺陈如画。开垦河、中葛根河、碧流河、吉布河、达板河、水磨河、东地河……各条河流自天山北麓逶迤而下，如一道道呈辐射状分布的银色水线，将那些碧绿或金黄的农田分割成均匀、规则的条块，尽管从天空向下俯瞰时图案优美、动人，却绊不住风执着前行的脚步。穿过这个水气浓厚、滞重的“潮湿”地带之后，风切入了干旱的古尔班通古特沙漠边缘，前行的脚步顿时变得轻盈起来。灰色的骆驼草和没有叶片的梭梭，一丛挨着一丛，无边无际地铺展至远方。广阔的沙漠已经成为一块柔软的素花地毯，风完全可以打赤脚，撒着欢儿在其上奔跑。

“……至黄草湖驿，又北行八十里，至将军戈壁。”（《奇台县乡土志》）这是人的路线和尺规。风，只遵循时间的法度，并不沿着人的路线行走，也不必拘泥于空间的约束。

一进入大戈壁——那片人迹罕至的万古荒原，风就像流浪的游子回到故乡，获得了真正的自由。在一千平方公里的广阔区域里，风可以随心所欲。它们可以一个筋斗接着一个筋斗地翻滚前行；可以一边叫喊一边扶扶摇摇地飞翔；也可以安静地躺下来，一动不动地伏于地上休息。艳阳之下，暑气之中，那些时隐时现的海市蜃楼，是风居住的房屋吗？当它们进驻，那一座座虚幻的楼宇，便从人们的视野中隐去。

遍地黑色的砾石或砾石之间，刻满了风走来又走去的印迹。

整整三千年，没有人破解风的秘密，猜不出它们跋山涉水到戈壁上来究竟想做什么。当地一个农民说，大戈壁就是为了风转向准备的一个空场。风吹过大戈壁撞到北边的北塔山，然后折身，西风或南风就变成了北风。

可是，风为什么要转向呢？风固然不解世事，不通人情，但那牧风的人，却一定是心怀悲悯的，不会让南风说变就变成北风。谁都知道，北风一起，灾害就来了；北风一起，季节就变了。而这个时候正是新疆——奇台最美好的季节。早熟的麦子已经泛起了浅淡而明亮的金色；晚熟的麦子则青青地覆满山岗，正在阳光的照耀下吮吸着最后一批浆汁；大片大片的向日葵向天空扬起灿烂的笑脸，它们一心一意沉浸于盛开的喜悦之中，至死也都不相信会有北风突然而至，摧残它们的幸福；草原上百花竞放，毫无心机的蝴蝶向来不懂设防，在花朵和花朵之间翩然嬉戏，尽情地消磨着短暂而美丽的生命；大漠里的很多河流，性情内敛，不愿意整天张扬、喧嚣，走着走着，就悄悄潜入了地下，酷似大漠里忍韧、坚毅的人们，只在暗处做足了自己的功……

风，终究还是露出了倦意。这个季节，草丰水美，瓜果飘香，连总也吃不饱的野马、野驴、鹅喉羚都不再四处奔跑，谁还愿意没有休止地流浪呢？天上的白云，因为不急于翻卷、移动，显得更加纯净优雅；缓缓移动的羊群因为草的诱惑，在丰盈的夏牧场上乍然散开，仿佛一把浑圆的珠子从一个失控的掌心里挣脱，洁白、黝黑地遍洒草原。在这样无忧无虑的日子，天上的和地上的牧人，似乎都可以安然歇息了。于是，江布拉克草原上的一个牧人，寻一棵高大的雪杉，躲在阴凉里，脸上盖一顶草帽，准备或正在进入自己的梦乡……此时，将军戈壁上的风也正在安然睡去。

风睡去的时候，戈壁是空的，空空荡荡如同什么都不曾存在。那些又是翻滚，又是呼号的事物，突然遁地而走，仿佛永远都不会复生。与此同时，戈壁砾石之下的水气在阳光的激发下，笔直地升腾起来，犹如黑暗中悄悄苏醒的记忆，犹如一个尚没有聚成形体的梦境。死亡的气息，遂如隐在笑容背后的阴森，一点点儿浓厚起来——

这里，原来并不叫将军戈壁，而是叫作“白骨甸”，就是能够把生命变成白骨的地方。之所以后来叫了将军戈壁，是因为在千千万万具白骨之中，有一具生前的身份是号令千军万马的将军。在一千多年之前的大唐，这里发生过一次惨烈的战争。一位大将率军与西突厥人在这片大戈壁上决战。经过激烈的拼杀，大唐将军击溃了突厥军队，成为那场战争的胜利者。不幸的是，将军在率众追杀突厥溃军过程中迷失了方向，深陷于大戈壁的重围。

面对这样难解的重围，有经验的人会静静地坐下来，回归自己的内心，依据性灵的指引，辨识出正确的方向。而这支部队却选择了继续拼杀，试图依据剩余的力量和勇气突破这神秘的“防线”。但如重拳击打了空气，利刃劈斩了流水，他们一次次的努力都失败了。正在人渴马饥、身心疲惫之际，蓦然发现，前方有一潭碧水，波光粼粼，湖边杨柳摇曳，屋舍连片，将军和士兵们不约而同地向着有水的前方狂奔，但人进水退，似乎永远无法接近。最后，湖水隐去，前方仍是一片赤焰滚滚的戈壁。众将士正在懊悔、沮丧，突然前方又出现了一片碧波荡漾的湖水，焦渴的欲望推动着将士们再度狂奔起来……最后，这一队人马终因精疲力竭而殁，全军覆没。

从此，大戈壁被称之为将军戈壁。这是一座生命的囚牢和陷阱，但它的围墙无形，也无边际。任你的心有多大，它的领地就有多大；任你的心有多么刚硬，它的墙体就有多么坚固。将军打了一辈子的仗，玩了一辈子战略和战术，但至死也没有想明白自己最后面对的究竟是怎样的一个敌手。那隐于暗处的神秘存在，究竟用怎样的手段谋杀了自己和自己的军队？

难道，在我们看不见的高处，果真有一双巨大而无形的手在掌控和安排着一切吗？

大约一亿四千万年至一亿九千万年间，将军戈壁曾是湖泊、沼泽和原始森林。后来，森林、树木完全被湖泊、沼泽淹没，含有二氧化硅的地下水便随着漫长的岁月一点一滴地渗入树干之中，并以矿物质成分替代了植物组织，年深月久，有机、柔软的树木就成了坚硬的硅化木化石。再后来，这些深埋在地下的化石，又在不可知力量的拨弄之下，逐渐露出地面。

一亿六千万年前，这里的森林或草地上，曾经生活着一种体形巨大的恐龙。但那些曾经被称作“地球霸主”的生物，最终还是不明原因地消失了。亿万年之后，人们在将军戈壁发现了它们已经变成了石头的尸骸。鬼使神差。1930年和1987年两次考古发掘，均在这片戈壁挖掘出体形完整、骨架清晰的恐龙化石。特别1987年的发掘，一具体长达三十五米的马门溪恐龙化石，更被公认为“亚洲第一龙”。

时光延宕至一亿年以前，这里又莫名其妙地变成了一望无际的大海。蓝色的海水，替代了绿色的大陆。海水里生长、遨游着着各种各样的海洋生物，贝壳类、蜗牛类、鱼类、软体类……比比皆是，当海水消逝，沧海再变桑田，一切的海生动物又纷纷“化”而成石。后来的当地人，称这些古生物化石为“石钱”，于是以“石”呈现的海参、鱼类和贝壳就堆满了大戈壁上的“石钱沟”。

再后来，人类出现，这里就一直是一个变幻着颜色和形态的巨大沙盘。至将军和他的部队被沙砾掩埋，大戈壁已经吞没了不知多少鲜活的生命，堆积了不知多少森森白骨；那之后，又不知发生过多少葬送生命的杀戮、征战和迷失。每一批生命的出现，都不是最先；每一批生命的消逝也都不是最后。一茬茬生命的繁衍生息，明明灭灭，都不过是这个沙盘上增增减减的布景；都不过是往昔传说或故事中一个小小的细节。世事更迭或沧桑变幻，似乎全因了坐在高处那个沙画师手中的一把沙子。

那人对着那个沙盘扬了一把沙，秋天就来了，再扬一把沙，雪就落了。他只沉思片刻，一扬手就是一片沙漠，再一扬手就是一片绿洲，觉得后悔了就用手轻轻一拂，戈壁仍旧是戈壁，砾石遍野……几百、几千、几万、几亿年如斯，他就沉浸在那幅没有做完的沙画前，构思、铺陈、修改……人类在他一个动作和另一个动作的间隙里，一世世地生，一代代地死，没有人能领会他完整的意图，没有人能见证他最后的成全。原来，他在讲述着一个关于时间和宇宙的故事。

风，那些让我们真切感知并心生疑惑的风，正是来自于高处那人的广袖一拂。

再回首，那平平展展的大戈壁，宛若一张写满了字迹的白纸，却反扣过来，只让我们看到了其背面渗出的点点墨迹。

终究，我们还是无法知晓，这片亘古苍凉的大漠到底藏有多少秘密和天机而不与人知。

刺 蓬 棵

晚来欲雪，天色一片晦暗。仿佛有一只大鸟，从楼房的背后突然展开巨大的翅膀，严严地遮蔽了天空。

果然就有雪，从头顶那一整块铁灰中剥落下来，纷纷扬扬又迷迷蒙蒙，并不断有星星点点的光芒从雪片上折射出来。仿佛有千万缕光的箭镞从那无边灰暗的背面射出，穿透那坚韧的固体，才有了这漫天纷纷扬扬的碎屑。隔着窗玻璃望向马路对面，感觉一切事物都在雪中失去了声音，爬行的车辆和走动的人们，都如同被一只看不见的手推着，默然向前移动，一个偶尔跌倒的女人，也如沉默的云一样，并没有发出尖叫。

一出哑剧中的一个片段或一场变故中的部分情节。

只有那一阵突然而至的电话铃声，如一串透明而尖利的冰凌，丁零零，给这个有一点儿迷茫的黄昏，平添了一丝冷硬的现实之感。是的，这只是21世纪初，北中国一个普通的傍晚，一切如常，只不过是天气发生了一点儿微妙的变化而已。

那一阵清脆的电话铃声，原来来自于一个闷头闷脑的农村亲戚。他是我表妹的儿子，一个念过大学的小伙子。按常理说，也不应该称他为农村亲戚了，因为他在这座城市以及我的视线里已生活了五六年的光景，当有人问起他的情况时，他本人只是回答在哪个单位做事或住在本城的哪个区，从不提及老家的地名。在他的意识里，自己早已经是“城里人”了。但直到现在，他仍然没有在这座城市里拥有自己的房子和户口，他的个人档案一直一动未动地扔在人才市场。

这个落雪的黄昏，我本以为可以独自面对空空静静的雪，可以不再面对任何问题，像自己在这个世界上丢失了一样。结果外甥还是准确无误地找上门来，凭以往的经验，他总是要带一些问题给我，也许，他本身就是一个问题。

然而，这次他直接带来的并不是问题，而是一罐奇怪的咸菜。一只透明的塑料罐子，远远地透出没有层次的深绿。打开来看，原是搅作一团的纤细菜丝，像某种海苔或杂乱的毛发，入口一尝，却是出奇的好味道。我问外甥那是什么，他文绉绉地说好像是刺蓬棵的嫩芽。听后，我不禁哑然失笑，现在的年轻人，都快把老祖宗传下的家底丢光了。在农村生长一回，竟然连一些简单的风物也说不清来龙去脉。实际上，这是老家最常见的一种野菜，小的时候叫猪毛菜，也有叫蓬子菜或蓬豆芽的，长大后，枝丫上遍抽花穗，浑身布满鳞片状带尖的硬刺，远看宛若一个巨大的草团子，圆圆滚滚的一大蓬，所以叫刺蓬棵、扎蓬棵或刺蓬，也有的地方称其为轱辘娃子。

一罐咸涩的旧时光。外甥说，那是春天时他爷爷在新开荒的地里亲手为我采的，由于没人进城来捎给我，就撒了一把盐卤上，慢慢地等待时机。由于家里人都在外地打工，一年半载也抓不到个人影儿，一等就等了大半年。他爷爷就是我的亲舅舅。十五年未曾见面，舅舅年轻时的秉性似乎依然未变，体贴细腻中透出几分憨厚，所做的事情还是那样，能够让人感觉到有一份扎扎实实的心思在里面。十五年，斗转星移，沧海桑田，掐指算来，舅舅已经年近八旬了，长期的寂守空巢，轮番替几个子女拉扯孩子，再加上乡村落后的生活条件，一定已把舅舅推上了老迈的边缘。但舅舅的咸菜一入口，我仿佛又回到了往昔岁月。那时，舅舅正当盛年；那时，家乡的原野生机勃勃，到处弥漫着野草野花的芬芳。

那时候，这种叫作猪毛菜的东西遍地都是，一丛丛，一片片，别说是人，就连牛羊走过它们身边，都不屑抬眼瞧一瞧。满山遍野各种优质的野菜挖不尽采不完，谁会在意这些只用来喂猪的东西呢？想必是大地里其他种类的野菜多数承受不了农药化肥的伤害而很少生长了，否则舅舅才不会费这么大的劲儿给我捎来这个。在野菜族群里，眼前这一种大约算是最能坚持和坚守的英雄部落了。

很早以前的乡村景象，外甥这一代人应该很难想象。他们所经历的乡村已经不是我们那时的乡村了，他们的“根”，也早已经不在那片泥土之中了。他们出生时，农村的生活已经有了天翻地覆的变化，大米、白面、各种蔬菜虽不能说是尽着劲儿享用，最起码不会像我们那时必须天天和那些野地、野菜打交道。除了生活标准和教育等仍与城市有着较大差距，农村的其他方面已经和城市没什么两样了，无处不在的信息爆炸已经使城乡之间在观念、意识、兴奋点以及行为方式提前实现了一体化。对于像野菜这类“不值几个钱”的事物，在年轻人眼里已经差不多成了“土气”“落后”的代名词。在这个货币化时代，货币几乎成为一切事物的等价物，好与不好、值与不值，都将以钱作为评价标准。

我的沉思默想近于忧郁，可能不小心压迫了外甥的敏感神经，他急忙说了一句没头没脑的话安慰我：“没啥可稀罕的，也不是什么值钱东西。”外甥哪里知道，这些“不值钱的东西”在我的心里有多么珍贵！那个野菜、刺蓬勃然生长的年代，所对应的正是我们艰难而又苦涩的青春岁月呵。

穷人的孩子早当家。那时期，我几乎每天都要在田野上转悠，挖野菜，干农活儿，眼睛盯着那些不值钱的野菜野草，并同它们肩并肩在土地上生长。应该说，在野菜的世界里，蓬子菜是一个旺盛的大族，在数量和占比上，打一个形象的比方，相当于农村人口之于全国人民。每年一进入5月，零零散散或密密麻麻的小菜芽就从土地里拱了出来。起初，它们就像一片片微缩版的小松树一样，吵吵嚷嚷地拥挤在一起，有的生长在贫瘠的沙丘边，有的生长在肥沃一点儿的田垄旁，从色泽和形态上并没有什么分别，看上去都是“一脸的菜色”，灰蒙蒙的样子。但一场雨过后，它们就像听到了发令枪的运动员一样，开始了生长的赛跑。其中有一些从群体中脱颖而出，迅速发育，很快就出落得枝繁叶茂、光鲜水嫩。有心的农人从田间走过，随手掐一把一焯，便可以当菜吃。

之后的日子，刺蓬们把自身的能量和竞争技巧发挥到了极致，凭借一条弱小的根系，把阳光雨露和来自大地的营养在最短的时间里集纳于一身，一门心思地长大、再长大，强壮、再强壮。数月后，刺蓬们纷纷完成了物质形态上的壮大，一个个体魄健硕，形容高大，有的甚至看起来已经不像一棵草而像是一棵灌木了。是不是这样的情形和状态正是刺蓬们的终极理想呢？

这些年与家乡的联系越来越少了。我这边忙工作，舅舅那边忙着给子女们抚养下一代，少有音信来往，也不知道外甥是在怎样的环境下如何成长起来的。当他在某个本科大学毕业后，兴冲冲地拿着自荐书来找我时，我竟然恍惚了好一会儿。之前虽然舅舅在电话里对我说了一些家乡的情况，知道现在晚辈们有父母在外打工用钱供着，已经吃穿不愁，但怎么也没有想到一个农村孩子能够出落成现在这个样子。不论从穿戴、神情还是言语上，都没有一点儿农村的印记了，我不得不感叹现在学校及社会环境对一个年轻人的洗染功效。

按照舅舅的说法，我是外甥在城里唯一的“扑奔”，以后不管工作还是成家立业，就得全仗我做主。我听后，只觉得血往上撞，瞬间的高压一直顶到头发根儿。这些年，随着“城镇化”进程的加快，城里到处都是外甥这样的情况。据统计，到2012年底中国农村进城人口已经达到两亿六千万，这还不知道是否包括外甥这类手握文凭的人。不管怎么说，一涉及“人事”谁都会感到头疼，先到的人把那些有编的、没编的、好的、不好的岗位都占得差不多了，后来者就只有望洋兴叹的份儿。这是个天大的问题，你想呵，连政府都因这个问题头疼，竟然把推小车儿卖雪糕的人都统计成就业人口，到我这儿就能轻而易举、顺水顺风地把问题解决？神啦！但不管怎么难，外甥的事儿或者说舅舅的事儿也不能不管。想当年，父亲送我进城读书，也是这番话外加30斤小米，就把我托付给了住在镇上的四姐。这些年我一直觉得欠了家乡的一份情和一份力，现在到了我报恩的时候，我怎能不顾乡间的传统及道义而推托呢？如果因为事情的艰难就说出“爱莫能助”几个字，只怕将来一提起家乡和乡亲，我的心会感到歉疚、惭愧和不安。

乡下人虽粗鄙，有时却也细腻，贬人、说事儿爱用“曲笔”，就是我们所说的暗喻或指桑骂槐。其中有一句叫作“瘦驴拉硬屎”，大约就正好能够影射到当时的我。所以在为外甥跑工作时，每每受挫，我的脑海里就会浮现出这句话。

转眼又是秋天。春生秋死的刺蓬，到了这个时节，便已进入了成熟期或老境。秋风吹来，它细小脆弱的根茎再也“hold”不住膨胀得过于庞大的“身体”，根断系绝，被风裹挟着开始了漫无边际的翻滚。一会儿东，一会儿西，不知哪里是终点，有时单枪匹马，有时三五成群，有时规模更加宏大，无数只大小不一的刺蓬棵在荒野上汇成了一个翻滚的洪流，像进犯，又像溃败。

其实，在刺蓬棵所有的正名或别名里，轱辘娃子这叫法儿是最传神的，一提及，就让人想起秋冬及早春时节它们在田野上或大路上随风翻滚的身影。小时候不懂事，凡事不知道用心思或动脑子，往往看着眼前滚动的轱辘娃子，追一气儿，追不上立在那里又呆呆地看一气儿，最后总是茫茫然转身离去，全不知它们成群结队的四处翻滚到底是因为风的催逼，还是为了摆脱束缚追求自由的自我放逐。

两年之后，当外甥再次站在我面前时，似乎完全失去了以往的意气风发，形容憔悴，精神萎靡，一副失魂落魄的样子。我不知道两年间他经历了多少人生的打击和磨难，但浓烈的恻隐之心，让我感觉自己很对不住这孩子。于是，便满口的大包大揽，让他不必担忧，以后就把我家当成他自己的家。

但外甥并没有把我的家当成他自己的家，他仍然和来自老家的两个农民工一起住出租屋。在两年独自闯荡的时间里，他遭遇了无数直接或委婉的回绝，也陆续试过各种各样的岗位。他去国企和政府当过临时工，以期将来有一天能够“转正”，但很快就被人家看出企图，告诉他不用过分表现，别抱有任何幻想；他去房地产公司当过售楼员；去汽车经销公司卖过汽车；还去洗车场当过所谓的业务经理，但后来都因为现实情况严重背离招聘承诺或无法获得预期报酬而改弦更张。最难以维系的时候，他甚至随同乡去建筑工地打过零工。“舅呵，”外甥说，“到现在我才知道，一个农村人在城里混，就像菜汤里的一滴浮油，到哪儿哪不溶呵!”我只好苦笑，内心里泛起淡淡的酸楚，但还是因为外甥能有一份那样的感悟或理解感到些许慰藉，毕竟他已经开始了痛苦中的成长。

之后，我就像外甥的亲爹一样，重振精神，再次为他的工作四处出击，寻找一切可以寻找的机会。终于又在一家新闻机构给外甥谋了一个编外记者的差事。除了基本工资之外，还有稿费作补充，我想，如果他肯花力气的话，一定能混出个模样。对于这份工作，我自己感到很满意，但从外甥脸上，看不到那种意外惊喜的表情。也许他经历过无数挫折之后，已经看透了结局，不再有过多期盼；也许他仍旧是心比天高，暗暗期待着一份自己梦想的工作，只是碍于情面不得不接受我那份并不如意的“好意”。但不管怎么说，我总算是对他也对自己有了一个交代，可以暂时忘记他给我带来的那些额外负担和烦恼，安心做一做自己的事情了。

我一直认为，如果比起时光的飞逝，所谓的日子，是苦是甜，也许都是微不足道的，怎么说，有日子可过也比没日子过要好上千百倍。但外甥肯定不是这样想的，因为他每次来我家时，我都能看出他的郁郁寡欢。像他这样年龄和处境的人，也许生活的最大目标莫过于把日子过得更有“起色”吧，比如飞黄腾达，比如一夜致富。

必须承认，经过了环境的熏染和时代的锻造，外甥这一代“乡下人”可不像我们当初那样上不了大台面了。他们不再有我们那代人的自卑、胆怯和羞涩，在价值追求、行为习惯和心理承受能力方面，一点儿也不亚于城里的年轻人。胆子大、口味高、顾及少、天马行空、唯我独尊是他们的共同特点和性格。然而，外甥的农村身份，无疑让他在任性的资格上大打折扣。出于对我“面子”的顾及，在我面前他总是极力掩饰对自己生存状态的不满，但偶尔也会在不经意间流露出深藏内心的想法。

当年已故诗人顾城写过一首诗叫《一代人》：

黑夜给了我黑色的眼睛

我却用它寻找光明

我现在真是说不清外甥这一代人到底在用他们因营养过剩而灵活明亮的眼睛追寻着什么。

曾有植物学专家说，植物们的很多行为都不是被动的，而是变相主动，藏有心机的。因其生存方式特殊，决定了它们必须在不动中谋求“动”，以便让自己的生命基因尽可能得到放大和复制。比如刺蓬棵，看起来，它们总是跌跌撞撞，如无着无落、不得安息的灵魂；感觉上，也像是在四处游荡寻找自己丢失的根，或失魂落魄地摸索着一条通往春天的道路；但实际上它们是在借助风力，四处滚动，播撒自己的种子，那正是它们独特的生存智慧，迂回浸润，以败制胜。

外甥每次走时我并不出门去送他，而这次我却站在窗口目送他踩着积雪离去。外甥的背影很快就消失在路的转弯处，只留下一行摇摇摆摆的脚印，在路灯下的雪地之上。

如果在老家，这样一个下雪天，就会有风推着刺蓬棵在雪地上滚动，但雪地上留下的痕迹总是繁复的，从远处看去，并不像单一的一行足迹，而更像有许多人杂乱无章地走过。

时间的形态

一

著名的宇宙学家史蒂芬·霍金坐在他的轮椅上，一双眼睛纯净、澄澈，如宇宙中一对未被污染过的星球。现在，他身体上唯一“活着”的器官大约只剩下了这双眼睛，它们已经成为一个生命退守的最后领地。因为它们到大脑之间的这段距离已经无法掩藏一个闪着奇异之光的灵魂，所以它们看起来明亮而又深邃。

每当我凝视这样的一双眼睛，就不由自主被它们强烈吸引，现实感顿然消失，仿佛置身于一个真实而又虚幻的秘密，一个关于时间的秘密。它们用一种若有若无的“声音”告诉我：“时间原来是弯曲的。”

如果在三十年以前，我一定会像接受一个真理一样，毫不迟疑也毫不费力地接受并认同他的这个推论。那时，我的想象力十分丰富，对于任何抽象的结论或事物，都能够在生活中找到具象的表达或描述。

所谓的弯曲，不过是一段优美或并不优美的弧线。

每天，太阳从东方的地平线升起，又从西方的地平线消失，在天上兜了一个硕大的圈子，地上的一切就都被它圈在了里面。飞鸟在天空行进，瞬间将翅膀展开，然后又合拢，身体被气流托起，然后又按自由落体的运动曲线下降，其间不过是一秒甚至更短的间隔，如此的循环往复，从静止到下一次的静止，有时会回到空间的起点，有时却仅仅是时间里一段开放的行程。但是，鹰在天空里盘旋，翅膀却会长时间保持一种平直状态，它们不屑于制造出那么多慌乱的扑打、摆动，因为它们有足够的能力把弧线画得不像弧线而更像直线。其实，地平线并不是直的，而是一段曲线，只是因为人类自身的渺小和局限常常凭直觉把它看成了直的。

从远处看，河是静止的，但其间的水一直在不停流动，流着流着，就在某处多了一道弯，又在另一处少了一道弯，时间，就在那弯弯曲曲的变幻里藏下身来。因为人们缺少时间所拥有的耐力和能力，所以必定对时间形态和长度的变化无知无觉。

河岸上有一只觅食的苍狼，在草丛里从容地迈开它均匀的步子，一会儿弯向东，一会儿弯向西，头抬起来，又俯下……一只受了惊吓的野兔突然从草丛中一跃而起，它躬起又展开的腰身，有那么一个时刻甚至远远超越了高高的草尖儿，富有弹性的跳跃，每一次落地都如一只充满空气的皮球，立即弹回原来的高度。一双躲在芦苇荡里交尾的矮脚鹬，因为受到了意外的打扰，抛出一串极其圆润、波折的鸣叫在如洗的天空里，表达了柔情未尽的遗憾与不满。野麻鸭则像往常一样，扑棱棱地起，又扑棱棱地落，只将落脚的水面上砸出了一道道波纹，一圈儿又一圈儿，一圈儿又一圈儿，由近及远地扩散开去……

蔓生的牵牛子与豆角秧，在某户农家园子的墙里和墙外，几乎同时以“合法”或“不合法”的身份向上展开攀爬，欲望强烈的蔓儿们还没来得及长出叶子，就凭借自己高超的缠绕、吸附之功在泥墙边成功地划出道道弧线，让人感觉它们在攀升中抓住的并不是旁边可以依附的物体，而是那一缕缕温暖明亮的阳光。向日葵终于把高傲的头慢慢低下；采花的蜜蜂离开后似乎又想起了什么，一个圈子兜回来，再一次落在刚刚落过的花蕊之上；母亲那时还年轻，俯身将一枚西红柿摘下，放入篮中，一转身，仅仅历经了一道虚拟的圆弧，就再也寻不到自己的孩子，檐前的劳燕仍然围着旧家徘徊不去，而自己的孩子们却如一群“出飞”的燕子纷然离散，在不同的城市里筑起了各自的新巢。

一生没有离开过村庄的三奶奶，仍维持着多年养成的老习惯，在每一个风和日暖的好日子，以一根木杠支起自家的窗……那年也是这样的一个季节，她以同样的方式打开自家的窗，一段小小的弧线刚好展开，便有一枚巨大的炮弹拖着无形的尾巴从迎面的天空呼啸而至，像一只不祥的大鸟，闪电一般越过屋顶，在屋后的开阔地上炸开一团火光。随着一声沉闷的巨响，她的家和家人便统统消失了。人在失去知觉的时候，肯定不会知道时间是以什么形态存在的，或许，那一段光滑圆润如青花瓷碗般的时间，早已在大爆炸中支离破碎成一地残片，并消隐于无觉无见的黑暗之中。当房子再一次从地上长出来时，三奶奶仿佛已忘记一切前尘往事，时间也如一颗弯弯的豆芽重新破土生长。至于那颗炮弹是谁为什么扔下的，索性就不再去想了吧。很多事情你想或不想，知道或不知道其实是一样的，一切都在一条事先铺好的轨道上运行着，而这条轨道却如时间本身一样从来都不会以某个人的意志为转移。对于这些，三奶奶什么也不说，只是信手抛一把火红的高粱，给窗外等着吃食的鸽子。

就那么简单地一挥手，很多很多美好或不美好的往事便随风而逝；很多很多曾牵挂或深爱的人便成了离人。

爸爸在世时，力气很大，不管多硬的泥土，往往一镐下去，都能够刨进半尺有余。就那么一镐镐地刨下去，那些本来暗淡无光的岁月便有幸免于荒芜。那一日日、一年年的劳作连续起来，竟然成了一条时光的珠链，由一道道优美而有力量的弧线串联而成，沉实、绚丽地挂在记忆的胸前。

到底什么是记忆呢？不过是被时光的残骸层层埋葬的往事的残骸，它曾经确确实实地存在过，而如今，确实已无法重现，无法触摸。不管多么优美的弧线总会有另一些弧线取而代之。再回首，身后那条自以为很平很直的路，竟然也是一道道的起伏跌宕，一道道的弯转曲折，其上又撒满了左顾右盼、跌倒爬起、步履匆匆、欢呼雀跃、沉重迟疑、马踏飞尘、车轮旋转……种种纷乱无序的弧线尽皆凝固成过往的时光片段，纵然乘坐波音空客以一个更加夸张的跨度、更加霸气的大弧一日万里地追寻，仍难觅其踪。

其实，那些不耕又不种的老师，个个都精通时间的巫术，只要把教鞭一挥，那些小括号、中括号和大括号，就成了一道道枷锁，我们的童年和少年，便被牢牢地锁在其中。一直到我们以自己的血肉之躯将枷锁胀裂，分崩离析，我们都只是一个倒霉的逗号，没日没夜，无冬无夏，无休无止，上气不接下气地赶往一个虚拟的目的地。

正当我们在学校教室里与时光较力的时候，爷爷在窗外远处的农田里一点点儿弯下了腰，虽然他脸上并没有任何不快或痛苦的表情，但我知道时间的力量正沉重地施加于他的身体和生命。时间的狡猾与强劲，无人能比，它最知道什么时候对什么人动手，施加多大的力量，而每一个被时间征服的人，最后都要成为时间的傀儡，以一道曲度越来越大的弧线描述出时间的形态。

不难想象，有一些弧，只要连在一起或当一个弧在原有基础上继续弯曲，都能成为一个圆环。一旦弧成为圆环的时候，最简单的事物就成了一道最难破解的谜题，成为只有一棵树的森林，人类经常会在这样的地方迷了路。

一盘磨，就那么日夜不停地旋转，如果有必要，最后的终点总能够与最初的起点重合，那一瞬，会让我们认定它此前从来都没有作过任何的运动。唯一不同的是，磨眼里的粮食从中间的孔洞落入，又从磨的边缘溢出，却不再是原来那样完整的颗粒，而是破碎成不可复原的齑粉。直面时间，我们难免要深陷疑惑，我们到底是从哪一个入口误入了时间的流程呢？

夜晚，总是从黑暗开始。紧接着，时间便会在夜幕上显现，生出它银白色如钩如镰的幼芽儿。之后，它将如生命的领舞者一样，开始永不停止的循环和没有穷尽的往复——由小而大，由缺而圆，由盈而灭，以及再一次的开始……

二

本来，我完全可以像作家查里斯·兰姆那样刻意回避开对时间和空间的追问与思考。那样的话，我也能自然而然地像他一样发出这样的感叹：“它们给我带来的烦恼比任何其他东西都少。”然而，一个人肩上一旦套上了科学的精神“夹板儿”，就注定会像一头驴子一样，终其一生对一切令人困惑的问题穷追不舍。即便是史蒂芬·霍金和爱因斯坦那样天才的科学家，在我自己没有充分领会和理解之前，也不会轻易相信或迷信。对科学和科学家的怀疑，本身就是一种科学精神的体现。关于时间，我所能够感受到的时间，其形态往往并不是“弯曲”那么简单，也许会更加抽象，也更加具体。

时间的广大已经毋庸置疑。如果时间是海，那么我们只能是海里一只小小的丁螺，甚至连丁螺都算不上，只是海底的一粒沙。在海的运动中，我们的一切行动都只是挣扎与蠕动，徒劳、微弱、不足挂齿。我们一茬茬、一代代，看似积极却实际很无奈地等待着那个不动声色却无往而不至的海，把我们生命的痕迹悄无声息地毁灭或推送到一个无法预知的角落。

在这样种情形下，我们怎么能够知道时间是什么样子的呢？一切都只是想象与推测。唯有想象与推测。如果我们本身就是海，就是宇宙，就是时间，我们本身就是那些伟大的事物，一切都包含于我们的内部或胸怀之中，我们还用得着去想象吗？看来，想象与推测，已是弱小、无知者唯一可用的武器和必由之路了。但不管时间有多么广大无边，多么难以想象，都不妨碍我们独自的拥有，就像一粒沙不管多么渺小仍然有可能拥有自己的海一样。时间的神奇正在于它可以任由时间之中的任何事物随意截取和剪裁，只是你要拥有一些捕捉的天赋。

时间的最初形态，在我的头脑里，不过是一滴晶莹的水。

早春的农舍，因为屋顶冰雪融化，檐前总会整整齐齐地悬挂着一排冰凌，仿佛一排等待着时间之锤击打的钉子。然而，年幼的我，虽然经常趴在窗台上，怀着惊恐的心情紧盯着那些尖锐的锥体，却始终也没有听到过那一声让人绝望的轰然巨响。太阳出来了，暖暖的阳光就像一些神秘而令人感动的话语，照耀、感化着一切。于是，有一些透明的液体，从冰凌最顶端不断地滑下，在冰凌的顶尖儿处汇聚成一粒粒圆圆的水珠，一颗接一颗均匀地滴落，并发出钻石般耀眼的光芒。一滴，两滴、三滴……时间就这样被分割成一粒粒水珠，等所有的水滴都落到了地上，春天就降临了。

但是，我只是看到了春天，那么时间去了哪里呢？那些小水滴，后来又幻化成了什么？走在上学的路上，我就一直思想着这个问题。而老师的课似乎总是很长很长，长到让我们感觉永远没有尽头。一个知识点接着一个知识点地铺开，当所有的知识连成一片，却又像倾洒了的墨水瓶将所有的知识糊成一团，一团黑暗得难以再度化开的墨迹。也不知过了几世几劫，终于有铃声如决堤的潮水从破窗的孔洞中灌注进来，这时我才恍悟，原来时间一直躲在电铃里，只等待着一道指令，只等待着一个出口。而后，我们也如拥挤在一处还没来得及发出的声音，各自从洞开的教室门口，纷纷涌了出来，并释放出越来越大的噪音。那一刻，我们真以为我们拥有了时间，或跟上了时间的脚步。

最难耐的还是夜晚。在那些漆黑得甚至连一颗星星都看不到的夜晚，睡眠有时会突然无情无义地抽身而走，只把你一个人扔在无边无际也没有底部的黑暗之中。一个人，只有那时才能体会到沉沦的真正含义。沉沦，不仅仅是沉坠，而是沉坠得无休无止且无法控制、无可奈何。世界连同时间仿佛已经同时死去或昏迷。在那样一个没有一丝生气更谈不上生机的夜晚，哪怕有一声蝼蛄的哀鸣，哪怕有一串仓鼠的脚步声，都是一种恩赐。然而，世界并没有走到尽头，时间也没有死去或停滞。

嘀嗒、嘀嗒、嘀嗒……

墙上的老挂钟不停地传出一种金属摩擦混杂着脚踩落叶的声音。越是在这样的夜晚，它的节奏就越加清晰、透彻，仿佛真有一个人或一个灵在黑暗里行走，如同在白昼里微笑而从容地踱着方步。千万不要把这种打破寂静的声音也定义为噪音，如果你能够把握它的节奏，理解它的真正用意，它会使你很快从烦躁中沉静、安定下来。

那是时间的脚步。

它的出现，倒像是一个充足且没有穷尽的应许；也像是一个可以秘密、独自享用的暗示。时光呵，不再是毫无节制，毫无目的地遍地奔流，尽管它有时是一种催逼，有时是一种牵引，但此时仅仅是一种安抚。它事先就等在你家墙壁上一个小方盒子里边，此时，只为你一点一滴地释放，只为你一点一滴地消磨，就如美酒存于玉壶之中，只为你独自一杯杯斟满，再一杯杯饮尽。

也因此，人们经常扬扬得意地自诩为“时间的主人”。

难道时间是一条狗吗？真的可以随人任意豢养和支配？

从前，人们把时间养在沙漏里，像遛狗一样，一段一段训练着时间，让它跑得精准无误，不差毫厘。后来，人们又把时间搓进了细细的线香，燃着，一脉轻烟缭绕，时间不仅有了丝丝袅袅的样子，还有了好闻的味道。再后来，人们变得霸气起来。有的把时间装进一块巨大的金属里，像囚着囚徒一样，只在一些固定的时间里由撞钟人将大钟撞响，让时间出来放放风，人们才清晰地感觉到时间的存在。有的则把时间装进一个大盒子，置放于钟楼或挂、摆在厅堂，那种声音往往庄严、洪亮，冲着人群一响，就成为一个城市或一群人共同的参照，而听到钟声的人，也往往会怀着神圣的心情予以驻足或侧目。那是时间发出的声音，也是时间拥有的尊严。

多年以前，我家的墙上挂着一架体型很大的挂钟，桌上摆着一本纸页很薄的日历，我认定，那就是时间在我家里的两种形态。一种步子较小，一种步子较大；一种能走出声音，而另一种却完全可以转瞬而过，且不发出任何声音。这是完全可以由我自己掌控的两件事物，并且有时会因此而天真地认为，掌控住它们就可以掌控时间。所以有一些年头，看钟点儿和翻日历便成为我最大的爱好。每天天不亮，我就会凝神于指针的嘀嗒声，期盼着那个可以从床上一跃而起的时刻；起床后做完该做的事情，再看看钟点儿确定是否可以吃饭；上学时盼着早点儿下课；课余时盼着早点儿在约定的时间里与伙伴儿们一起去淘气；春天时盼着野地里的花儿快些绽放；夏天时盼着田间地头的昆虫快些长大，好供我们捕捉、玩耍；秋天里盼着地里的农活儿早些结束，让人和大地一起闲下来；冬天里则盼着这个年关和下一个春天早些到来。只要时间的轮子能够飞快旋转，把我从泥潭般的生活旋涡里甩出，我就有希望长高、长壮，不受别人的欺负；就会接过爸爸手上的镐头，刨去生活的贫穷困苦；也就有可能远走高飞，过上浪漫快乐的生活，彻底告别那些孤独寂寞的日子……

千万种愿望和理由合成一句话，就是要“骑上时间的快马”，奔向远方。然而，时间并不认我这个“主人”，越是盼望时间过得快些，时间的脚步越如病牛一样缓慢、迟疑。忽一日，我眉头一皱，计上心来，索性就擅自把钟点拨快。但到了与人约定的某个时间，只我一个人赴着空约，而别人的约期仍然在若干小时之后；为了让一个期盼的日子早日到来，我恨不得把几页日历一齐撕去，但那个日子根本不听我的召唤，表面上应着，脚步并没有因为我的努力而加快半步。那时，我一直以为是时间背叛了我，后来才懂得，是我背叛了时间。那些钟、那些表、那些可撕或不可撕的日历本，不过是时间与我们订立的一个契约，那并不是时间本身。

当我拥有了第一块手表时，已经在一个企业单位的最底层当上了一名技术工人，监控着一些整天轰轰作响的电气设备，过着昼伏夜出，难得见人的倒班生活。那时，我已深知前路凶险，不知道在错误的时空里再往前走能陷落多深，早已不敢冒冒失失地期盼着时光能够通过某一个“快进”按钮到达一个定点。每天除了怀着依恋的心情回忆一些往事，就是在昏沉的梦里一次次重回少年时代。抬起手腕，那块耗费我许多积蓄和精力换来的表，里边的时间宛若被谁下了蛊毒，很邪性地猛推着不容分说的指针，正一秒秒迈着正步坚定前行。仿佛有一个无形的刀片，削面一样，一刀刀削着我无可奈何的生命。这时，如果我还会如少年时一样无知，就一定会毫不犹豫地把那些指针统统转回往昔。

以后的日子，我就一直觉得自己坐上了一驾失控的马车，疯了一样地跑在崎岖不平的路上，各种部件和木板的狂响淹没了我叫停的声音，我自身的不适、痛苦和恐惧如车后飞扬的尘土，轻飘而又扶摇直上。时间真的是一匹疯马，我们却抓不到它的缰绳。

我们不是时间的主人，我们从来也没掌握过时间，只是时间掌握着我们。

三

史蒂芬·霍金，在写完《时间简史》时，侧歪着头颇狡黠地转动了一下他的眼球，于是每时每刻都摆在他面前的电脑屏幕上，出现了这样一行英文："时间是根本没有始终的，它不可能被任何空间包含。"那么，在我们有限的智力所能触及的范围内，到底能够确认多少无始无终的事物呢？闭合的圆环、扭曲但没有开口的绳套、一堆无序却首尾相接的丝线、一张没有出口的网或口袋、一只绝望的蚂蚁在一只皮球内部拼命地爬……一切都无法将时间描述和测量。

事实上，时间的浩瀚无垠和无穷无尽，并不是人类所能想象的。

有时，我们很像一群在时间里游泳的鱼，但我们触不到时间的边缘，因为在时间的水面之下还有一张细密的大网，恢恢然有如“天网”。我们每一个人、每一个生命都在这张透明的网里，包括那些思考着这张网到底是一个什么形态的人：爱因斯坦、牛顿、霍金……不管是谁，一旦触碰到了这张网，就触碰了自己的时限。虽然每一种生命、每一个人离这张网的距离不等，却早晚有一天能够抵达。

这是一个最有争议、最神秘的时刻。要么，是你在这个时限到来之际真正消失，化为乌有；要么你就越过这张网进入另外的维度，放弃现在的空间形态开始另一种形式的生存；要么，你就像一只海豚或一条燕鳐，把身体投向时间之外，逃脱时间的限制通过“虫洞”而获得“永生”。

如果时间是一种液体，我们到底在时间之中，还是时间在我们之中？如果时间在我们之中，那么时间将我们充满之后，它又流向了何处？如果我们在时间之中，时间又为什么不将我们载向永远，而是中途毁弃？

很多的老人，很多在这张网里游了很久的“鱼”，当他们的生命即将终结时，都会意味深长地告诉后来人：“我的大限已到。”说完，他们便从容平和地离开，如同去附近的公园里参加一次钓鱼比赛，但再也没有回来与家人共进晚餐。难道那一刻，他们的生命之唇真的触碰到了那张不可触碰的网吗？如果我们有足够的勇气和冷峻，应该把他们叫住，认真地问问他们，时间到底是什么形态？时间到底是流动的还是不动的？我们可以占据时间而让空间处于流动的状态吗？但知道秘密的人从来不屑于说出秘密。他们的脚步，不再为这个时空里的人多停留一刻。

我们只能孤独地占据着自己的空间，想象着时间的流逝。

其实，时间从来没有过流逝，它就那么无限浩大地静止在那里，世间的万物都不过是时间的器皿，等待着时间一点点儿将自己注满。

时间将秒注满时，秒消失了，而下一个秒正在等待；时间把小时注满了，小时消失了，而下一个小时也在后面补充上来；日注满了，月注满了，季节注满了，年注满了……它们就纷纷被时间融化，失去踪影，重新成为可以再利用的时间。

当时间把秋风注满，秋风就消失了，雪落了下来；当时间把雪注满了，雪就消失了；天空里飘起了白云，当时间把白云注满，白云就消失了，有雨水洒落在地上；当时间把雨水注满时雨水消失，草的根膨胀并复活了，时间从草根开始倾注，先是草叶、草茎，然后是花朵，遇到了那么美好的事物，时间也没有停止它的动作，仍然一点一滴注入了花朵。当时间滴注得恰到好处时，花朵娇艳欲滴，我的双眼却被倒灌的时间呛出了泪水。不管是热烈的格桑花也好，勇敢的萨日朗花也好，深情的野百合也好，能够摄人魂魄的紫丁香也好，就让我随手采上一束捎给远方的爱人吧。因为去年的花期已过，今年的花期转眼不再，明年的花期又遥遥无期。至于明年的这个季节，6月也好，7月也罢，纵然有相同的草木，相同的花开，也已然不是我们当初相约的地点。当时间将花朵注满，山岗上、草原上到处是一派残破的景象。红的花、黄的花、紫的花、蓝的花、白的花……都已在时间的催逼下丢弃了原来的颜色，一夜之间，它们纷纷被涂成夜色。

当草被时间注满，树叶被时间注满，鸿雁的鸣叫被时间注满，流动的水被时间注满，温暖的阳光被时间注满，一切的期盼、想往、思念、回忆……都被时间一一注满，寒冷的日子就近了，时间将带着具体的冷和抽象的冷一同注入到生命体内。此后的日子，千万千万要学会咬紧牙关。

当时间把鞋子注满，一双双鞋子消失，只剩下脚印；当时间将那一行曲曲弯弯的脚印注满，脚印消失，只剩下了道路；当时间把一条条道路注满，道路消失，只剩车流；当时间把车流注满，车流消失，只剩下拥塞；当时间把拥塞注满，只剩下一片末日般的破碎与狼藉。

当村庄被时间注满，当城镇被时间注满，当都市被时间注满，当山川被时间注满，当河流被时间注满，当岛屿被时间注满，当大陆被时间注满，当我们的家园和故乡被时间注满……我们这个星球不过是一滴晶莹的泪水，时间一样随形流赋，欲滴而不滴。那时，将不会再有人类追问时间的形态。

史蒂芬·霍金，这个可怜的天才，不知道他是从什么时候开始与时间结怨并被时间死死纠缠的。他之所以对时间如此敏感，就是因为时间不仅仅从时间的维度，而且也从空间的维度对他进行了腐蚀，先是他的身体，后是他的口唇，之后是他整个面部肌肉，当他整个生命即将被时间注满，只剩下双眼以上部位没有僵死。这时，我们完全有理由痛恨时间，时间的手法、节奏和时间的冷酷残忍，已清晰可见。

站在空旷的宇宙，站在宇宙中的太阳系，站在太阳系里其貌不扬的地球上，站在地球上某个寂静的夜晚，遥望浩渺的星空，感觉无处不在的时间正一点一滴将万物注满，淹没，化为虚无，突然又对自身不可回避的结局感到释然，如果我们注定是时间的器皿，那么我们不被时间注满，我们还能够成为器皿吗？

可是时间，当宇宙万物以及宇宙之外的万物终有一天全部被注满、消融，它还能够将什么注满呢？时间，那时只有时间，亘古孤独的时间。